"十三五"国家重点出版物出版规划项目

中国现代通俗小说史略
A Brief History of Modern Chinese Popular Fiction

范伯群 徐斯年 刘祥安 著　江苏凤凰教育出版社

图书在版编目（CIP）数据

中国现代通俗小说史略／范伯群等著
.—南京：江苏凤凰教育出版社，2020.12
 ISBN 978-7-5499-9140-2

Ⅰ．①中… Ⅱ．①范… Ⅲ．①通俗小说—小说史—研究—中国—现代 Ⅳ．①I207.409

中国版本图书馆 CIP 数据核字 (2020) 第 264033 号

书　　名	中国现代通俗小说史略
作　　者	范伯群　徐斯年　刘祥安
策　　划	章俊弟
责任编辑	周敬芝　戎文敏
装帧设计	张金风
出版发行	江苏凤凰教育出版社（南京市湖南路 1 号 A 楼　邮编 210009）
苏教网址	http://www.1088.com.cn
照　　排	南京理工出版信息技术有限公司
印　　刷	苏州市越洋印刷有限公司
厂　　址	苏州市吴中区南官渡路 20 号（邮编 215011）
开　　本	787 毫米 ×1092 毫米　1/16
印　　张	19
版　　次	2020 年 12 月第 1 版
印　　次	2020 年 12 月第 1 次印刷
书　　号	ISBN 978-7-5499-9140-2
定　　价	78.00 元
网店地址	http://jsfhjycbs.tmall.com
公 众 号	苏教服务（微信号：jsfhjyfw）
邮购电话	025-85406265，025-85400774，短信 02585420909
盗版举报	025-83658579

苏教版图书若有印装错误可向承印厂调换
提供盗版线索者给予重奖

绪　论

中国现代文学这棵大树分出"雅""俗"两大支干。一支是受外国文学影响的所谓"雅"的支干，一支是继承中国固有民族传统的所谓"俗"的支干。"雅"的新文学主要是受外国文学影响而诞生，这可以新文学作家自己的论说为证。鲁迅曾多次谈到这一点。在1923年，他说："现在的新文艺是外来的新兴的潮流，不是古国的一般人们所能轻易了解的，尤其是在这特别的中国。"注［鲁迅：《关于〈小说世界〉》，《鲁迅全集》第8卷，人民文学出版社1981年版，第112页。（以下所引《鲁迅全集》均为此版本，不再一一注明。）］在1934年，他又说："小说家的侵入文坛，仅是开始'文学革命运动'，即1917年以来的事。自然，一方面是由于社会的要求，一方面则是受了西洋文学的影响。"注［鲁迅：《〈草鞋脚〉小引》，《鲁迅全集》第6卷，第20页。］而在1936年，他在《"中国杰出小说"小引》中就说得更绝对："新文学是在外国文学的潮流的推动下发生的，从中国古代文学方面，几乎一点遗产也没有摄取。"注［鲁迅：《"中国杰出小说"小引》，《鲁迅全集》第8卷，第399页。］鲁迅终其一生都在坚持他的所谓"雅"文学的"精英观"。不过也不是鲁迅一个人持这种观点，另一位著名的新文学家郁达夫也说过："中国现代的小说，实际上是属于欧洲的文学传统的。"注［郁达夫：《小说论》，转引自严家炎编《20世纪中国小说资料》（第2卷），北京大学出版社1997年版，第418页。］可是虽然受欧洲文学传统的影响，但这些作家毕竟是中国人，从小就受中国传统思想耳濡目染，或多或少曾受到中国传统思想的影响。鲁迅的弟弟周作人就很有这方面的体会。他说："中国现在文艺的根芽，来自异域，这原是当然的，但种在这古国里,吸收了特殊的土味与空气,将来开出怎样的花来,实在是可注意的事。……若在中国想建设国民文学,表现大多数民众的性情生活,本国的民俗研究也是必要的,这虽然是人类学范围内的学问,却与文学有极重要的关系。"注[周作人:《在希腊诸岛·附记》,见《谈龙集》,岳麓书社1989年版。]这并非表示他就能容纳通俗文学。其实"鸳鸯蝴蝶派"这个名字就是他在1918年率先提出来的,不过他那时称其为"鸳鸯蝴蝶体"注[详见周作人:《日本近30年小说之发达》,《中国新文学大系·建设理论集》,良友图书公司1935年版,第243页。]。不过他并不像鲁迅说得那么绝对,而是认为,对中国五千年"遗产"的结晶——民众的性情生活与本国的民俗研究是十分必要的,作为新文学家是不能不去"摄取"和了然于心的。当然,鲁迅也不是一个对中国古代文学无所了解的人,否则他在北京大学讲课时的《中国小说史略》讲义怎么能编出来呢?况且其内容大多是属于"俗"文学领域的。因此,中国作家是无法"拒绝"传统遗产的。那么,中国新兴的新文学是哪个阶层的人所欣赏和能看懂的呢?那当然是在中国新式学校中受过训练的一类人,他们是受过西方教育制度熏陶的,因此他们与受外来新兴思潮影响的新文学是一拍即合的——可见新文学的受众主要是新型知识分子。现在要探究的是鲁迅所说的"尤其是古国里的一般人"究竟是指的哪一类。中国另一位著名的作家茅盾回答了这个问题:那就是中国的"小市民"。其实"小市民"这个名称是一个含糊不清的名词。据华裔美籍历史学家卢汉超的论述,它通常是对城市中那些位于中层或者中下层的人们的统称,而位于顶层的精英和处于社会底层的穷人们不会被称为"小市民","它仅用来指称那些位于这两个阶层之间的人们"。㊟[卢汉超著,段炼等译:《霓虹灯外——20世纪初日常生活中的上海》,上海古籍出版社1924年版,第48页。]但新文学家在用这个词时,常常要在它的前头冠以"封建"二字,如茅盾在1932年就发表过一篇题为《封建的小市民文艺》的文章。他认为"武侠小说和影片是纯粹的封建思想的文艺",而将某些言情小说划入半封建思想文艺的范畴:"小市民文艺另一种半封建的形式,那就是《啼笑因缘》。"㊟[茅盾:《封建的小市民文艺》,《东方杂志》第30卷第3号(1933年2月1日出版)。]小市民头上被戴上"封建"二字的帽子,那就成了一种嗤之以鼻的"蔑称",表示这一阶层是具有狭隘、保守、无聊、迷信等品性的"庸众"。因此,有的新文学家在20世纪20年代曾发誓要将通俗作家所写的武侠、言情之类的作品统统扫除出文艺界去。可耐人寻味的是,鲁迅曾买了当时流行一时的《啼笑因缘》寄给母亲,让老人家作消闲之用。他曾无奈地对胡风说过他之所以寄这部书的缘由。胡风在《鲁迅先生》一文中回忆道:"走进了他的房间的时候,他正在包扎好了几本预备付邮的书。他告诉我,这是《啼笑因缘》,寄给母亲看的。又补了一句:'她的程度刚好读这种书。'接着笑了笑:'我的版税就是这样用掉的'……"㊟[胡风:《鲁迅先生》,《死人复活的时候》,中国青年出版社1999年版,第323页。]在日常生活场景中,他的这些话就显得很实事求是,不像他在文章中,因广大市民冷对新文学作品,而有一种焦躁感。同样,不少新文学作家因为自己的作品得不到"小市民"的赏识,发泄过怨恨和愤怒的情绪。如后来成为文学史家、著名学者的作家郑振铎在他青年时就说过这样的话:"说一句老实话吧,中国的社会还够不上改造的资格呢!"注[西谛(郑振铎):《杂感》,《文学旬刊》第40期,1922年6月11日出版。]"它是个懒疲的'读者社会'。"注[西谛:《新文学观的建设》,《文学旬刊》第37期,1922年5月11日出版。]"现在最糟的,就是一般读者,还没有嗅出面包与米饭的香气,而视粪尿为'天下的至味'。"注[西谛:《本栏的旨趣和态度》,《文学旬刊》第37期,1922年5月11日出版。]不论愤怒也罢,怨恨也罢,甚至咒骂也罢,最后还是要回到实事求是的路上来,那就是鲁迅谈到的一般市民的"文化程度"问题,"文化程度"是不可能在一天之中提高的,另外新文学作家写的东西是否符合当时老百姓的需求也是一个问题。说到底,那就是中国除了源自外来思潮的新文学之外,还需要有一种普通老百姓能看得懂的文学,贴近他们目前之所需的文学。这就得让冠以"鸳鸯蝴蝶派"之称的"通俗文学家"去大显身手了。相对于新文学只在知识分子圈内的"小众化",我们应将它定性为"市民大众文学"。

在过去,有的"中国现代文学史"是"一元独步"的文学史,只讲新文学的发展史,这是一种不完全的文学史;其实"中国现代文学史"应该是一部"多元共生"的文学史,它是不应该将通俗文学等作品排斥在外的。历史也证明,市民阶层一旦开始发展壮大,他们一定会在文学领域顽强地表现自己的存在。

我们只要去欣赏那著名的《清明上河图》,即可感知中国北宋的汴京已如此繁华,人口超过了百万,市民阶层的人口比重正在日益增大。官方对商业管制也比唐代宽松,同时取消了宵禁制度,也不再将商业区与居住区严格分开,商业网点深入到居民的稠密区,甚至可以有夜市交易,于是商业更为兴旺发达。相应的是酒楼、茶馆、瓦肆林立,瓦肆中表演的"说话",也成为民间最普及和喜闻乐见的娱乐之一。听众当然以市民为主。那"说话"的底本称为"话本","即今所谓'白话小说'者是也"注〔鲁迅:《中国小说史略·第十二篇·宋之话本》,《鲁迅全集》第9卷,第110页〕。到了元代,一改过去汉族将商民视为"四民之末"的积习。汉族"四民"的排序是"士农工商":排在首位的当然是"万般皆下品,唯有读书高"的"士人";然后是"重农抑商"。但在元代开始重商;过去只重视科举制度所需的诗文,将戏剧和小说视为"小道",它们在元代却辉煌一时,出现了杂剧作者关汉卿等大家,伟大的长篇通俗小说《三国志演义》和《水浒传》等也积累成型于元末明初。到了晚明,中国江南成了资本主义的发祥地,特别是当时的苏州,及江南最繁华的都市,不仅商贸发达,手工艺精湛,更是当时的时尚之都。市民意识大为增强。于是在苏州就出现了伟大的市民文学作家冯梦龙。他居住在苏州这个农耕社会文明的通邑大都会中,受到繁荣兴旺的商业氛围的感染,他编纂了著名的《喻世明言》《警世通言》和《醒世恒言》,俗称"三言"。他将过去民间艺人的口头创作加以搜集、修改、整理,转化为文人的案头文学,又加上自己的一些创作,"三言"就成了中国文学史上首部规模宏大的白话短篇小说总集。在这部小说中出现了他所熟悉的众多商民、店员、小贩、作坊主、工匠等中下层市民的形象。而深受冯梦龙影响的另一位作家凌濛初,是毗邻苏州的浙江湖州乌镇人,他创作了《初刻拍案惊奇》,这部小说也是受当时出版商的要求而创作的。他还说过："贾人一试而效，谋再试之。"也即是商人认为他的小说富有市场效应和商业价值，就请他再写一部，那就是他创作的《二刻拍案惊奇》。"三言二拍"都反映了市民的生活观、价值观和思想意识，而且都是当时的白话短篇，它们深受古今广大读者的喜爱。

时代在不断发展和更新。从冯梦龙时代的农耕文明的大都会苏州到工商文明时代的国际大都市上海，中国的市民社会比古代更加成熟了，但在"中国现代文学史"中，反而没有了"市民文学"这个名词，也似乎没有了继承冯梦龙传统的市民大众文学了。其实，市民文学是存在和发展了的，但它被新文学作家用"鸳鸯蝴蝶派"这一蔑称所替代，而又被某些文学史家在"中国现代文学史"中所阉割。其实被蔑称为"鸳鸯蝴蝶派"的一些优秀作家就是冯梦龙、凌濛初的嫡系传人。我们这部《中国现代通俗小说史略》就是要介绍其中的一批优秀的或有代表性的作家。

在新中国成立之初，文学史的书写独尊新文学作家，但自从改革开放以来，随着市场经济的份额被允许逐步扩充，一个市民社会也逐步回归。20世纪90年代又出现了"网络文学"这新鲜玩意儿。这种"网络类型小说"很明显与所谓"鸳鸯蝴蝶派"的通俗类型小说有着血缘关系，不仅得到广大市民的喜爱，甚至有广大市民的直接参与。它们是市民社会回归后的产物。用作者自己的话说："网络文学驳接上了中国旧小说的传统，沿着变文、评书、明清小说、民国鸳鸯蝴蝶派和近世以金庸、琼瑶为代表的港台通俗文学的轨迹一路走来，并嫁接了日本的动漫、英美的奇幻电影、欧日的侦探小说等多种元素。就渊源之深并不在严肃文学之下（这里的'严肃文学'即指雅文学——引者注）。"注[马季：《网络：雅俗共赏，推陈出新——广东网络文学作品研讨会综述》，《中国作家通讯》2013年第5期。]因此历史的规律再一次为我们证实：凡是市民社会日益壮大或市民社会随着市场经济的回归，必然会有一个通俗文学逐渐得到繁荣和进一步发展的机缘，当代的网络小说甚至吸收了外国通俗文化的养料。中国文学的发展也证实了：从冯梦龙们的古代农耕时代的市民大众文学递进到现代工商机械时代的"鸳鸯蝴蝶派"，再发展到当今信息文明时代的网络类型小说，形成一个中国古今市民大众文学的代代承传的"文学链"。冯梦龙时代的出版业是木刻雕版，"鸳鸯蝴蝶派"时代是机械印刷媒体，而到网络类型小说时代就更是去纸张化、去油墨化了，其发展势头也正巧与科学的进步相匹配。

目录

003 开山之作

015 社会小说

047 哀情小说

055 社会言情小说

097 新狭邪小说

117 武侠小说

165 历史宫闱小说

197 幽默滑稽小说

227 侦探小说

245 科学幻想小说

275 雅俗融汇的新市民小说

中国现代通俗小说史略　开山之作
A Brief History of Modern Chinese Popular Fiction

韩邦庆的《海上花列传》

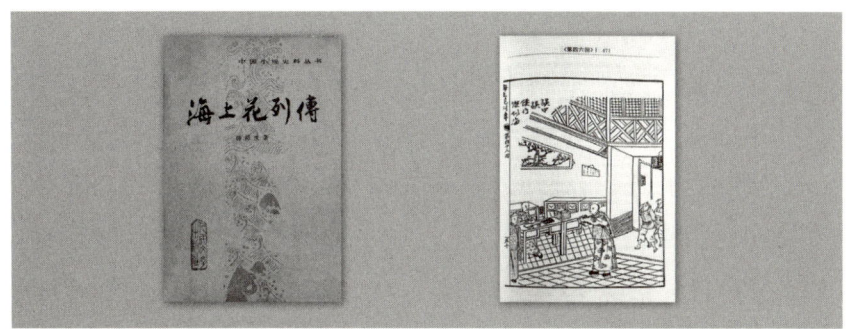

1840年鸦片战争之后,上海于1843年开埠。从此这个松江府治下的县城像坐上直升机一样,很快跃升为国内商贸的第一大都会。但是反映上海这个大都会的优秀小说隔了将近半个世纪才开始崭露头角,那就是我们将要介绍的韩邦庆所著的《海上花列传》。此类题材的小说之所以迟迟问世,主要有两个原因。一是这个飞速发展的大都会的出现有一个从雏形到逐步发展、从错综复杂的变易到基本定型的过程。二是作家本身对眼花缭乱地发展成型的新都市要有一个认识的过程。因此,直到1892年后,特别是在20世纪初,从各个角度反映这个都市面貌的小说才形成了井喷的态势。

《海上花列传》真正写出了上海的特色。原来在封建社会中,商人的地位低微。"士农工商",这是历来对人们身份高低的排序。可自从上海开埠后,它成了商贸的大都会,上海、上海——"万商之海"，商人的地位日益飙升，社会上的一切以钱袋子的大小来权衡人们的身价。因此这部小说打破了中国历来小说以"才子佳人"为主角的定式，而是以商人为小说的主角。

其次，张爱玲曾说这是"第一个专写妓院"[①]的小说。清末民初的高等妓院与现在的妓院不同，它的主要功能不在性交易。它是一种高级的社交场所。它往往是商人在灯红酒绿中谈妥交易的最佳应酬的地方。而封建社会的男女不能自由交往的原则当时还是社会上的严格规约，只有妓女才是男性可以自由接触的"大众情人"。中国旧时的婚姻历来是靠"父母之命，媒妁之言"，青年男女根本没有选择自己"另一半"的自由，青年在婚后对"性"并不感到神秘，却从来没有尝到过谈恋爱的滋味，因此也有许多男子想到妓院中去寻觅"红粉知己"。而跨得进高等妓院的当然是以富有的商人为主，所以《海上花列传》主要内容就是穿插着描写五个商人与妓女之间的种种纠葛。

再次，上海是一个特大的移民城市。当时每六个上海居民中，有五个都是外乡人，其中少数的是到上海来投资的富有者，大量的是农村式微后破产的农民。他们都以为上海的工商业需要大批劳动力，很容易找到活路，可是到人满为患、需求量超过饱和点时，就形成了一支失业大军。这部小说的开端就写"乡下人进城"。小说第一回就写一个名叫赵朴斋的人从家乡到上海来寻找自己的亲舅舅——商业移民洪善卿。洪善卿是一个比上不足比下有余的商人，专在富有的商人之间扮演串联、调停甚至跑腿的角色。上述所说的五个商人与妓女之间发生的纠葛多多少少都有他插足其间。他非常势利，为富商做事他非常卖力，但并不顾及与怜惜亲情。在失业大

---

① 张爱玲：《国语本海上花译后记》，《海上花落》，北京十月文艺出版社2009年版，第322页。

军中的赵朴斋后来只能靠不光彩的手段——凭他妹子去出卖色相,在上海滩也立住了脚头。这"乡下人进城"的题材是世界性的题材。世界上的大都市除了各国的皇城之外,其他商业大都市大多是靠移民的大量涌入才形成人口"爆炸"的。《海上花列传》能涉及这一问题,也说明韩邦庆在选材上有一定的眼力。

《海上花列传》的结构是上乘的,作者曾用"穿插藏闪"四个字来概括他写作结构的艺术技巧。他不可能受过外国文学的影响,但他能自如地应用优秀的外国长篇小说常用的结构手法。如五个商人与妓女之间的各种纠葛并非说完一个故事再去说另一个故事,而是有机地穿插叙述,作者时时暗藏着许多伏笔,等写到一定的回目,才让读者明白其中的前因后果,使读者得到一种"豁然开朗"的感受。因此,胡适说《红楼梦》"在文学技巧上,比不上《海上花》"[1]。

这部小说的语言也有它自己的独创性,这是一部用吴方言——苏州话写成的小说。胡适称它为吴语文学的第一部杰作,在语言上是"有计划的文学革命":"如果这一部方言文学的杰作还能引起别处文人的创作各地方方言文学的兴味,如果以后有各地方的方言文学继续起来供给中国新文学的新材料、新血液、新生命,——那么,韩子云(即韩邦庆——引者注)与他的《海上花列传》真可以说是给中国文学开一个新局面了。"[2]可是还有一点是胡适没有估计到的:当时在上海讲苏州话是一种有教养的标志。就像过去俄国人在对话时要插上几句法语,才表示有教养一般。因此,外地人到上海时,常以《海上花列传》为学苏州方言的教科书。

《海上花列传》的出版也有一个很现代化的过程。韩邦庆个人

---

[1] 胡适:《胡适〈红楼梦〉研究论述全编》,上海古籍出版社1988年版,第290页。
[2] 胡适:《海上花列传·序》,《胡适文存》第3集,黄山书社1996年版,第363页。

办了一份图文并茂的杂志《海上奇书》，这在中国文学史上是一个创举。他委托《申报》馆代印代售，这种发行方式也算是新颖的。此刊共出版了15期。每期以刊出两回《海上花列传》为主要内容。在出版前和以后每期出版时还在《申报》上刊登广告。他用这种现代化的运作方式获取脑力劳动的报酬。这也可以说是他开风气之先的一种独创。

正因为小说是"列传"体，情节是网状的。富商或有商业背景的五个男性与妓女纠葛的结局各有不同。例如，其中有作者心目中的"理想人物"黄翠凤。她年幼时父母双亡，被卖到妓院，她虽然貌美，但在外人口中都相传她"脾气不大好"，这是与妓女对嫖客应百般迎合的要求大相径庭的性格。她却征服了一位山东大汉富商罗子富。因为一旦能摸准她刚正不阿、侠骨义肠的个性，客人便不得不由衷拜服。据说她还是"清倌人"[①]时，她敢于以命相搏，取得了一般妓女所无法得到的"人权"：

> 说起来是利害哚，还是翠凤做清倌人的辰光，搭老鸨相骂，拨老鸨打仔一顿。打个辰光，俚咬紧点牙齿一声勿响，等到娘姨咪劲开仔，榻床浪一缸鸦片烟，俚拿起来吃仔两把。老鸨晓得仔，吓煞哉，连忙去请仔先生来，俚勿肯吃药哕。骗俚也勿吃，吓俚也勿吃，老鸨阿有啥法子呢。后来老鸨对俚跪仔，搭俚磕头，说，"从此以后，一点点勿敢得罪耐末哉"，难末算吐仔出来过去。（第6回）[②]

一是老鸨将她买来是花本钱的，这是将来的"摇钱树"。她吃了生鸦片死了，老鸨血本无归；二是妓院里死了一个人，租界的巡捕房会判老鸨犯虐婢罪。但黄翠凤的厉害是敢以生命相搏。罗子富听了

[①] 清倌人又称"雏妓"，即还没有与嫖客发生过性关系的妓女。在当时妓院有一个规矩，第一次与嫖客发生性关系叫"开苞"，鸨母为妓女交付"初夜权"是要狠狠敲嫖客一笔大"竹杠"的。那一天的仪式嫖客不仅要大请客，还要在房中点一对大大的红蜡烛。以后就视妓女为"性奴"了。不过在清末民初，高等妓院对妓女有严格的控制，她们并不随便为嫖客侍睡，性心理也较为正常。

[②] 韩邦庆：《海上花列传》，花山文艺出版社1994年版。（以下所引《海上花列传》均为此版本，不再一一注明出处及页码。）

这个故事,"志忐鹘突,只是出神",赞叹不已。于是他佩服这"女中英豪",一心去追求翠凤。黄翠凤作为一个妓女原来也是有旧相好的。富商罗子富为了博得她的欢心,出手不小,见面礼就是一对十两重的金手镯。可是翠凤兜头给他泼了一盆冷水:"要拿洋钱来买我,倒买勿动。"她要的是"情",要的是追求者的"专心"与"长性"。罗子富才向她深深作揖,保证以"情深意专"相待,才博得黄翠凤的"嫣然展笑",也就移情于罗子富了。妓女众人以浓妆艳抹、珠光宝气为美,可翠凤只是略施脂粉,倒令人感到别有天然风韵。而讲到她的"艺":当她唱小曲时,众客皆能忘记饮酒。作者只轻描淡写寥寥几笔,就将黄翠凤的"色艺双全"写得别有风致。她本是老鸨买来的"色相女奴",但她不仅早早争得了相对的自由权利,而且后来靠自己的能力,为自己赎身。韩邦庆讲她日后的生活是"盛气庄容,凛乎难犯",可见她没有一般妓女的轻浮相。她离开妓院时,"通身净素":"我八岁无拨仔爷娘,进该搭个门口就勿曾戴孝,故歇出去,要补足俚三年。"她的这份孝心,也使罗子富赞叹不已。黄翠凤与罗子富这一对总算有了圆满的结局。

关于另一个三角恋故事中的男主角王莲生,张爱玲说他是个"令人不齿的懦夫",但是韩邦庆能将这个悲剧人物"提升到这样凄清的境界,在爱情故事上是个重大的突破"。[1]这个悲剧式的人物身上倒有些好的品质。他与沈小红开始有一段相当美满的恋爱过程,沈小红为他断绝了与其他嫖客的关系。为此,王莲生就一个人负担沈小红的一切费用,甚至她的家庭开销。到那时沈小红才在他面前显出她的凶蛮本性。与他大闹时,她甚至"蓬头垢面,如鬼怪一般",王莲生凭着对她负有责任而没有倒胃口。她用指甲在王莲

---

[1] 张爱玲:《海上花落》,北京十月文艺出版社2009年版,第324页。

生的臂膀、大腿上掐得血印斑斑，还常在他面前板着个面孔。王莲生总是苦苦哀求："耐索性打我，骂我，我倒无啥，总勿要实概勿快活。"他并非"受虐狂"，他真是一个有责任感和一往情深的懦夫，真正达到了花钱买罪受的地步。但有时他毕竟也要填补情感上的空虚，于是到"温婉"的张惠珍处寻求解脱。结果被人告密，沈小红就在公园里当众，也当着王莲生的面与张大打出手，凶蛮的沈小红将张惠珍往死里打，还对王莲生口咬指掐。王莲生也是个头面人物，被弄得面子全无。张惠珍的"厉害"在于她欲擒故纵，她甚至还劝王莲生给沈小红买首饰，这使王莲生更感喟张惠珍的大度。王莲生与沈小红的结局是，一天他到沈小红处去，亲眼瞥见沈小红与"戏子"小柳儿紧紧地搂在床上。在当年妓界妓女拼搭"戏子"和马夫为嫖客是奇耻大辱。王莲生的脑中一下子闪出了平时有几个人在他面前影影绰绰地揭沈小红有"外遇"，他却深信不疑的画面。现在他亲眼看到了沈小红的"倒贴"。这时懦夫像死火山突然喷发一样，一股火热的"岩浆"使他不顾一切地冲进沈小红的房间，将所有的东西砸了个稀巴烂。打完后他一口气冲到张惠珍家中，他长吁短叹地要张惠珍为他争口气，就闪电般地与张惠珍结了婚。可是不久他发现张惠珍竟与他的侄子"乱伦"。因此，我们回想起黄翠凤离开妓院后，作家给她的"盛气庄容，凛乎难犯"这八个字的重要性。沈小红是妓女，她不是完全属于王莲生，王打烂的一切物件皆是他出钱买来的。但当他知道张惠珍"乱伦"后，张惠珍是他的妻子，他"整"的是一个失足妇。这次他要打人，他将张惠珍打到了死亡的边缘。张惠珍在地上凄惨地干号着。但王莲生的一声长啸般的叹息比张惠珍的干号更为震撼人心。他一而再地要将自己真诚的爱施于这两个女子，但得到的回报却是一次次的心碎。我们觉得他既"窝囊"又"真诚"，更"可怜"。他离开了不堪回首的上海，去江西找寻他的新生活。当他离开这万家灯火的上海时，他带走的只是一腔"垂泪的凄清"。张爱玲认为韩邦庆将王莲生"挖"得最深，在中国人物的"画廊"中也算是一个"突破"。

周双玉与朱淑人这一对小人儿的恋情更让人匪夷所思。朱淑人的哥哥朱霭人有他独创的"教育法"。他非要将16岁的弟弟带到妓院里去"锻炼锻炼"，以增强弟弟的"抵抗力"。因为像他们这种出身为官从商家庭的人，就是将妓院作为联络感情、商业谈判的场所。他的理论是："索性让俚哚白相相，从小看惯仔，倒也无啥要紧。勿然·径关来哚书房里，好像蛮规矩；放出来仔，来勿及个去白相，难末倒坏哉。"可是一个"眉目清秀，一表人才"的未婚少年，在清倌人周双玉眼里就是个物色的好对象。周双玉年纪虽小，却是一个玩花头的能手。她将朱淑人这个"嫩头"玩弄于股掌之中。在打情骂俏中她善于用"欲擒故纵"的手法，当她掌控了朱淑人后，有时她会对他很严厉，将他"吓痴一般"，当这时她又会给他一点柔情蜜意。朱淑人只好在感情的惊涛骇浪与清波荡漾中小心翼翼地"伺候"着她。当她抓住了这个"见习狎客"的心后，就先下手为强，暗中与他发生了性关系。他们山盟海誓：周的野心就是要做朱淑人的正妻。但在当时的传统观念中，妻是妻，妾是妾，妓是妓。妓只能为妾，不能为妻。朱霭人在得到了迟到的消息后，赶快为朱淑人订了一位门当户对的正妻，最多将来两个一起娶回去，但妻妾的名分是不可不分的。于是周双玉策划演出了一场有惊无险的活闹剧。当她知道朱淑人已由哥哥给他另订婚约后，她想做正妻的愿望破灭了。于是周将朱淑人找来,和颜悦色地问他是否记得去年发生性关系后的誓言。朱淑人只好说"记得":那时他们曾立下"愿结为夫妇,生死相同之誓"。于是她拿出两杯鸦片汁来,要朱淑人与她一同自杀。朱淑人当然不肯吃,双玉就硬灌,结果全喷在床上。"只见双玉举起那一杯,张开小嘴咽嘟咽嘟尽力下咽。"两人在抢杯子时,杯子掼在地上,"豁琅"一声。楼下人听见后就来相劝。双玉柳眉倒竖,杏眼圆睁,咬牙切齿骂道:"耐个无良心杀千刀、强盗坯!耐说一淘死,故歇耐倒勿肯死哉!我到仔阎罗王殿浪末,定归要捉耐个杀坯,看耐逃走到陆里去!"众人忙乱间,请来了医生。大家劝双玉吃药,双玉笑道:"劝啥嗄?放来浪等我自家吃末哉啘。俚不死,我倒犯勿着死拨俚看,定归要他死仔末我再死!"结果经过谈判,由霭人出一万元赔偿给双玉。"五千末拨俚赎身,再有五千,搭俚办副嫁妆,让俚嫁仔人末好哉。"朱霭人亲尝到他的"特殊教育法"的结果,真是"始而惊,继而愧,终于懊丧欲绝"。一万元在当时可不是小数目呀。

妓院这本是一行"无烟工商业"。但妓女各有个性,黄翠凤不像"商人",沈小红也不像,嫖客是妓女的上帝,哪有像她这样虐待上帝的呢?但双玉就像一位出色的女商人。她的初夜权就卖了"一万元",如果能做正妻则更是暴利。不过有的妓女的确是自觉的女商人。韩邦庆写了另一位妓女卫霞仙。

姚季莼的夫人将她丈夫管得很紧,但她懂得男人做生意离不开妓院。不过她认为丈夫与卫霞仙的关系出了格,就带了几个健壮的女仆上门去找卫霞仙兴师问罪,看样子非有一场武戏演出不可。但卫霞仙一张利嘴如出鞘之剑,软绵的苏州话在她口中就成了纯钢的

"绕指柔"。在大家正劝姚夫人平平气时,卫霞仙却用一席话狠杀了姚夫人的锐气。小说中的这段话使胡适大为赞赏,他在 1926 年为《海上花列传》写亚东版的"序言"时,全引了这段话:

> 耐个家主公末,该应到耐府流去寻啘。耐啥辰光交代拨倪,故歇到该搭来寻耐家主公?倪堂子里倒勿曾到耐府浪来请客人,耐倒先到倪堂子里来寻耐家主公,阿要笑话!倪开堂子做生意,走得进来,总是客人,阿管俚是啥人个家主公!老实搭说仔罢:二少爷来里耐府浪是耐个家主公;到仔该搭来,就是倪个客人哉。耐有本事,耐拿家仔公看牢仔。为啥放俚到堂子里来白相?来里该搭堂仔里,耐再要想拉得去,耐去问声看,上海夷场浪阿有该号规矩?故歇勍说二少爷勿曾来,就来仔,耐阿敢骂俚一声,打俚一记!耐欺瞒耐家主公,勿关倪事;要欺瞒仔倪个客人,耐当心点。(第 23 回)

胡适说,这一段话"无论翻译成那一种方言,都不能不失掉原来的神气。这真是方言文学独有的长处"[①]。在上海夷场(即洋场)上妓院是一种正当的营业,她卫霞仙向洋场纳税,洋场当局给她发营业执照。她是女商人,出卖男性所想要的柔情蜜意,有时也包括性交易。因此,这次姚夫人来兴师问罪,反是姚夫人理亏,只好大哭而归。在封建社会中姚夫人可以动手打堂子,但时过境迁。上海的社会在变,人们的思想意识也在变。卫霞仙有恃无恐。

这部小说是有传世价值的,它得到了四位文学大师的肯定。鲁迅的最高评价是说它"记载如实,绝少夸张,则固能自践其'写照传神,属辞比事,点缀渲染,跃跃如生'(第 1 回)之约矣"[②]。韩邦庆在第 1 回就向读者保证,他写人叙事,皆能活灵活现,无比生

[①] 胡适:《海上花列传·序言》,《胡适文存》第 3 集,第 365 页。
[②] 鲁迅:《中国小说史略·第 26 篇·清之狭邪小说》,《鲁迅全集》第 9 卷,第 264 页。

动。大概因为是连载小说，他希望以此种广告式的语言，使读者能购买他的杂志。但鲁迅承认他能"自践其约"：他说到也确实做到了。至于胡适，更是对该小说推崇备至，将它提高到了经典小说的高位。而另一位文学与语言学大家刘半农不仅指出，要了解一种方言仅凭几句"例句"是不够的，非要像《海上花列传》一样，整部书都用吴语，才能知道一种地方方言的张力到底有多大；而且，他认为有许多小说中的人物是"平面"的，而韩邦庆小说中的人物是"立体"的。最令人感到震惊的是张爱玲。她用了近十年的时间两译《海上花列传》，先是将它译成"普通话"，即过去所谓的"国语"，又将它译成英文。但她晚年的精力不容许她将英文本整理出版了，最后当代翻译家孔慧怡女士将张爱玲的一大堆原稿经过精心整理后出版了，那已是20世纪末的事情了。张爱玲对《海上花列传》的热情，是与她对《红楼梦》的崇拜等量齐观的。

可惜的是韩邦庆这样一位伟大的小说家，在他1894年将《海上花列传》完稿后，当年就逝世了，年仅39岁。

中国现代通俗小说史略
A Brief History of Modern Chinese Popular Fiction
社会小说

李伯元的《官场现形记》

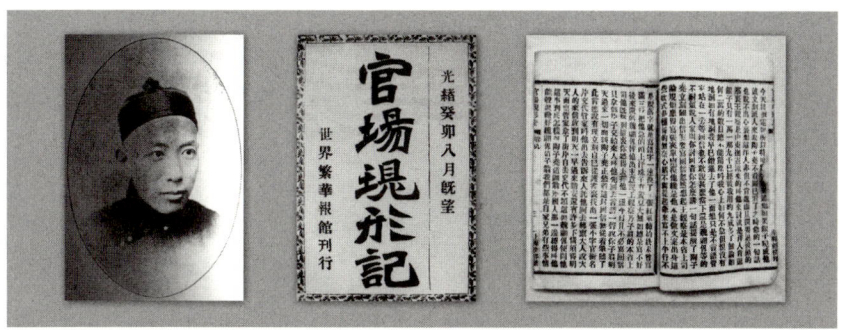

　　李伯元的《官场现形记》与吴趼人的《二十年目睹之怪现状》是清末两部最有代表性的现代通俗社会小说。

　　胡适曾这样概括地介绍《官场现形记》的主要情节：

　　　　《官场现形记》是一部社会史料。它所写的是中国旧社会里最重要的一种制度与势力——官，它所写的是这种制度最腐败、最堕落的时期——捐官最盛行的时期。①

　　胡适当然不是说《官场现形记》仅是一部"历史史料"，而是认为它是一部社会小说——讲的是中国"旧社会"里最重要的一种制度与势力。这是他对《官场现形记》小说类型的"定性"。而且胡适还长长地说了一段，证实了小说情节的真实性：

　　　　我们不能不承认这部《官场现形记》里大部分的材料可以代表当日官场的实在情形。那些有名姓可考的，如华中堂之

---

① 本节所引用的胡适的话，除另加注明的之外，都是出自胡适的《官场现形记·序》，见《胡适文存》第3集，黄山书社1996年版，第383—393页。

为荣禄，黑大叔之为李莲英都是历史上的人物，不用说了。那无数无名的小官，从钱典史到黄二麻子，从那做贼的鲁总爷到那把女儿献媚上司的冒得官，也都不能说是完全虚构的人物。

胡适认为这部小说对官场的种种荒谬、淫秽、昏庸的事迹的揭露做到了"酣畅淋漓"的地步。这些话不仅肯定了作为社会小说的《官场现形记》忠实于当时的社会现实，而且基本上简介了这部小说的主干情节。

至于《二十年目睹之怪现状》，它的许多重要情节，也说的是官场。它指出社会上的一切怪现状之首、之源就来自官场。在第47回中，吴继之说"官场上面的笑话，车载斗量"。例如小说的第5回就写了卖官的实况：

> 他在怀里掏出一个折子来递给我。我打开一看，上面开着江苏全省的县名，每一个县名底下，分注了些数目字，有注一万的，有注二三万的，也有注七八千的。我看了虽然有些明白，然而我不便就说是晓得了，因问他是甚意思。……他附着了我的耳边说道："这是得缺的一条捷径。若是要想那一个缺，只要照开着的数目，送到里面去，包你不到十天，就可以挂牌。"[①]

这样的情节《官场现形记》里也有。两位作者不约而同地如实反映了当时社会的真实，但《二十年目睹之怪现状》还涉及许多社会的恶习与陋风。

茂苑惜秋生为《官场现形记》写序时就深刻地指出："盖官者有士农工商之利，而无士农工商之劳也。天下爱之至深者，谋之必善；慕之至切者，求之必工。"而小说的结尾之第60回，又一次

---

① 吴趼人：《二十年目睹之怪现状》，凤凰出版社2017年版，第26页。

强调与重复了这个"利"字:"统天底下的买卖,只有做官利钱顶好,所以拿定主意,一定也要做官。"

如果还要讲这两部小说中的另一个相同的重要情节,那就是官场上严重的"恐洋症",这也是当时官场的通病。自从鸦片战争惨败之后,大清帝国这只纸老虎被洋人的武力戳穿了。于是从皇帝到下面的巡抚、县令之流,都传染了"恐洋症"。凡是官员遇到了涉洋的案件,总是唯洋人之命是从,通常以镇压中国老百姓以取悦洋人为结局。当时的官员以到没有洋人足迹的地方任官为幸。在《官场现形记》第9回至第10回中,那个山东巡抚胡理图的哀叹是十分典型的:

> 这都是我兄弟命里所招。兄弟自从县令起家,直到如今,为了洋人,不知道我花了多少冤枉钱,叫我走了多少冤枉路,吃了多少苦头。我走到东,他跟到东,我走到西,他跟到西,真正是我命里所招。看来这把椅子又要叫我坐不长远了。……将来兄弟这条命,一定送在外国人手里!诸公不要不相信,等着瞧吧。①

原批中有8个字是:"惊弓之鸟""杯弓蛇影"。怕到这份上,这样的官不丧权辱国才怪呢!

无独有偶,在《二十年目睹之怪现状》第84回到第85回,写外国人花了40元从中国的一个和尚与一个流痞手里买下了庐山牯牛岭。事情闹到总理衙门,总理衙门一个大臣写信给处理此事的抚台说:"台湾一省地方,朝廷尚且拿它送给日本,何况区区一座牯牛岭,值得什么!将就送了他吧!况且争回来,又不是你的产业,何苦呢!"原批中说,受处分或革职的总是中国的下级官吏。

---

① 李伯元:《官场现形记》,凤凰出版社2020年版,第102—103页。

如果脑袋还没有掉，那又得像胡理图一样，再花冤枉钱去买官。

鲁迅与胡适对于这两部小说都有评价。鲁迅的评价详见《中国小说史略·第28篇·清末之谴责小说》，而胡适的评价主要见1927年他为亚东版《官场现形记》所写的"官场现形记·序"。胡适是圆通的，在他写这篇序言前，他是读过鲁迅对该小说的评价的，因此对鲁迅的若干意见表示了认同。例如他在"序"中说："讽刺小说之降为谴责小说，固然是文学史上大不幸的事。""故谴责小说虽有浅薄，显露，溢恶种种短处……"不过他每当说这种话时，后面都加上"但"或"然"之类的转折语气，表示他还有自己的"补充"。他评价《官场现形记》的第一句话就说："《官场现形记》是一部社会史料。"（波浪线原有，下同——引者注。）胡适将它定性为"社会小说"，与鲁迅认定它为谴责小说并不存在原则性上的分歧。我们可以把谴责小说看成社会小说的一个分支。社会小说是一种类型，而"谴责"是说明作者对待社会的态度，及其反映社会所采取的一种方式。但胡适接着指出了这部小说里的大部分材料的"真实性"，"可以代表当日官场的实在情形"。这与"然臆说颇多，难云实录"[①]的意见是相左的。可见，二位文学大师对这部小说是有不同看法的。但他们最根本的不同是：鲁迅是站在"精英观点"的立场上予以评价的，而胡适则是站在"浅人社会的要求"基点上立论的。

鲁迅在1923—1924年刊印他的《中国小说史略》时，就曾说过："现在的新文艺是外来的新兴的潮流，不是古国的一般人们所能轻易了解的，尤其是在这特别的中国。"[②]直到1936年，他在《"中国杰出小说"小引》中还重复了上述观点。他终其一生，是站

---

① 本文中所引鲁迅的话，除另有注释者外，均引自鲁迅的《清末之谴责小说》，见《鲁迅全集》第9卷，第282—292页。（以下所引《鲁迅全集》均为此版本，不再一一注明。）
② 鲁迅：《关于〈小说世界〉》，《鲁迅全集》第8卷，人民文学出版社1981年版，第112页。

在"精英观点"的立场上的;但胡适在《官场现形记·序》中非常谅解地指出:"但作者个人生计上的逼迫,浅人社会的要求,都不许作者如此做去。于是李宝嘉遂不得不牺牲他的艺术而迁就一时的社会心理。于是《官场现形记》遂不得不降作一部摭拾话柄的杂记小说。"这说明胡适将《官场现形记》视为一部通俗小说。鲁迅是将《儒林外史》作为讽刺小说的典范予以论述的。胡适也同意鲁迅的观点,但他却指出,这部小说只在"精英圈子"中流传,而对浅人社会是没有什么影响的:"况且书里的人物又都是'儒林'中人,谈的什么'举业'、'选政'都不是一般人能了解的。因此,第一流小说之中,《儒林外史》的流行不广,但这部书在文人社会里的魔力可真不小!"①

鲁迅对谴责小说作者的主观动机是予以肯定的,他认为这类小说在当时特别流行是因为当时"有识者则已幡然思改革,凭敌忾之心,呼维新与爱国,而于'富强'尤致意焉。戊戌变政既不成,越二年即庚子岁而有义和团之变,群乃知政府不足与图治,顿有掊击之意矣。其在小说,则揭发伏藏,显其弊恶,而于时政,严加纠弹,或更扩充,并及风俗。虽命意在于匡世,似与讽刺小说同伦,而辞气浮露,笔无藏锋,甚且过甚其辞,以合时人嗜好,则其度量技术之相去甚远矣,故别谓之谴责小说。其作者,则南亭亭长(李伯元)与我佛山人(吴趼人)名最著"。他指出,虽然他们想学《儒林外史》,但"无自序所谓'含蓄蕴酿'之实,殊不足望文木老人(吴敬梓)后尘。况所搜罗,又仅'话柄',联缀此等,以成类书,官场伎俩,本小异大同,汇为长编,即千篇一律,特缘时势要求,得以为快,故《官场现形记》乃骤享大名"。同样,鲁迅

---

① 胡适:《五十年来中国之文学》,《最近五十年——申报馆五十周年纪念》,上海书店1987年影印版,第16页。

认为吴趼人写了《二十年目睹之怪现状》后,"名于是日盛":"全书以自号'九死一生'者为线索,历记二十年中所遇,所见,所闻天地间惊听之事,缀为一书,始自童年,末无结束,杂集'话柄',与《官场现形记》同。……仅足供闲散者谈笑之资而已。"从鲁迅的评论看来,他认为二位作者的主观意图是为了"匡世",但对作品的文学技巧提出了批评。他认为这不能与吴敬梓的《儒林外史》相提并论,达不到"婉而多讽"的"含蓄蕴酿"。"辞气浮露,笔无藏锋"这八个字是下得很重的,也一针见血地指出文学技巧上的缺点。鲁迅也实事求是地肯定了这两部作品广泛的社会影响——二位作者都因这两部作品而"骤享大名"。至于其中的原因是"以合时人嗜好""得以为快",言下之意是有"迎合"与"媚俗"之嫌。从精英立场出发这样的评价是完全合理的。但如果辩证地看到另一方面,他们怎么能"骤享大名"的呢?恐怕与他们的"笔无藏锋"是有关系的。"辞气浮露"的"浮"当然不好,但"露"则是使小说与俗者相通的媒介之一。通俗小说是不讲究"藏锋"的,它常常得将"锋"外"露",才能为俗众所看得懂。也就是说,由于清末这样的一个特定的境遇,面对这样一个腐败的政府,这样一个污浊的官场,再用那种"婉而多讽"的笔法已无法贴近"浅人社会"的"期待视野"了。而那些谴责小说却能深入中下层社会,动员市民关心政局,起到了梁启超们倡导的政治小说想达到而未曾达到的效果。在特定的形势下,这种有烧灼感的小说才能对腐败的清廷有"焚毁"的作用。因此,鲁迅与胡适的侧重点不同。鲁迅从"精英观点"出发,对《官场现形记》的艺术性予以评点,那么这八个字是完全站得住脚的;而胡适则侧重于读者对象的定位——"浅人社会",因此他认为小说的艺术性的确太差,其中也有一个原因是为读者对象制约,而做的无可奈何的"妥协"。其实胡适对《官场现形记》的艺术性也提出了批评,他指出这部小说"写大官的地方都不见出色,因为这种材料都是间接得来的,……又如书中写北京官场的情形(第 24—29 回),看了也令人起一种不自然的感觉"。胡适的这些意见,我们可在包天笑的回忆录中得到证实:

> 其时正当清末,人民正痛恨那些官场的贪污暴虐,这一种谴责小说,也正风行一时,李伯元笔下恣肆,颇能侦得许多官场丑史……我当时也认识他,在张园时常晤见。所谓张园者,又名"味莼园",园主张叔和(名鸿禄,常州人,广东候补道,曾办招商局,亏空公款,被参革职,以其宦囊,在上海造了那座张园)与李伯元为同乡,所以我知《官场现形记》中的故事,有大半出自张叔和口中呢。①

李伯元缺乏生活实感,他的"话柄"当然就显得不够细致生动。其实"话柄"是个中性名词。"话柄"的原意是"被他人当作谈话资料的言论与行为"。它与新文学理论中的"细节"有时是难以分清的。例如在《儒林外史》中严监生临死时,颤颤巍巍地伸出两个指头,怎么也不肯断气。这被新文学家视为一个不可多得的精彩"细节"。但这也是一个可以被人们作为谈话资料的话柄。问题是李伯元的"话柄"太粗糙,谈不上是富有生活魅力的"细节"。而且将这些粗糙的话柄"杂集"罗列在一起,就显得千篇一律,连起码的艺术性也荡然无存了。于是胡适对李伯元的《官场现形记》的艺术性提出了四点批评:一、既没有结构,又没有剪裁;二、有时作者还肯加上一点组织点缀的功夫,有时连一点最低限度的技术

---

① 包天笑:《钏影楼回忆录》,香港大华出版社 1971 年版,第 445 页。

都免去了，便成了随笔记账；三、书中的人物几乎没有一个有一点个性的表现；四、此书里没有一个好官，也没有一个好人。作者描写这班人，只存谴责之心，毫无哀矜之意；谴责之中，又很少诙谐的风趣……这种风格，在文学品位上，是很低的。胡适的这些批评也是很中肯的。但胡适认为从《官场现形记》第43回至第45回的艺术性是很高的，因此他断定李伯元有写讽刺小说的才能。这个判断是有问题的。李伯元的其他主要作品，都属于谴责型的，他缺乏"婉而多讽"的才能，更谈不上为"浅人社会"的要求而作出"牺牲"。不过我们可以这样认为，讽刺小说与谴责小说是两种类型，讽刺中当然有谴责的成分，但它是绵里藏针、柔中带刚的；谴责却是怒目金刚的直面呵斥。二者只要艺术性达到水准，它们无所谓高低；但《官场现形记》的艺术性太差了，因此它既想学《儒林外史》，却又无法望其项背，那当然也可以说是一种"降"格。

胡适与鲁迅很大的不同之点是，他还从社会效益的角度出发，对《官场现形记》予以适当的肯定：

> 当时中国屡败之后，政制社会的积弊都暴露出来了，有心的人都渐渐肯抛弃向来夸大狂的态度，渐渐肯回头来谴责中国本身的制度不良，政治腐败，社会龌龊。故谴责小说虽有浅薄，显露，溢恶种种短处，<u>然他们确能表示当日社会的反省的态度，责己的态度。</u>这种态度是社会改革的先声。……我们回头看那班敢于指斥中国社会罪恶的谴责小说，真不能不脱下帽子向他们表示十分的敬意了。

胡适的这种重视谴责小说社会效益的态度是值得肯定的。但我们也应感谢鲁迅"发明"了"谴责小说"这一名词，这是鲁迅在现代文学史上的首创。在晚清与民国时期，李伯元与吴趼人的这类谴责小说竟成了通俗文学家为之继承的一个传统。当通俗作家感到政府腐败、社会黑暗、世道不公时，就发出一种愤怒谴责的正义之声。因此，完全可以说，社会小说中的一个重要分支是谴责小说。

　　鲁迅在评价谴责小说时说："特缘时势要求"，"以合时人嗜好"。其实"嗜好"也是一个中性名词，即"特殊的爱好"之意。嗜酒、嗜烟、嗜赌当然为我们所不取。但平民百姓能"嗜书""嗜谴责小说"这是一件好事。说明李伯元与吴趼人能帮助他们宣泄内心的愤怒，老百姓因此而得以为快，也使他们更明确了应该要唾弃和推翻的对象。因此，如果在提高艺术性要求的前提下，以鲁迅所写的"特缘时势要求"，"以合时人嗜好"这12个字来权衡谴责小说，那就是对"谴责小说"最确切的评价了。

刘鹗的《老残游记》

《老残游记》的作者刘鹗（1857—1909），字铁云，别署洪都百炼生。江苏丹徒人。他因科举失利，发奋专攻杂学，将自己锻造成一个"不守绳墨，勇于作为"①的人。胡适则称赞他道："他是一个很有见识的学者，同时又是一个很有识力和胆力的政客。"②夏威夷大学教授马幼垣说他是"'小说家、诗人、哲学家、音乐家、医生、企业家、数学家、藏书家、古董收藏家、水利专家和慈善家。'……设若再冠以甲骨学家、印学家、碑版学家、文字学家、书法家、钱币收藏家、旅行家、改革家，乃至太谷学派研究家，亦未尝不可"③。这说明刘鹗所涉猎的杂学之广。但是刘鹗作为一位"很有识力和胆力的政客"的潜力没有能充分发挥出来，尽管他的确有这方面的才能。如他曾提议开矿，但"国无素蓄，不如任欧人开之，我严定其制，令三十年而全矿路归我。如是，则彼之利在一

---

① 严薇青：《老残游记·前言》，齐鲁书社1985年版，第7页。
② 胡适：《老残游记·序》，本文中如引胡适的话而未加注者，均见于《胡适文存》第3卷，黄山书社1996年版，第394—411页。
③ 转引自陈玉堂：《刘鹗散记》，云南人民出版社1998年版，第3页。

时，而我之利在百世矣"①。于是他的"汉奸"之名大噪于世。在庚子年间（1900），八国侵略军攻陷北京，首都发生饥荒，他自发携款进京，和帝国主义侵略者谈判，因欧人不食米，他以贱价购得太仓米，平粜给百姓，救民于水火。但几年后，他因私动皇库粮食之罪，被判流放新疆。不久后，他病逝于乌鲁木齐。他是一位"谤满天下不觉稍损，誉满天下不觉稍益"②的我行我素者。如果生逢其时，他一定是一位改革开放的急先锋和敢作敢为的实践家。

（一）

《老残游记》③的第1回里写了一个梦境，老残看到一条七穿八孔的大船在海洋中颠簸，毫无方向感地乱转，眼看就有沉没的危险，而船上的水手还只顾在剥船客们的衣服，抢他们的食物。老残与友人驾着小船追了上去。赠上一个"罗盘"和"纪限仪"（天文仪器）。船行有了方向，就有救了。可是水手们见状却忽然咆哮："船主！船主！千万不可为这人所惑！他们用的是外国向盘，一定是洋鬼子差遣来的汉奸！""这是卖船的汉奸！快杀，快杀！"他们只得回到小船上去，但这只小船随即被水手们击沉了。老残自知万无生机，慌忙中睁开眼睛，却"原来是一梦！"这当然是一个具有象征性的情节，这大船就是清末中国的现状。

小说中的主人公老残是一位摇着串铃，行走四方的游医，他不仅医治人们肉体上的疾病，而且还想医治社会上的一种奇病："清官"害民症。这种奇病是一般人所不知的。正如小说第16回的原评中所指出的：

赃官可恨，人人知之；清官尤可恨，人多不知。盖赃

---

① 罗振玉：《刘铁云传》，引自胡适《老残游记·序》，见《胡适文存》第3卷，第394页。
② 刘鹗致黄归群函中语，转引自严薇青《老残游记·前言》，第17页。
③ 刘鹗：《老残游记》，凤凰出版社2007年版。（以下所引小说原文均出自此版本。）

官自知有病，不敢公然为非；清官则自以为我不要钱，何所不可？刚愎自用，小则杀人，大则误国。吾人亲眼所睹，不知凡几矣。……作者苦心愿天下清官勿以不要钱便可任性妄为也。历来小说，皆揭赃官之恶，可揭清官之恶者，自《老残游记》始。

鲁迅与胡适在评论此书时都引用了这段话，可见老残的这个发现其价值是不小的。《老残游记》共20回，前半揭一清官玉贤"玉太尊"，后半揭一清官刚弼。但这两个清官有一个共同的特点，那就是都是酷吏。在老残云游四方时，打听到山东曹州府的知府玉大人的为官之道，老百姓说玉大人是个清官，官声极好，政绩甚佳。曹州府真的是做到了路不拾遗的清平世界。玉贤是如何做到的呢？百姓们说，他就是办案"手太辣些，起初还办着几个强盗，后来强盗摸着他的脾气，这玉大人倒反做了强盗的兵器了"。这些评语听来似乎矛盾，但是听了老百姓口述于家屯一个财主于朝栋的典型案例后，就觉得一点也不矛盾了。

于朝栋家曾遭抢劫，他因报了案，受到强盗的报复。强盗作案后，将官军引向于家屯，然后栽赃于朝栋。玉贤遍搜于家屯，在于朝栋家中搜到赃物，不问缘由，就将于朝栋和他两个儿子抓到衙门中。一对失单，确与于家搜到的赃物相对。于是就将于氏父子关入"站笼"。这关入"站笼"就等于宣判了死刑。原来他在府门前设了12个"站笼"，那"罪犯"头伸在站笼外，身体动弹不得，这样站上三四天就惨死在站笼中。这12个站笼就放在府衙门前"示众"，几乎天天不空，其中冤死的人实在不少。于朝栋和他的大儿子站了三天就死了，他的二儿子还有一口气，他的妻子跪在府衙前呼冤，以自杀死谏，恳求玉贤为于家留一条根。大家为她的惨烈所感动，有请于玉贤。可是玉大人却说，如果她是男的，我还要对她鞭尸二千。捕快们激于义愤，终将栽赃的强盗抓捕归案，玉贤审问后却将他们放了（因为他自以为真凶既已正法，这些人不可能再是凶犯），可见他已成了强盗的兵器了。

玉贤宣判死刑不是靠杀头，而是靠这样的"示众"将"犯人"折磨死。百姓经过府衙门前看到这12个站笼示众的惨象，个个胆战心惊，于是玉贤就靠"虐杀"制造出了曹州府的一个"清平世界"。老残未进城时，旅店的伙计就一再关照他进城连说话也得小心些。老残进城问百姓关于玉贤的政绩，老百姓竟异口同声说好，不过脸上都带有惨淡的颜色。老残不觉暗暗点头，体会到什么才叫作"苛政猛于虎"了。老残分析玉贤的心理入木三分：那位玉太尊，有才，又急于想做大官，于是就要政绩，他的政绩就是杀人，杀民如杀贼，杀得人人噤若寒蝉，杀出一个清平世界来：

> 我说无才的要做官很不要紧，正坏在有才的要做官。你想，这个玉太尊不是个有才的吗？只为过于要做官，且急于做大官，所以伤天害理的做到这样。而且政声又是如此好，怕不数年之间就要方面兼圻的吗。官愈大，害愈甚：守一府则一府伤，抚一省则一省残，宰天下则天下死！

《老残游记》的下半部则写另一个清官兼酷吏刚弼。刚弼治下出了13条人命大案。他将嫌疑犯父女两人抓去。嫌疑犯家的账房就在外面为他们张罗了一笔钱想去贿赂，于是"清官"认定：你们一定是真凶，否则你们为什么要贿赂我？父女两人根本不知道这贿赂的事，当然还是喊冤。于是刚弼就连连动用大刑。一个弱女子，怎么经得起连连动大刑。犯人屈打成招。然后刚弼又想当然地要女子交出一个奸夫来，奸夫是不好"发明"出来的，于是又要动大刑。老残动了义愤，他向自己认识的一位大官庄宫保请求派白太尊来参加复审。白太尊也是一个大大的清官，连刚弼也不得不佩服的。白太尊到后，看了全部案卷，调集所有证人，只半天就将案件审得清清楚楚。但令刚弼百思不得其解的是，他们父女既然是清白的，又何必来贿赂我呢？但白太尊一语道破：这不过是由于乡下人不懂规矩，以为吃官司非要花钱不可，才有这愚蠢的举动。后来真正的案情却由老残像侦探一样，一一查明。父女俩才得以一洗冤屈。

《老残游记》里写了三种官员，一种自以为是清官，却为所欲为，不惜用百姓的鲜血来染红自己的顶子（清朝的官职大小看帽子上的顶戴就可知道，官阶最高的用红宝石；其他还有蓝宝石、水晶石等不同级别）。而酷吏刚弼的两个致命伤，却被白太守很客气、很中肯地点明了。白太守在提审前要求先将全部案卷细看一遍，未看之前不敢先有成见。他对刚弼说："像老哥聪明正直，凡事先有成竹在胸，自然投无不利。兄弟资质甚鲁，只好就事论事，细意推求……"这明明是反话正说，实际上是批评刚弼一切按主观随意性办事。到审案完毕后，他就直截了当地批评刚弼："清廉人原是最令人佩服的，只有一个脾气不好，他总觉得天下人都是小人，只他一个人是君子。这个念头最害事的，把天下大事不知害了多少！老兄也犯这个毛病，莫怪兄弟直言。至于魏家花钱，是他们乡下人没见识处，不足为怪也。"这样看来白太守才是清官的典型。他不像玉贤一心要做大官，以残害百姓为其政绩，竟然放了正凶强盗，那应是十足的"浑官"。而刚弼的"浑"却是另一种表现，他一切任凭想当然的主观办事，凭此作风没有一件事是不"浑"的。因此这些所谓清官，实际上是"浑官"，他们不同之处就在于有不同的"浑"法。玉贤者是影射毓贤，他是庚子义和拳案的罪魁之一。刚弼乃"刚愎"的谐音，并不是影射具体哪个人的，只是官场中的一种类型的代表而已。

这部小说中还写了另一种官僚。有官员为治理黄河献策，他们认为按此策虽会使十几万乡民生命财产遭灭顶之灾，但能一劳永逸。庄宫保虽尚能体察民情，听了之后，一面采用此策，但一面却又流下了眼泪。不过眼泪是救不了百姓的，大灾果然发生，百姓生命财产都被洪水吞没。有治水经验的老残知道后说，此策是绝对错误的。他只好感慨地说："然创此议之人，却也不是坏心，并无分毫为己私见在内，只因但会读书，不谙世故，举手动足便错。孟子所以说：'尽信书，则不如无书。'岂但河工为然？天下大事，坏于奸臣者十之三四，坏于不通世故之君子者，倒有十之六七者也！"《老残游记》里就写了这样三种官吏。但它重点是写"清官"之为非，而其他两种类型只是略写而已。胡适评论道："有人说，李伯元做的是《官场现形记》，刘铁云做的是做官教科书。其实'就事论事，细意推求'，这八个字何止是做官教科书？简直是做学问做人的教科书了。"

（二）

鲁迅对《老残游记》艺术性的评价是"叙景状物，时有可观"。[①] 胡适的见解与鲁迅的完全一致，但他阐释得更为详尽。他认为中国古代的小说在描写人物方面还很肯用力气，"但描写风景

---

① 鲁迅：《中国小说史略·第28篇·清末之谴责小说》，见《鲁迅全集》第9卷，人民文学出版社1981年版，第289页。

的能力在旧小说里简直没有。……《老残游记》最擅长的是描写的技术；无论写人写景，作者都不肯用套语烂调，总想熔铸新词，作实地的描写。在这点上，这部书可算是前无古人了。"例如写中国北方苦寒，到了冬天河面全都结了冰，《游记》里能写出"小河结冰是何形状？大河结冰是何形状？河南黄河结冰是何形状？山东黄河结冰是何形状？须知前一卷所写是山东黄河结冰"。（这里是指该书第12回中的河中冰凌的描写）也就是说，刘鹗写景物也是有个性的。在人物的描写上对"清官"的描写，玉贤与刚弼的"清"与"浑"也都是各有个性的。

胡适还特别提到，小说第2回中写王小玉唱书的一大段是《游记》中最用气力的描写。王小玉是位唱北方曲艺大鼓书的女演员。小说对她出场时的台型直到她的演唱都做了极精致的刻画。正在剧场闹哄哄之际，王小玉出场了：

> 年纪约十八九岁……瓜子脸儿，白净面皮，相貌不过中人以上之姿，只觉得秀而不媚，清而不寒，半低着头出来，立在半桌后面，把梨花简丁当了几声，煞是奇怪，只是两片顽铁，到她手里，便有了五音十二律似的。又将鼓捶子轻轻点了两下，方抬起头来，向台下一盼。那双眼睛，如秋水，如寒星，如宝珠，如白水银里头养着两丸黑水银，左右一顾一看，连那坐在远远墙角子里的人，都觉得王小玉看见我了，那坐得近的，更不必说。就这一眼，满园子里便鸦雀无声。……
>
> 王小玉便启朱唇，发皓齿，唱了几句书儿。声音初不甚大，只觉入耳有说不出来的妙境：五脏六腑里，像熨斗熨过，无一处不伏贴；三万六千个毛孔，像吃了人参果，无一个毛孔

不畅快。唱了十数句之后，渐渐的越唱越高，忽然拔了一个尖儿，像一线钢丝抛入天际，不禁暗暗叫绝。那知她于那极高的地方，尚能回环转折；几啭之后，又高一层，接连有三四叠，节节高起。恍如由傲来峰西面，攀登泰山的景象：初看傲来峰削壁千仞，以为上与天通；及至翻到傲来峰顶才见扇子崖更在傲来峰上；及至翻到扇子崖，又见南天门更在扇子崖之上：愈翻愈险，愈险愈奇。

　　那王小玉唱到极高的三四叠后陡然一落，又极力骋其千回百折的精神，如一条飞蛇在黄山三十六峰半中腰里盘旋穿插，顷刻之间，周匝数遍。从此以后，愈唱愈低，愈低愈细，那声音渐渐的就听不见了。满园子的人都屏气凝神，不敢少动。约有两三分钟之久，仿佛有一点声音从地底下发出。这一出之后，忽又扬起，像放那东洋烟火，一个弹子上去，随化作千百道五色火光，纵横散乱。这一声飞起，即有无限声音俱来并发。那弹弦子的亦全用轮指，忽大忽小，同她那声音相和相合，有如花坞春晓，好鸟乱鸣。耳朵忙不过来，不晓得听那一声为是。正在缭乱之际，忽听霍然一声，人弦俱寂。这时台下叫好之声，轰然雷动。

胡适在评价时说："这一段唱书的音韵，是很大胆的尝试。音乐只能听，不容易用文字写出，所以不得不用许多具体的物事来作譬喻。白居易、欧阳修、苏轼都用过这个法子。刘鹗先生在这一段里连用七八种不同的譬喻，用新鲜的文字，明了的印象，使读者从这些逼人的印象里感觉到那无形象的音乐的妙处。这一次的尝试总算是很有成功的了。"作者既夸张地用"五脏六腑""三万六千个毛孔"的感受；又搬来了泰山之险、黄山之奇，加上东洋烟火之五光十色，一起献给那年轻的民间艺术家。王小玉音域之宽到达了"海豚音"尚能婉转从容，表演时又能收放自如，而低音时又能令听众侧耳屏息，处处都表现了她技艺之高超，无怪听众深深体会到"余音绕梁，三日不绝"的真实性，说听了王小玉的大鼓书，她的妙音三月之久还会萦绕耳边。

　　这样优秀的充满艺术性的作品在谴责小说中是不多见的，但这部小说一度被压制在"靠边站"的境遇之中。原因是刘鹗要顽强地表现他的政治见解。他既反对"北拳"，又不赞成"南革"。他这部小说是写在义和团事发五年之后，他对"北拳"引来民族大灾大难是不满的，也不得不由他北上以救民困。这部小说写成时，离辛亥革命成功也正好是五年。我们看到他在第一回的梦中对革命者就极为反感，说"这等人恐怕不是办事的人，只是用几句文明的辞头骗几个钱用用罢了"。老残是个改良主义者，这从他献罗盘的举动中就可以看出，他以为用了这罗盘就可以救中国。他用了第8回下半到第12回上半的近4回表示对"北拳南革"的不屑。但在辛亥革命还未发动之前，革命与改良的争论是很激烈的。主人公赞成改良，也是那时客观存在的一种思潮。我们可以指出作品中的不足，以弃其糟粕，但不必因此而将一部有独到见解和艺术高超的小说打入冷宫。

包天笑的《上海春秋》

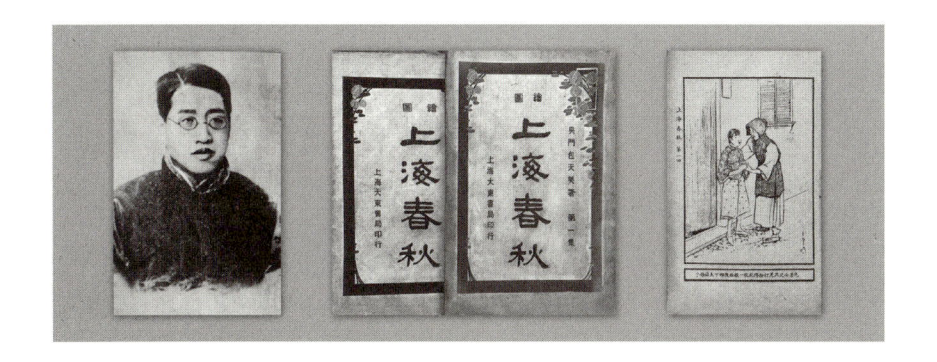

  包天笑在《上海春秋·赘言》[①]中写道:"都市者,文明之渊而罪恶之薮也。觇一国之文化者,必于都市,而种种穷奇梼杌变幻魍魉之事,亦推潜伏横行于都市。"作为一位在上海侨寓近20年的老报人,他谦虚地说:已能"略识上海各社会之情状",而且他认为上海作为第一大都会在全国是最具代表性的。于是他用了整整四年时间,在1926年终于完成了这部近60万字的长篇。他的意图是想为上海社会作一"面面观",但他并未用多少笔墨写上海乃"文明之渊",而主要是用几十个故事呈现它乃"罪恶之薮"。写这么多故事当然容易显得散漫,但这几十个故事是用"四个富家子弟"的情爱生活或放荡猎艳的丑行串连起来的,因此仔细读来,却又觉得"散而不散"。这四个青年即是陈老六、周小五、柳逢春和李君美。其中陈老六的祖上是京官,通过"刮地皮"掠夺了大量

---

① 包天笑:《上海春秋》,漓江出版社1987年版。(以下所引小说原文均出自此版本。)

民脂民膏，自己两脚一伸，去见阎王了，那就供子孙们在上海大肆挥霍了；其他几个大多是商人子弟。上海，上海——"万商之海"。这是一个资本社会，主要不是靠"钱权交易"，而是靠商业利润，但家长因忙于经营，对孩子就疏于教育，在这"罪恶之薮"环境中，子弟也极易受到不良的影响。包天笑在小说结尾时，有一番总结，大意是说：陈老六有财政权，因此放荡得比别人厉害；周小五的父亲忙于经商，母亲是"堂子"出身，对周小五从溺爱而至于放纵；柳逢春从内地来，生性胆怯，"知足常乐"，于男女情爱中也守此训，因此他对被陈老六抛弃的姘妇秀宝是满意的，情爱是巩固的；李君美是一个"佳子弟"，"性质好"，学问好，因此他自由恋爱的婚姻也很美满。这样的总结似乎较为就事论事。陈老六与周小五同样荒唐，可见关键不在于是否有财政权；从内地出来的与生长在上海的一样可以成为"不肖之子"，关键不应在于地域问题；而李君美在小说中只是在几个荒唐鬼之间作一陪衬，根本没有用多少笔墨。因此，可以认为包天笑这部小说是缺乏深度的。但我们也不能否定作者的一番苦心经营，他毕竟通过"四个富家子弟"各自的生活兼及他们的社会关系，让我们领略了上海这个半封建半殖民地的大都会中"罪恶之薮"的一面，特别是反映出中西文化在中国首先强力碰撞时社会的变易与转型。就如《官场现形记》一样，它在思想深度和艺术水准上是有欠缺的，但它毕竟反映了当时社会情状的主要表征。我们选《上海春秋》作为社会小说的代表作，也是主要着眼于上海当时在全国的首屈一指的大都会地位，而它的辐射性又极其强烈，能对它作一"面面观"的作品，也可象征着全国的风气之所向。在罪恶方面，它像吸足了污水的海绵一样，能涸湿周围的一大片，以至于渗透到全国。不过作者还未能解决小说中的一个大矛盾，那就是四个富家子弟与上海的平民市民乃至下层社会是缺乏紧密联系的，那将如何作"面面观"呢？为解决这一矛盾，包天笑就得动用四个富家子弟的各种社会关系，将他的笔触契入平民社会，甚至到达社会的最底层，但就效果而言，这种串连生硬者居多，天衣无缝者极少。但是，对于一位以叙事细腻著称的老作家说来，他讲的每个独立的故事往往都娓娓动听。我们就在这样一个结构上的不足，在"生硬串连"与"娓娓动听"的前提下开始观览这部小说大体情节吧。

　　陈老六显然是小说的最主要人物。包天笑在小说中写道，上海的最浅近的人生观是"财色两字的总包括，不过一个欲字而已……欲字好似一席盛筵，而人生只有一个肚皮，吃了那样，就不能再吃这样"。（第69回）陈老六就是这种最浅近的人生观的代表。对富家子弟来说即所谓"食饱思淫欲"了。小说结构上是通过陈老六将其他三个富家子弟"牵"出来的。《上海春秋》第1回就写"移民"。苏州的荡口村裁缝陆荣宝知道上海地方最是讲究衣着，即所谓"身上软披披，屋里呒不夜饭米"。因此上海的成衣业最为兴旺发达，他决心要去那找财路。他的妹子小妹姐和女儿陆秀宝当然随之迁往上海。小妹姐可不是个安分守己的料。就传统而言："那苏州的荡口一处地方却是苏沪两处堂子大姐社会一个发祥之地。物以类聚，总慢慢儿的牵引了去。"小妹姐也是其中的干将。堂子里的"大姐"，虽是妓女的帮佣，但有几分姿色的也要受嫖客的性骚扰。小妹姐在其中也见多识广，小说中她自始至终是个"特殊的人贩子"，她买卖女孩子，那些女孩子在她手中调教数年后，再以大价钱卖出，作为堂子的新台柱。因此她才有钱去投资做信托公司的股东，又在上海"信交风潮"中大亏本。在小说开场，包天笑就涉及了20世纪20年代初上海卖空买空的信托公司、交易所大风潮，曾使上海的经济饱受空前的浩劫。但另一条线索是陆荣宝带着女儿陆秀宝到豪门陈府去送新缝制的衣服时，陈老六在小说中出场了，他看中美貌的陆秀宝，于是就千方百计地勾引她。终于在外面"顶"①了"小房子"将陆秀宝占为己有。"小房子"是个上海当时特有的称谓：它并非指面积的大小，那是在家庭之外"金屋藏娇"的隐私秘窟。秀宝看中陈老六有钱，她的要求是极高的，从房子的装修到一切家具都是一流的标准。陈老六有财政权，他也不惜一切代价。但是他的特点是喜新厌旧。要占有一个女人时，他是千方百计不惜代价，当日后丧失新鲜感时，他就会去另觅新欢。包天笑就要通过他的这个特性，才可罗列出上海的各色淫秽的交易场所。当他对秀宝失去新鲜感时，他又去刮上一个妓女燕萍。其实在他年幼时家中早已为他配亲。那时就正为他的婚礼做一切准备，他却认为这是一种"野蛮"婚姻，现在要讲文明结婚，小时配的亲岂能算数？而女方也听到外面的风言风语，说他在外面已有了"小房子"，因此对他也很不满意。可是在当时缙绅豪门人家是不容许悔婚的。其实他的配偶龙明珠小姐不仅美貌，也多才多艺，而且还是受过几年新式教育的新女性。就在他们夫妻二人出场时，另三个富家子弟都被他们二人"带"了出来。贵族女校的闺蜜们为庆祝周小五姐姐的生日，就在这豪门家中试演《空谷兰》，还准备借剧场公开演出。龙明珠小姐要饰其中的一位男角，而周小五的西装正合龙明珠的身材。那时的周小五还颇为单纯，不像以后成了周老五那样堕落，一

---

① 上海寸土寸金，一房难求，"顶租"房子是指房子由人占着，你要租借就得先付一笔昂贵的"顶"费，然后再付每月的租金。

来二去两人之间还产生过一段感情。而陈老六与龙明珠结婚那天的伴郎就是陈老六嫂子的弟弟李君美，伴娘却是龙明珠要好的同学沈绿筠。两人站得很近，而新郎新娘交换饰物也先由伴郎伴娘经手，就在此时，这对帅哥与美女之间就产生了一见倾心的"化学反应"，埋下了互相爱慕的种子。而当另一位外来户扬州少爷柳逢春光临黄浦滩时，他所看中的对象就是陈老六遗弃的姘妇陆秀宝。因此，由陈老六一对夫妻的"拖带"，其他三个富家子弟就一一登台，然后作者才轮番有重点地叙述各人的行状。

陈老六娶妻后觉得美丽的新女性龙明珠果然别有一番新鲜的滋味，颇有画眉之乐，总算安分了三个月。但三个月之后，他就故态复萌，真所谓"偷腥的猫性不改"。他又想出去玩新花样了，要到"台基"上去猎取新艳色。"台基"是当年的一种色情服务机构，它与妓院的不同在于它不挂牌，不对外公开营业，必须经熟人介绍，方能进入这秘窟禁区去尝鲜。老鸨手下也没有专职的妓女，而是通过她日常的信息积累，能找到所谓"良家人"来提供性服务。例如有人家中妻妾成群，像《九尾龟》中的所谓"广田自荒"，于是要出外寻求一度春风的机会，如此等等。因此"台基"是一种介绍婚外情的场所，而调配露水鸳鸯的老鸨则提供幽会场所，收取不菲的中介费用，而痴男怨女之间的经济交易是男付女还是女贴男则由他们自行商酌。陈老六就通过内行人的介绍，与漂亮的金四小姐相识于某高档台基。几次来回觉得十分赏心悦目。于是金四就说不必再被老鸨敲诈，可直接到她住处相见。陈老六也颇以为然。第一次幽会非常顺利。到第二次正在进行时，忽然有人敲门，进来的一个男人自称是金四的丈夫，刚从汉口回来，定要与陈老六"白刀子进红刀子出"，此时金四也突然不见了。在此男子的逼迫下，陈老六给他写下一张五千大洋的借据。小说中简介了后续的发展，此人是汽车夫沈宝生，他靠这五千元，买了三辆旧汽车，开了一个汽车出租行，后来到民国二十四年竟做了上海总商会的总董。真所谓上海人说的"英雄不怕出身低"。陈老六的遭遇即所谓"仙人跳"，这也是借女色勾引而进行巨额敲诈的一种常用的手段。后来陈老六又在妓院中看中了花韵玉房中的一个大姐老四，他又无意中了解到老四曾是沈宝生的发妻，他非常得意，认为这是对沈宝生的一种报复：你搞"仙人跳"，我睡你的原配，自认取得了精神上的胜利。但老四是无法长期吸引陈老六的。此时出现一位绝色的美女张珊珊，她原是一个相面先生的女儿，这个看相先生之所以生意兴隆，是因为一些浮薄青年仰慕珊珊的美色，甚至隔三岔五要去看个相。后来有邻居要介绍珊珊去做模特儿，这反映了上海这一新职业的出现，但她被电影导演看中，让她去做电影"明星"。这样小说又写了上海一度出现一百多个电影公司的怪象，有的公司没有出一部电影就破产了。当时舞厅又成为时尚。陈老六又经介绍拜张珊珊这位明星做他学跳舞的教练，两人又勾搭在一起。包天笑给陈老六取了两个很形象的绰号：一个叫"石灰布袋"，说明他在不正当的场合中到处留下痕迹；另一个叫"垃圾马车"，说明他所拉载的都是垃圾女人。作者就是用这个角色来反映上海种种不正当的男女关系，在男女社交初步公开化时出现的种种怪胎。而陈老六的夫人龙明珠则天天研究商务印书馆出版的《离婚问题专号》，也说明即使缙绅人家，过去要离婚是绝对不可能的，而现在受西方风潮的影响，也可提出离婚的要求了。她曾对母亲说："这是一个人的终身大事，就这样隐忍一生，埋没一世吗？"

　　小说中上层社会与下层生活的联系往往写得很生硬，这种情况屡屡出现。其中典型的一例是陈老六与龙明珠举行结婚仪式时，他的汽车司机在接客人时出了车祸，撞死了一个叫王顺宝的小孩，于是婚礼的情节就"暂停"下来。写这个小孩的父亲王桂庭因吃"黑饭"（贩卖鸦片）而发了点小财，有钱后就姘上一个叫白娘娘的女人。白娘娘原在宁波，因羡慕上海的生活而吵着要到上海来，她丈夫李先生是南货店的伙计，收入微薄，满足不了白娘娘的虚荣心，于是王桂庭乘机与白娘娘就姘上了。王桂庭借给白娘娘许多钱，满足了她虚荣的物质要求，而她则用肉体来偿还王桂庭的债。王桂庭的太太察觉丈夫在外面姘女人，大吵几次，沉溺于赌博，从此无心管自己的儿子，让小孩一个人在马路上瞎闯，以致酿成了悲剧。后来王桂庭也因贩毒而吃了官司，白娘娘也由邻居介绍进袜厂做了女工，这原是很好的事，但她与一个小姐妹下工时要经过大世界，就天天进大世界看越剧。白就在剧场中与骗子相识，骗子骗她们说自己要在无锡开袜厂，请她们去做教习，工资当然比上海翻倍。骗子又说夹带毒品到昆山，路上保证万无一失，来去上海只几个钟头就可得30元报酬。这比她们在厂里做一个月工资22元还多。结果她们被骗至昆山载到荒僻的白鹤港，卖给了人贩子。这里的魔窟中有一批妇女，稍有不顺从就要挨打。而且这批妇女都要被贩卖到东北去，按姿色论价。作者所写出的教训是如果白娘娘安分守己地住在宁波，不羡慕上海的繁荣，也不至于为了金钱自破贞操，又遭被贩卖之祸。又从车祸说到"上海滩上有这一万辆汽车，就好像是一万只斑斓白额虎放在市上天天出来噬人，尤其是穷人家的老年人与小孩常常遭它的害",再说到"轧坏外国人的一条狗,赔偿五百两,轧死一个乡下老头儿,只赔五十两"。这些内容当然是《上海春秋》中应有之义,但插叙了几回书之多,让婚礼因此停摆,就觉得插叙得太生硬了。

扬州富户之子柳逢春到上海,在上海畅游了几天,觉得自己太土气了,虽然他身上的衣饰是在扬州新做的,原自以为非常光鲜。于是他从衣饰到乡音,努力下功夫上海化,在亲戚家中认识了陆秀宝后,就托亲戚介绍。秀宝被陈老六遗弃后颇有失落感,所幸在分手之前向陈老六狠狠地敲了一笔分手费。但在感情方面正觉空虚时,有这么一位扬派帅哥的追求,也感到此人比陈老六好驾驭得多,她可以有绝对的主导权,她由与柳恋爱而发展到接受他的求婚,时间不长就怀了身孕。可是柳逢春自幼就由家长订婚约,他在上海与秀宝同居之事被扬州父母知晓后,他母亲决定到上海来砸他们的"小房子"。这预示着一场剑拔弩张的"武戏"即将演出。如果要赞扬包天笑能将书中的单个故事讲得娓娓动听,那么这一段可算是书中的"经典"桥段了。柳母一到上海先在旅馆中住下,她的鸦片瘾很大,在路上已熬受了半天,到旅馆中急于摆开烟盘过瘾,可茶房匆匆到她房中将烟具收去。接着是外国巡捕就来查旅客有否在旅馆抽鸦片。老太第一次见到高鼻子洋人,惊恐万状。巡捕虽嗅到鸦片的烟味,但找不到实据,也就离去。第二天她带了自家上海字号里的手下人就打上"小房子"来。在她敲门时,小柳从阳台上看到是自己母亲,现在就轮到他惊恐万状了,柳吓得面无人色,但秀宝叫他镇定。老妈子开门后先请老太太客厅就座献茶,然后秀宝推说身体欠佳请老太太上楼相见。柳母一进此宅门,就觉得一切陈设使她眼前一亮，这比她扬州富户的摆设还要豪华，也就且慢撒野。上楼一看，秀宝也是大城市闺秀的气派，又是有孕之身，声称肚里的孩子也是柳家的血脉，又能拿她怎样呢。气氛也就开始和缓，老太太和秀宝渐渐谈及昨天晚上巡捕查鸦片烟的一幕，秀宝马上起来开出一个房间来，陈设一应齐全精致，说在这里你可以放心吞云吐雾。这大大解除了老太太在上海租界不能吸鸦片之忧。因此也就在"小房子"里安顿下来。心里还想："这也难怪小春子，这样漂亮的人，又如此舒服。"第一天她就反成了秀宝的"俘虏"。从第二天起，秀宝订了包厢，以有孕之身，请老太太到天蟾大舞台看戏，又到倚虹楼吃西餐。老太太大开眼界，很有点"乐不思蜀"了，对儿子说，要给秀宝二百元见面礼。柳逢春告诉秀宝，这二百元一定要磕头收下，这就是承认了你。秀宝与小柳的介绍人湘老七也是"鸦片老枪"，也能算是老太太的亲戚，就出面来拜访，两人对躺在烟榻上畅叙，亲如一家人。其实湘老七是柳太太亲哥哥石牌楼的姘妇，正因为她，柳太太的哥哥才将他的正妻"冷冻"在像古庙一样的老屋里，另立了"小房子"。但是她们二人在烟榻上以"毒品"为媒，越来越套近乎，最后湘老七竟要拜柳太太为干娘，还举行了拜干娘的仪式。柳太太还答应柳逢春与自幼订定的女子结婚后，与秀宝的关系是"两头大"。因为在中国一夫多妻时代，做小老婆对正妻要有很多低三下四的礼节的，因此，俗语说"宁可做天上一只鸟，勿做人间一个小"。包天笑用细致的笔墨将原本是预示着一场砸秀宝"小房子"的武戏，经"飞花鸟乱"的演出，反成了大团圆的喜剧。包天笑是很能妙笔生花的，以此为例就可知道就单个故事而言，《上海春秋》是写得很有亮点而不乏艺术风采的。

―――――――

周小五随着年龄的渐长而成了周老五。由于他母亲出身于堂子，对儿子一味纵容，虽然周老五没有财政权，但他可以从母亲处逼出钱物来，容他到堂子里去胡闹，做出种种令人不齿的丑事来。李君美与沈绿筠的自由恋爱，只是稍带作陪衬而已，只说他们婚后双双到国外去留学了。柳逢春后来也回扬州去完了婚，但他的妻子竟是一个白痴，他结婚后一星期就逃回上海，与秀宝在上海补办了一次婚礼。作者通过陈老六、周老五、李君美、柳逢春的遭遇对比想说明自由恋爱要比自小包办婚姻好；否则龙明珠也不会将商务印书馆的《离婚问题专号》整天捧在手上了。另外通过陈老六和周老五的经历说明家庭教育的重要性。这两个问题的提出，在当时中国的大环境中还是有一定意义的。而通过这四对男女的各种社会关系，讲了上海在开埠之后的千奇百怪的若干社会现象，只可惜他没有让读者认识到上海乃"文明之渊"，而只让读者看到上海乃"罪恶之薮"。如导致上海经济走下坡的大投机——"信交风潮"，除了各种淫窟和妓院之外，还有豪华的赌场：一个红筹代表一千元，一个绿筹代表五百元，有所谓红党、绿党之称；上海抢劫案与绑票案频发，街上巷内到处是"燕子窝"（一种供人吸食鸦片的小店），各处贴着庸医和劣药的小广告；家里死了人只要有钱，就可以向租界工部局申报路线后，举办大出丧，其场面之大犹如西方的示威游行；还有各种贩卖妇女儿童的人贩子机构，各种迷信与巫婆；办发财票与各种名义的奖券骗人钱财的骗局；舞厅中的妖姬与浪子使上海的社会风气桃色化；更有一种叫"花会"的赌博，设36门，内定了一门，如能打中，就1赔36，据传说想中就要在最可怕的环境中做梦，而这种可怕地方的托梦是最灵的，有助于打中而发财，于是有人到坟场或破古庙里去睡觉求梦，真令人匪夷所思；还有一种叫做"放白鸽"的骗局，如陆家小妹姐专门买卖小女孩，经培养后贩卖给堂子去做妓女，可是她买了一个女孩，这女孩摸清了她放首饰与钞票的地方后，就偷了财物半夜出逃，原来专门有不法之徒培养这种小女孩，到有钱人家卖身后，又偷了贵重物品，逃之夭夭，这就叫"放白鸽"……总之，这些中国固有的与西方流传来的江湖伎俩"中西合璧"在上海一度猖獗流行。包天笑虽然想使这部小说成为上海"面面观"，但其实也只能触及一个侧面而已。正由于只写了四个富家子弟，因此无法涉及上海青洪帮等其他类别的黑幕，上海的"水"也太深了。

中国现代通俗小说史略
A Brief History of Modern Chinese Popular Fiction
哀情小说

徐枕亚的《玉梨魂》

《玉梨魂》作者徐枕亚（1889—1937）曾被称为"鸳鸯蝴蝶派"的"祖师爷"。"鸳鸯蝴蝶派"这个名称是由周作人最早提出来的。1918年4月9日，周作人在北京大学演讲时说："现代的中国小说，还是多用旧形式者，就是对于文学和人生，还是旧思想，同旧形式不相抵触的缘故。"他在举例时，提到了"《玉梨魂》派的鸳鸯蝴蝶体"。① 1919年2月2日，他在《中国小说中的男女问题》一文中又说："近时流行的《玉梨魂》，虽文章很肉麻，为鸳鸯蝴蝶派小说的祖师，所记的事，却可算是一个问题。"② 周作人等新文学家当时正在倡导和研究"问题小说"。他的所谓"却可算是一个问题"，是因为《玉梨魂》中所涉及的就是"寡妇是否能再嫁"的问题。《玉梨魂》最初连载在1912年的《民权报》上，当时正值民国初年，寡妇不能再嫁是中国传下来的封建礼教戒规。当时提倡

---

① 周作人：《日本近三十年小说之发达》，见《中国新文学大系·理论建设集》，良友图书印刷公司1935年版，第292—293页。
② 周作人：《中国小说中的男女问题》，《每周评论》第7号，1919年2月2日，第2页。

"女子从一而终",否则就是"失节",为国人所不齿。

对作者徐枕亚来说,《玉梨魂》有自传的成分,但是其中的几个主要情节又出自虚构。因此这部小说就题材而论可谓"亦真亦幻"。1909—1911年,他在江苏无锡鸿山脚下西仓镇鸿西小学堂任教,借寓于离校很近的名书法家蔡荫庭家,并兼任他家的家庭教师。蔡家有寡媳陈佩芬(即书中的女主角白梨影的原型)出身书香门第,她的儿子梦增从徐氏读书。徐枕亚(小说中男主角何梦霞的原型)与陈佩芬在一个"家庭"中总有偶遇的机会,逐渐从相互倾慕到发生热恋,暗中常有书信往来与诗词酬答。尽管当时礼防甚为森严,可是他们的有利条件是以陈佩芬8岁的儿子为传递信札的青鸟。不过碍于封建礼教的束缚,他们不仅为了陈氏的名节,也为陈氏儿子梦增的前途计,终于不敢仿效司马相如和卓文君的私奔"叛逆"行为。为了报答徐枕亚的爱情,陈佩芬用"接木移花之计,僵桃代李之谋",千方百计促成小姑蔡蕊珠(小说中筠倩的原型)与徐枕亚结婚。在这一段自传的基础上,徐枕亚做了重要的情节虚构:梨娘以身殉情,小姑筠倩因不满梨娘所介绍的夫婿而郁郁殒亡,梦霞阵亡于辛亥武昌之役。这三位主要人物结局的改变,使这部小说成为一个彻头彻尾的悲剧。它的控诉力量就大大增强了。梨娘是一位美丽的至情人,但当时的社会只能让她空耗着如沸的至情,直到烧干她美丽的躯体。小姑筠倩是一位过去中国文学中所没有的形象,"从思想上来说,要说有一点新东西,那就是女主人公的小姑,是个女学生,她迁就嫂嫂的要求,订了婚,但她觉得在这个事情上,丧失了独立的人格,因此她觉得痛苦,最后她死掉了,这一种觉得自己丧失了独立人格因而痛苦的思想,是传统的文学里面所没有的，这是一种新的思想……"①而梦霞的殉国，当然更为"崇高"。这三位主人公死得精光，使当时的许多青年同声一恸。我们不得不钦佩徐枕亚"炮制"哀情的本领。如此，后来通俗小说中就出现了一种名为"哀情小说"的"品种"。徐枕亚用悲剧的形式取得了广大读者的同情，于是人们对寡妇不能再嫁的封建戒律提出了质疑。因为在读者看来白梨影与何梦霞是很美满的一对，应该组成一个幸福的家庭。他们炽热的爱情之火燃烧着，并没有被封建礼教的冰水所浇灭，何梦霞甚至写血书表示自己对爱情的执着，向白梨影表示永不向封建铁律缴械。但陈规陋习比阻挡牛郎织女的天河还要无情，连白梨影8岁的孩子也成了这封建礼教的"人质"：失节妇的儿子将不被这封建社会所接受。这不得不让白梨影辗转反侧。终于，她被迫想出用"移花接木"的办法来聊解这位青年的爱情"饥渴症"，而自己却用"殉情"去偿还何梦霞的这笔"爱情债"。这种血淋淋的情节，当然会感动广大青年读者。但是徐枕亚在写这部小说时，又表现出他在封建礼教面前的"软骨病"。他在作品中始终表示自己还是不越这封建礼教的底线的。他在小说中再三宣扬"发乎情，止乎礼"的思想。意思是对寡妇只是思想感情上"发乎情"，而自己在行动中却是"止乎礼"的。在小说中尽管书信来往频繁，但何梦霞与白梨影面对面的倾诉只有两次，而且连一个小手指也不敢接触一下。他虽然"发乎情"，甚至到"情不可遏"的地步，但他在旧礼教面前还是表示了自己的"清白无邪"。因此，他可算是满足了各类人感情上的需求。对渴望得到爱情自主的广大青年来说，他表示了对封建礼教定下的红线的质疑；与此同时，他又通过了封建顽固派适度的认可：他毕竟还能刹车在这条礼教所不

---

① 章培恒：《古代与现代：有倾向性差异无截然分界》，《中华读书报》2000年9月20日。

允许逾越的"终止线"面前。大概由于在这两种对立立场的人们面前,他用这两种手段基本满足了对立双方的感情需求,因此小说才能拥有众多的读者。思想顽固的人们觉得它还没有"亵渎"神圣的信条,他的小说才能出版,能与读者见面;另一方面广大青年又对这对恋人似火山喷发般的炽热的爱情产生了深深的同情与赞赏,从内心对这种感情产生一种共鸣,因此热爱这部小说。

另外还有一原因使这部小说能得以广泛流行,那就是文体的选择与诗词的烘托。徐枕亚用的是一种有别于林纾的史汉体的古文,一种令人久违了的"四六骈俪"体。这也是中国古代曾经风行一时的文体,盛行于南北朝。全篇以双双句对偶为主,常用四字或六字,又使之两两相对,讲究对仗工整,声律铿锵,诵读时很能朗朗上口,但过分讲究形式,容易堆砌辞藻,表达思想往往受到限制。这就要看作者是否善于驾驭了。"骈"即两马并驾齐驱,"俪"指夫妻成双成对。对现在看惯了白话文的读者来说,此书读起来往往感到深奥,但当时文言文体流行,因此这种文体也为一般浅学青年所喜爱。读者可以在摇头晃脑的阅读中,深受感染;再加上诗词浓烈的感情色彩,此书大受读者的欢迎就不难想象了。内容加形式都为青年男女所赏识,于是一版再版,据说行销达三十万册之多。连中国香港乃至南洋一带也时有翻印。一时追随徐枕亚运用"四六骈俪"体写小说的作家也很多,如吴双热、程瞻庐、顾明道、李涵秋,甚至包括程小青与周瘦鹃都曾一度试笔。

在 20 世纪 90 年代,常熟近代文学研究学者时萌还从一位徐姓藏家手中发现了徐枕亚与青年寡妇陈佩芬的往来书札唱和诗词 93 页。时萌将其与徐枕亚存世的笔迹相对照,加上信纸上所印的宣统年间的字号——无锡北门塘经纶堂刷印为佐证，确认这是当年《玉梨魂》故事的蓝本，也可以证实小说的许多情节是一种纪实性的文字，是一篇人性受扼的血泪史：

《玉梨魂》中有梦霞啮指挥血作书以表深情之举，两人信札中确也有之，陈氏含泪向爱弟作复之札云："昨午接血书，如摘我心肝，见字此时心实痛难止，不如速死……"又云："午得手书，悉欲我从，岂有不肯相从之理，感情不弃，后为久聚。亦有一言，须梦儿成婚，不死当从。忆昔至今，两情愿不是独活的局面了，再加各存血迹，作可算铁证，此生血点惟尔能得，手迹更为独取，身亦为誓有，心为情死，何事不可。"

然而，实有人物陈佩芬，年青寡居而渴求情爱，确属人之常情。从陈氏致徐函中可见其企盼与情侣见面之情若大旱之望云霓，诗云："步步凝寒露滴垣，可怜归路暗黄昏，残月虽明恐易散，候到三更未掩门。"信云："君情既若此，我何忍乎……我处早已妥排，老姑小女宿外处，夜则无人在内，惟一主一婢，若蒙文星光临，我门户不扃。""君必欲相见，不难，假日开后门，我可到你处。"……之后幽会增多，恋情益炽，从陈氏诗中可窥见消息，如"深夜相逢阳气和，谁知巫峡梦是多，若能同剪西窗烛，再托阳台赴飞蛾"，又如"相敬相爱两情真，携手频头笑语亲，一双暗渡谁知觉，伤心不是莲枝人"，又如"死生为我意中人，此度欢心足算真，漫望云行何处聚，从今鱼鸟永相亲"。还有一些信函涉及两人帏秘之事，

亦足见他们敢冒天下大不韪之勇气。他们以相如文君自比，信誓旦旦，从陈氏信札中常见这些坚持不渝的表白……①

在生活中他们"暗渡陈仓"，属于相如、文君的"地下状态"。这也是他们对封建礼教的一种"叛逆"，虽然不是公开的，而且是非常一本正经地宣扬"发乎情，止乎礼"。因为他的小说在"发乎情"方面已经写到了极限，他一定要在"止乎礼"方面取得一种"平衡"，才能使他的书在当年公之于世。但《玉梨魂》小说的结局纯属虚构，陈佩芬并未殉情，徐枕亚也在上海写他的小说，办他的清华书店。徐此后与陈佩芬的小姑蔡蕊珠结了婚，而且夫妻恩爱，蔡蕊珠病故后，徐枕亚又写了一百首"悼亡诗"祭奠她。谁知徐枕亚的《玉梨魂》及他写的"悼亡诗"深深感动了一位女读者，这位狂热而痴情的"追星族"，一定要嫁给徐枕亚，成为他的续弦，她就是清朝末代状元刘春霖的闺女刘沅颖。因此，后来徐枕亚又成了状元女婿。可是结婚后在现实生活中，他们既性格不合，南北方的生活习惯又不协调，极大的希望带来的却是更大的失望。刘氏亦早逝。徐枕亚在抗战初兴时，在贫病交迫中于故乡常熟逝世。

徐枕亚的《玉梨魂》发表于1912年，中国小说家对过去的婚制还属于"质疑阶段"。但一个伟大而洪亮的嗓音发声了，那就是鲁迅1918年所写的《我之节烈观》，他对过去的封建婚制做了彻底的决裂与否定。而到1919年，胡适以戏剧形式撰写的《终身大事》也给人们以响亮的回答："此事只关系我们两人，与别人无关，你该自己决断。""这是孩儿终身大事。孩儿应该自己决断。"就在这不到十年的时间里，中国前辈儿女们提出的质疑与问题，中国新青年给出了响亮的答案。一个关乎千万青年幸福的新的婚制就从此开启！

---

① 时萌：《〈玉梨魂〉真相大白》，载《苏州杂志》1997年第1期，第55—57页。

中国现代通俗小说史略 社会言情小说
A Brief History of Modern Chinese Popular Fiction

吴趼人的《恨海》

吴趼人的《恨海》是一部只有十回书的中篇小说,却曾被誉为清末四大杰作之一。①出版时标"写情小说"类别,写的是一个爱情悲剧故事。它的特色是写大时代的剧变扼杀了小儿女们的至情,既控诉了八国联军、清廷策动拳民的罪行,也剥开了封建礼教的"画皮"。作品以清廷放纵义和团拳民起事与庚子(1900)事件为背景,将"拳民"的横行和"帝国主义八国联军"的侵略与男女之间的爱情生活相偶遇、相冲撞,展开了一段使人潸然泪下的血泪史。它的"恨"是多方面的,既有针对帝国主义侵略之恨,也有涉及清廷鼓动愚民蠢动之恨,还有控诉封建礼教毒害之恨,这真叫做"恨海难填"啊!

《恨海》写北京一个大院中住着三户人家,在工部为小官的陈戟临有两个儿子,名叫伯和与伯霭;在内阁中书任小吏的王乐天有

---

① 其他三大杰作是李伯元的《文明小史》、曾朴的《孽海花》、刘鹗的《老残游记》,见蒋瑞藻:《小说考证(下)》,上海古籍出版社1984年版,第729页。

个女儿王娟娟；另一位住户是经商的张鹤庭，他有一女棣华，他在上海与北京各开了一家商铺。陈家请了一位蒙师，教两个孩子读书，王娟娟与张棣华就到陈家私塾来附读。四个孩子年龄相近，于是以兄弟姐妹相称，青梅竹马，相处得非常亲密。三家的长辈看别家的孩子也较中意，就将只比伯和大几个月的棣华许配给同龄的伯和，而将年龄较小的娟娟许配给了伯霭，相互结成亲家。后来孩子们渐渐长大，当时未婚男女年龄稍长后是不允许住在一起的，于是张家就率先另觅住处。不久适逢庚子之乱，义和团围攻各国使馆，帝国主义以此为借口，组八国联军侵华。此时北京住家们就存在急于避难的问题。王乐天匆匆告假，带着娟娟先回苏州原籍去了。京官们也纷纷逃离北京，于是激怒了朝廷，下令一概不准告假，陈戟临就无法离京了。这时张鹤庭从上海传来消息，侵略军将大肆进攻京城，嘱妻女赶快来上海避难，陈戟临也想让两个儿子逃命，令二人一起护送张氏母女同赴沪地，岂知伯霭纯孝，坚决要留在北京侍奉父母，决定由哥哥伯和护送。伯和与棣华是未婚夫妻，当年两个女流上路是有许多不便的，由他护送也义不容辞。一路上他处处体贴，照顾未来的岳母和未婚妻。可是他的未婚妻棣华处处为"避嫌"，讲究那些不合人性和人情的"礼防"戒规。她谨守《女诫》之类的教条，例如未婚男女不能同住一房。伯和只能到外房去睡觉，北方的外房无门，伯和受寒而得病，他岳母叫他睡到里间来。北方的炕是很大的，睡一二十个人也没问题，况且隔着一张炕桌，还有棣华的母亲夹睡在中间，但棣华只是坐在椅子上，坚决不肯到炕上去睡，弄得伯和半夜又搬回外间去躺下。又例如棣华不肯与伯和同坐一车，她要谨守男女授受不亲的封建规条，于是伯和只能在车后跟着步行,结果在逃难人群因躲避侵略军杀戮的大乱中被冲散了。只有陈家随伯和上路的仆人李富陪着母女二人。于是小说描写了男女双方都各自历经一路的艰险,这时棣华在自己的磨难中才触景生情,她不知伯和的生死存亡,也就时时责怪自己,"我害了他","我再也不避嫌疑了"。可是再也来不及了——悲剧的根已经种下。在向上海千难万险的进发途中,她母亲又得了重病,不幸死在途中。棣华在途经有电报局的城市才打了电报给她父亲,由她父亲赶来带着妻子的灵柩和女儿辗转回到了上海。从第二回到第六回,虽然叙述双方在途中各种历险的经过,但作品以描写棣华的心理活动为主,又以棣华的"我害了他"为"主旋律"。其实她的内心是深爱着自己的未婚夫的,那时的妇女的痛苦在于即使她的内心有着炽热的爱情,但她的外表也只能装得"冷若冰霜",以表示她是一个遵从封建规条的有教养的好女子。张棣华就是这样的一个"暖水瓶"型的少女。吴趼人在小说的第二回至第六回中用了多处的心理活动写出了棣华内心的痛苦,如写她母亲逼着她上炕睡觉时,她万分为难的心理状态:

> 此刻为礼法所限,连他的病体如何也不能亲口问一声,倒累得他体贴我起来。我若不睡,岂不是辜负了他一番好意?又想到尚未成婚的夫妻怎能同在一个炕上睡起来?想到这里未免如芒在背,……暗想若是成了礼的夫妻,任凭我怎样都不要紧,偏又是这样不上不下,有许多嫌疑,真是令人难煞,索性各人自己投奔,两不相见,不过多一分惦记,倒也罢了。偏又现在对面叫人处处要照应又不能照应,弄得人不知怎样才好。想到这里,不知怎样一阵伤心,淌下泪来。[①]

[①] 吴趼人:《恨海》,中州古籍出版社 1985 年版。(以下所引小说原文均出自此版本,不再一一注明出处及页码。)

这就是从小被封建礼教硬是扭曲得犹如变态般的精神世界。当时在生活中只要旁人向她提到一个"他"字，就会"羞的棣华满面通红，直透到耳根都热了"。我们现代人千万不能把她的举动理解为少女的矫情，而是千年封建礼教毒害中国古代妇女的一种"成功"的范例，人情人性被训练成这种"自然流露"的羞态，是十分可怕，也是十分令人同情的。直到未婚夫妻被黑压压的人潮冲散时，直到人的生死存亡两茫茫时，那时人性人情才回到了棣华的心中。古代一旦配了亲，如果男性死了，那女方就成了终身的寡妇，再嫁是绝对不可能的。那时懊丧之情才唤回了她的人性与人情：

> 他是一个文弱书生……忽又想起他病才好了，自然没有气力，倘使被人挤倒了，岂不要踏成肉酱？想到这里，不觉柔肠寸断，那泪珠儿滚滚的滴下来……这都是我自己不好，处处避着嫌疑……伯和弟弟呀，这是我害了你了！倘有个三长两短，叫我怎生是好？这会你倘若回来了，我再也不敢避甚么嫌疑了……

到了有可能终身失去她唯一伴侣时，她才在封建礼教的束缚下有了回头的觉醒。但为时已晚，虽然伯和还活着，不过到了他们在上海重逢时，伯和已不再是昔日单纯而有情有义的青年，而受损友引诱成了无法回头的浪子与鸦片鬼，他彻头彻尾堕落了。但棣华并不怪怨伯和，她还是觉得起因是她的"避嫌"，"我害了他"这一负疚仍然徘徊在她的心头。当伯和病入膏肓，灌药已无法下咽时，她还不顾旁人的议论，敢于"含羞冒耻"，口对口给伯和"哺药"，希冀着生命奇迹的出现。伯和临终时，她对他的最后一句话是："陈郎！我害得你苦也！"那时"浪子"也深受了人性人情的震动，他临终的一句话是"姐姐，我负你！"这是浪子临终的忏悔。结局是棣华出家为尼。当然，她的出家为尼有着古代女子"从一而终"的成分，但出家也是一个人看破红尘的结果，不过对棣华来说，她也有着去弥补因"避嫌"而欠陈郎的一份"感情债"，用苦行来偿还一个有情有义的男子因她"避嫌"而走向生命毁灭的情债。可是惨绝人寰的悲剧并不就是这一桩。

　　再说伯霭的"纯孝"，父母一再要他南回避难，但他一定要在父母身边侍奉父母。陈戟临虽是个小官，但头脑还是十分清醒的，他对义和团的杀伐也看得一清二楚，他常叹道："照上谕所说，欺凌我国家，侵犯我土地，洋人固然可恨。但何不商量一个对付之法，振刷起精神来，力图自强，自立于不败之地，然后再同他计较。徒然召些乱民，要与他徒手相搏，又有何益处呢？"可是就在一次伯霭出外打探近日义和团动态后，并未多久，他回家就看到家中一切零乱，不仅财物被抢劫一空，更惨的是父母均被乱民所杀。他在痛彻心扉中收殓了父母之后，在外流浪与拼搏了几年，居然积累了大量财富，但他一直怀念着他的未婚妻娟娟，在他发财后，随便友人怎么诱劝，他总是守身如玉。在局势平静后，他携父母灵柩回到故土，安葬了父母后，他仍极度悲痛，一次在友人宴请时，友人唤来侑酒的妓女竟像是他的未婚妻王娟娟，为了证实是否是"撞脸"，他就报出两人小时在家中的私房话来"自言自语"，那妓女听了即避席离去了。至于王娟娟如何成为妓女的，作者并未交代。这把伯霭原定的寻未婚妻成婚的念头击得粉碎，他的个性既是纯孝，想来也是纯情的人，这次碰面后他就散尽家财，入山为僧，不知所终了。但吴趼人写来有主有次，伯霭只是在第七、八、十回露一露面就消失了，而娟娟如何会沦为妓女等情节也就为小说留下了一片空白。可以想象也是受了时代的浩劫，有着难言的苦衷吧！过去中国人对世界万事都失望或"看透"时，往往以"出家"为归宿，而棣华与伯霭都走上了这条与世界"一刀两断"的诀别道路。

吴趼人通过小说对义和团作出评价：义和团的口号是"扶清灭洋"。清廷腐败到了它的临终期，已是个扶不起的"阿斗"，它还值得扶吗？其次，义和团的"反帝"就是"烧教堂！烧使馆！杀毛子！杀二毛子！"那么这种反帝也就太容易、太简单了，而这种所谓反帝的"革命行动"又是为"王公大人所召"，他们实际上是"授人以柄"，为虎视眈眈的帝国主义提供大开杀戒的借口，从而造成了民族的空前浩劫。再次是吴趼人在写这篇小说时不自觉地处处反对他自己所"主张恢复旧道德"的要旨。[①]张棣华就是为了处处要遵循封建礼教，以至于酿成了人生的大悲剧。

在艺术上，吴趼人以塑造张棣华这一形象为主，因此情节上主次分明，结构也就紧凑，特别是描写心理活动极为细致，达到了吴趼人小说的顶峰。后来吴趼人自己也极为满意地评价自己的这一部作品，他甚至觉得小说有如此的魅力出乎他的意表："作小说令人易喜，令人难悲。令人笑易，令人哭难。吾前著《恨海》，仅十日而脱稿，未尝自审一过，即持以付广智书局。出版后，偶阅之，至悲惨处，辄自堕泪，亦不解当时何以下笔也。能为其难，窃用自喜。"[②]大概正因为写得如此"下笔如有神"，人性与人情不自觉地复归，冲破了他本人的"道德禁区"；该小说也得到了寅半

[①] 鲁迅在《中国小说史略》中引周桂笙在《新庵译屑》中对吴趼人的评价："但其大要，'则在主张恢复旧道德'。"见《鲁迅全集》第9卷，人民文学出版社1981年版，第288页。
[②] 吴趼人：《说小说》，转引自魏绍昌编《吴趼人研究资料》，上海古籍出版社1980年版，第8页。

生的好评："区区十回，独能压倒一切情书，允推杰构。"[①]后来在戏剧舞台上出现了民鸣社的《恨海》，该小说也曾改编成越剧演出。在1931年郑正秋还将这一题材拍摄成电影上映（上海明星公司出品），在1947年柯灵还将其改编成话剧献演，可见作品影响之久远。

[①] 寅半生：《小说闲评》，转引自魏绍昌编《吴趼人研究资料》，上海古籍出版社1980年版，第134页。

李涵秋的《广陵潮》

李涵秋（1873—1923）的《广陵潮》①是现代通俗小说中的名著之一。这部100回的长篇被誉为既关涉时代之风涛，更满溢扬州之乡情。《广陵潮》1909年在武汉《公论报》上连载时原名为"过渡镜"，这"过渡镜"三字实际上就是作者要写这部小说的主旨，他要描绘的正是清末民初过渡时期的种种社会动态。这部小说在该报刊登到52回为止，后来在1914年在上海《大共和报》上连载时更名为"广陵潮"。扬州是中国的一座文化历史名城，李涵秋的故乡。它古称广陵郡。作者改名，意为此作品主要是反映扬州清末民初转型期的社会之镜。通俗小说大家张恨水于1946年曾称《广陵潮》为清末民初民俗的"活化石"："我们若肯研究30年前的社会，在这里一定可以获得许多材料。"②而在现今学术界中，严家炎主编的《20世纪中国文学史》中写道："作者的意图在于描

---

① 李涵秋：《广陵潮》，百新书店1946年版。（以下所引小说原文均出自此版本，不再一一注明出处及页码。）
② 张恨水：《广陵潮·序》，见《广陵潮》，百新书店1946年版，第5页。

绘一幅清末民初数十年历史的长卷……《广陵潮》最为出色的,还是对一系列重大历史事件的描绘。"[①]他们都肯定了《广陵潮》这个"潮"字凝重的分量。《过渡镜》的"镜"字,虽然有毫不变形的"映像"的意思,但"潮"让我们体会到像潮头奔涌而来时,形形色色的弄潮儿在时代大波中或终被吞噬,或随波逐流,或善为驾驭——各显原形与真相。

在 100 回书中,前 50 回主要以"姻亲为纽带",尽写扬州的乡情民俗,后 50 回则以"时代为推手":从辛亥革命为潮之源头,接着是袁世凯称帝、张勋复辟等几经浪峰与波谷,直到五四前夕爱国运动洪流掀起之初。小说就在 1919 年杀青。

在中国,一对青年结婚后,这两家相处就会变得亲密无间,人称"儿女亲家"。小说以一个名叫"云麟"的青年秀才为中心,小说前 50 回就是详述他和七个家庭间"直接亲"与"间接亲"的种种关联。但有时越是相处亲密无间,在日常生活中越容易产生各种恩怨瓜葛,而这些家庭中的恩怨瓜葛在时代大潮面前不过是"茶壶里的风波"而已。但李涵秋通过这些小风波让我们看到历史中"活化石"的因子。由于篇幅关系,我们无法一一详细介绍这七个家庭的相互依承与关联。但总的说来,由于当时的婚姻是由家长硬性拍板而成,或由媒妁从中吹嘘而促成,在《广陵潮》中,此类婚姻没有一对是恩爱相亲的。在这里只能介绍作品中起关键作用的三对,因为这三对中的男主角是我们要重点论述的具有时代典型特征的人物形象。

云家与伍家是姻亲。云家清贫,而伍家却是盐商起家的富户。其中云家的云麟与伍家的淑仪是同年同月同日诞生的,这对姨表兄

[①] 严家炎主编:《20 世纪中国文学史》(上),高等教育出版社 2010 年版,第 116—117 页(此节为袁进执笔)。

妹青梅竹马，两小无猜，从懂事起双方都将对方看成是自己最理想的终身伴侣。虽然贫富悬殊，但因为云麟15岁就考中了秀才，可说是品貌皆优，云麟的姨夫伍晋芳倒也希望"亲上加亲"。可是就因为伍晋芳的继母卜老太迷信算命先生铁嘴李瞎子所说的云麟是"三妻之命"，云麟与淑仪的婚姻于是告吹。这时卜老太的一门亲戚，她的内侄女忽然从湖南自天而降。内侄女的丈夫做过湖南的大官，死后留下了巨额的财产。内侄女就带着儿子富玉鸾回归故乡。卜老太见富玉鸾一表人才，年龄又与伍淑仪相当，就由她做主，敲定日后将淑仪嫁给富玉鸾为妻。这也算是"亲上加亲"。而云麟母亲看来，伍家爱富厌贫，就赌气为云麟定下了柳家之女。这门亲事是因云麟与柳家之子是书塾同学，而柳夫人见云麟长得俊美："齿白唇红，肌肤里都能掐得出水来……微微含笑，露出两个小酒窝儿"，因此曾向云家求婚，现在云麟既与伍淑仪不可能成为夫妻，云麟的母亲也就同意了这门婚事。可是因为家境清贫，云麟是以入赘的形式进入柳家。云麟的岳母虽然非常欣赏这位贤婿，但岳父是个吝啬鬼，将钱财看得很重，对这门亲事并不满意，因此，云麟在柳家地位实在不高。云麟的妻子柳氏虽然贤惠，但云麟无法忘情于淑仪，他并不爱他的妻子。云麟与淑仪对婚事均不满意。云麟又恨富玉鸾来的不是时候。原来他想事情暂搁一段时间，也许还有挽回的余地，结果富玉鸾突然杀到，卜老太又一锤定音。他于是视富玉鸾为不共戴天的情敌。可是富玉鸾却是很有义气的青年才俊，当他听说麟、仪二人是同年同月同日生，原本是理想的一对，就是因为他而断绝二人的姻缘，他就向母亲讲明，他应该将淑仪"还"给云麟，他愿意"让妻"。他母亲当然不同意。于是富玉鸾就自愿出家到寺里去做和尚了。这一"义举"感动了云麟,婚姻问题虽未因此改观,二人却成了好友。富玉鸾的许多"出格"行为竟把自己母亲活活气死。母亲一死,富玉鸾散尽家财,自己到日本去留学了。就在富玉鸾出国前夕的送别宴上,有人提议要吃花酒,就为云麟召来了妓女红珠。云麟见红珠艳丽,就恋上了红珠,两人还真有一段情爱热恋的经历,直到红珠"从良"而中断。这说明云麟是个专会在"情爱"中下功夫的人,而富玉鸾却与云麟不同。李涵秋将富玉鸾写成是在湖南成长的青年,是有深意在其中的。湖南在当时就受到梁启超等先进人物思想的播种,成为中国最开通的地方之一。而且富玉鸾还读了卢梭《民约论》等具有民主思想的书籍,种下了出国去开阔眼界的根了。在小说的后50回就靠他来输送外界的新鲜空气。在去日本之前,李涵秋还让富玉鸾在扬州史公祠发表了一篇演说。史公祠是一个纪念民族英雄史可法的富有象征意义的地方。在演讲过程中突出了富玉鸾这种先进思想与扬州本土保守势力的尖锐矛盾。富玉鸾以悲咽的声调开头:"诸君呀诸君!……我们这中国其实内里已经溃烂了。北美西欧,谁不想来瓜分这中国。……第一要劝诸君中有明白事体的,从速将那无用的八股,决意抛去,专心在实业上用功。……孔圣人书中大意,可行的便照他去做,不可行的便把来放在一旁。"当时下面也有人鼓掌,可是掌声未了,猛听场里惊天动地起了一片哭声,为首的一个短髯如戟、挺胸凸肚的人,挥泪骂道:"我把你这少不更事的小生,上刀山,下油锅,用阎王老爷面前一架大秤钩子,挑你的牙,滴你的血,入十八层阿鼻地狱,永世不得人身。你是那一国的奸细,得了洋人几多贿赂,……既说中国溃烂,为何又说外国要求瓜分?外国难不成转看上这溃烂的瓜……我转替我们堂堂大圣人伤心,阿呀呀,讲到此,我肝肠已是痛碎了。"那捶胸顿足、擘踊哀号、如丧考妣的就是《广陵潮》中作者要着重刻画的另一个重要角色何其甫。何其甫也与云麟有着"间接亲"的关系,而且还是云麟从开蒙到中秀才时的塾师。他在小说中乃是扬州保守顽固势力的代表。

何其甫也经历过一桩不幸的婚姻。他的夫人姓章名美娘。美娘不仅美貌,而且非常温柔善良。她希望自己能嫁一个有知识的读书郎。听说何其甫是书塾先生,还是一位秀才,以为实现了自己才子佳人的夙愿。她在媒人的误导下,就贸然与何其甫结了婚。结婚仪式后在洞房被挑开红盖头她一看,嫁的却是又苍老又丑陋的一只"老牛精",于是痛哭不止。何其甫是一个放在《儒林外史》中也十分合宜的冬烘,语言无味,面目可憎,处处令人作呕。正如美娘的母亲所直言:"我家这么一个大红大绿的姑娘,配他家一个丑鬼。"用民间俗语来说,就是一朵鲜花插在牛粪上……每当何其甫对他书塾中的学生采取无可理喻的专制行动时,美娘都会出来与何其甫争吵,她越是成为学生的保护神,我们越为美娘如此悲哀而悲哀。她白天做人做得如此合情合理,而夜晚却要被那个装得道貌岸然的伪君子、短髯如戟的丑鬼丈夫"敦伦"[①]七次。实在令人无言以对。对美娘来说,这真是一桩不幸的婚姻。因此在小说的前50回,虽然都是家庭琐事,似乎仅是"茶杯中的风波",可是青年男女们都在古代婚制的逼迫下,终身在不幸和痛苦中呻吟着。如果说,《广陵潮》前50回是写"家庭小潮",那么后50回写的就是"国家大潮",写云麟、富玉鸾、何其甫这三个人物在辛亥革命、袁世凯称帝、张勋复辟直到五四运动的前夕的国民大会和抵制日货等一系列

---

① "敦伦"就是指夫妻之间的"房事",现在通称"做爱"。

时代变迁中的表现，体现"以时代为推手"的主旨。作家并没有写富玉鸾在日本是怎样成为革命党的"党中健将"的，只写富玉鸾在辛亥革命前夕从日本直奔武汉，准备参与起义。但当时垂死的清廷在各地密布侦探，特别像武汉此类要冲之地，因此，富玉鸾一到武汉，听说他是从日本来的留学生（当时清廷早将日本看成是革命党的培训大本营），马上就注意他的行踪。玉鸾在武汉不能存身，于是就回到了扬州。原本扬州的伍家几年不知富玉鸾音讯，这时正巧富玉鸾匆匆回扬州，伍家如获至宝，赶快为富玉鸾与伍淑仪办了婚事。富玉鸾在日本时早与扬州有过联络，因此结婚三天后，富玉鸾又在扬州平山堂召开会议准备在扬州起事，还请好友云麟参会。会议遭奸徒探知后向官方密告，于是富玉鸾与云麟一起被捕。作为要犯二人被押到南京就审。南京江宁府制台在审讯富玉鸾时，先要富玉鸾交出同党。富玉鸾冷笑喝道："你是满人，不配问咱！你问咱多少同党，除了你们一班满奴，醉生梦死，不识高低，其余大约都是咱的同党。"气得制台勃然大怒，就对富玉鸾用重刑。"富玉鸾此时已置生死于度外，咬紧牙关忍受，并不则声。只见那血花飞溅，顿时成了一个血人，眼直口闭，刚剩得奄奄一息！"云麟在旁，早吓得软瘫在地。到制台要对他用刑时，他竟吓得晕了过去。这时忽见一个小厮出来在制台耳边悄悄说了句话，制台立即喝道："这姓云的且缓施刑……听候发落。"这时在大堂上忽然出来几个丫鬟，忙为云麟喂参汤，而且将云麟送进了一座洋房，好生款待，弄得云麟丈二和尚摸不着头。原来这个制台就是出资让红珠"从良"的意海楼，他因喜欢红珠而将她纳为宠妾。红珠在大堂后面看到云麟，忙叫小厮出来对意某说，这是她的"哥子"。于是云麟就被收到

"洋房监狱"中受到特别优待。意某还同意让红珠与她"哥子"见面。专会对女子用情的云麟这时居然还对红珠说了许多痴情话。他也就早早被意某释放回了家。可是富玉鸾则在另一人间地狱中，他等待着被处以极刑。就在这时，他偶然听到武昌起义成功，他觉得自己身在囹圄，不能与同志们一起战斗，深深感到他应该干的正事还多着呢，现在却只能等待一死以塞责，真是万分遗憾。另一方面他又听说云麟已安然回了扬州，他也觉得安心了。他只是亲亲切切写了一封长信给淑仪，劝淑仪万不可为他守节，云大哥是他至好，须得依然成全了他们这一段良缘。然后他觉得诸事已布置妥帖，便萧然长叹："未审将来这东方病夫国究竟怎生个挽救。"其实，红珠也花一番口舌，意某也同意网开一面了。但当时在南京的张勋却坚决要将富玉鸾处以极刑。"玉鸾在临刑时候，固然毫无畏惧。旁边观看的人，莫不壮其有胆，说：'他真是英雄！'"红珠听到玉鸾遇害，觉得有负于云麟临别时的嘱托，私下命人将玉鸾尸体埋葬，还为他立了一块石碣。富玉鸾在小说中好似暗夜中的一道闪电，打破黑暗，却匆匆离去。当然他是担当不了小说的主角的。但真正能扮演时代推手的，在100回书中，也只有他一个。因此，我们将他做了特别的处理，放到了极重要的地位，把他与云麟主角形象作一对比。

就主角云麟而言，他是个百无一用的"儒生"，一生没有就过一个正当的职业，而只靠着"唯情为活"，就像《红楼梦》里的贾宝玉，一心在女人堆里讨生活，盼望着左拥右抱的"艳福"，只是他的家庭背景全然与贾府不同，往往不能随心所欲。当富玉鸾壮烈牺牲后，他虽与柳氏成亲，但爱伍淑仪之心不死，一再试探是否有再娶淑仪的可能。不过在封建礼教束缚之下的伍淑仪死认"从一而终"的信条，觉得富玉鸾已黄土一抔，与她千秋永隔，既无起死之丹，又少还魂之术，那就只能终日珠泪纵横，霜寒月冷，过着古井不波、心如槁木的生活。她先是瘦骨支床，不盈一把，终于在郁郁厌世中结束了她年轻而艳若桃李的生命。李涵秋笔下最典型的细节是云麟陪淑仪到南京为富玉鸾收尸，看到当地人都没了辫子，就命淑仪为他铰去了一半头发，好将半条辫子盘起藏在帽子里。"他的意思，以为大清反正，我这半条辫子，总算是忠于故君；就使天命已绝，竟由君主变为共和，我那时再斩草除根，还他个新朝体制，也不为迟。"颇有一种见风使舵的架势。而当正面的风大一些时，他也好像能清醒一点，因此，对袁氏称帝与张勋复辟他是不赞成的。五四前夕，在爱国运动掀起时，扬州也召开了国民大会，他看到一队队学生列队来参加，也就非常钦佩："像这些青年学生，竟肯牺牲莫大的光阴，来干这爱国的举动，可谓难得，我不知当世的一班人，对于他们，可羞煞否？"而当政府发出解散国民大会的命令时，他也很有愤慨之情："官厅抑制民气，是他们的拿手好戏。"他决心"从此以后，不问时局怎样，我惟有教女养亲，与老妻等享着家庭幸福罢了"。富玉鸾的英勇行为好像对他没有任何影响。到头来他还是独善其身，只愿糊涂度日。李涵秋写的是一个"过渡人"，要大家去对照这面"过渡镜"。

当云麟从南京脱险回到扬州后，他在柳家更被看成是个寄食者，吝啬的岳父令他带着柳氏回家度日。一生没有做过一个正式职业的云麟生活马上陷入了困顿，直至借贷无门的窘境，他真走到了只能带着老母与妻子去求乞的边缘。这时来救他的又是上次在南京救他脱险的红珠。因此这里也得简略补叙一下他与红珠的前情。他们在酒宴上相识之后，红珠也很喜欢这帅哥书生，主动邀他第二天进她的家门，云麟欣然前往。红珠从不将他看成嫖客，知道云麟缺乏嫖资时，就背着鸨母偷偷地将金戒指和私房银两塞给他。可是妓女是"公众情人"，她还得接其他客人。当一位官员常来光顾红珠时，云麟却还要向她使牛性、耍态度，大发醋劲。红珠看云麟不适合在风月场里讨生活，好意劝他，还反吃了云麟的耳光。当有官员愿为红珠赎身"从良"时，她还怕云麟不忘恋己，就托邻居骗云麟说，红珠不幸得急病而死，好断了他的热望。可巧这个娶红珠的官员就是以后审问玉鸾与云麟的意海楼。而现在当云麟即将断炊之时，正是意海楼病危之际。当意某死亡时，红珠分得了巨额的家产。于是红珠带着巨资以自由之身来救昔日所爱的云麟。此时云麟喜得只是问自己：我莫非在做梦？从此他就靠着红珠的资财，拥着美妾，靠着秀才的名头，挂起"词章大家""骚坛健将"的招牌，即所谓"教女养亲"，过着富裕生活了。李涵秋还云麟一个大团圆的结局。那是在长篇第88回，从此作品落入了旧小说俗套，就乏善可陈了。

除了这个"过渡人物"之外，作品中还有一个逆时代而动的花岗岩脑袋的顽固派，那就是云麟的塾师何其甫。我们已介绍过他与富玉鸾在史公祠的一场交锋。当白话文初兴时，何其甫又成立"文言统一研究会"。他的宣言是："今日者斯文将丧，妖孽横兴，人将树白话之旗，夺我文言之帜。障狂澜于既倒，作砥柱于中流，拼我余生，以卫圣教。……彼以白话簧鼓后生之耳目，我以文言统一世界之方音，有志竟成，誓进无退。……科学欤，吾无以名之，名之曰妖孽。"从此，即使向小贩购物，他也用文言，小贩连东西也不卖给他；与美娘谈话，他也用文言，可她就是听不懂，弄得笑话百出。清廷覆亡，科举已成画饼，这令何其甫最为痛彻心扉。他要做出一番"壮举"，誓与清廷共存亡。他召集了严大成、龚学礼、汪圣民、古慕孔四个同类，准备某天午时在扬州明伦堂集体上吊："微臣等不能匡弼圣清，死当为厉鬼以杀民国而击共和。"那天扬州万人空巷，明伦堂上挂好五根绳子，下面是五张凳子。但见他们五个人你推我让，争论怎么排序悬梁，先说何先生是发起人，由他先上，其他人以年龄分先后；后说是大家一起拈阄定位次，于是找纸写每个人的名字……磨蹭多时，不见动静，观看的众人喊道："这哪里是殉节，简直是在这里挨命。"直到一个泼妇闯入明伦堂，向他们讨债，才解救了他们。这场闹剧就这样被冲散。袁氏欲称帝，投机的刘祖翼一本正经地召集了大批乞丐，组织乞丐请愿团，准备当他的"开国功臣"。于是想请何其甫起草请愿书，何其甫坚决不干。因为他曾梦见自己能考上"宣统优贡"①，所以在两年以后的张勋复辟，当宣统重被扶上皇位时，那才是何其甫实现美梦的时刻。他嘱云麟赶快将八股重新温习温习；而自己读八股常至夜深，每读一遍，就向宣统的万岁牌跪拜一次。张勋复辟失败之时，也是何其甫的美梦破灭之日，他再也爬不起床来，渐至病入膏肓，他的顽固得像石疙瘩一样的生命大幕也就徐徐地降下了。

　　作为一部百回长篇小说，出场的有名无名的人物多至上百，但我们只能介绍其中最有代表性的人物，借此观览长篇的概貌。

　　《广陵潮》的语言，纯是一派扬州评语的腔调，正如张恨水所说："据一个扬州朋友告诉我，扬州说书人，就是这个作风。那么，

---

① 优贡：清制，每三年各省学政就本省生员中择优报送国子监的人称优贡。秀才中优秀者升入京师国子监读书，意为将优秀人才贡献给皇帝。国子监是最高教育管理机构，兼为最高学府。

广陵潮的在技术方面,还有地方性存在了。"①例如云麟因红珠还接其他客人,大发醋劲时,红珠对他直言:"好,好,就依你,我从今以后便不接别的客,但我身上穿的戴的,我老子娘吃的喝的,挑鸦片烟的,开销这份门户的……不要你少爷多,你少爷只须按着月,老老实实送五百两银子过来,我就日里陪着你读书,夜里陪你睡觉,你是形儿,我是影儿。你是鱼儿,我是水儿。你是太阳儿,我是凉月儿,千年不断头,万年不分手,你少爷还做得到做不到呢?"再回看何其甫厉声诅咒富玉鸳的一席话之恶毒,皆令人如见其人,如闻其声,足见扬州评话塑造人物的本领。

---

① 张恨水:《广陵潮·序》,百新书局1946年版第6页。

张恨水的《春明外史》《金粉世家》和《啼笑因缘》

张恨水的小说创作,影响原先局限在华北一带。"我在北方,虽有多年的写作,而在上海所发表的,却是很少很少。上海有上海一个写作圈子,平常是不容易突入的,我也没有在这上面注意。"① 南方作者范烟桥也有类似看法:"北方的小说作者与上海的作者很少通声气的。北方的出版商和南方的出版商虽然发行上有交易往来,但出版的取材,是各走各的路,显然是'分疆划界'的。自从张恨水的作品在北方报纸披露,为读者所喜爱后,上海的出版商就移转了眼光,把他的作品和上海作者的作品等量齐观,兼收并蓄了。"② 在通俗小说创作和发行界,南北方原是各自经营,互不相干。

1929年,严独鹤参加上海新闻记者团北上,向张恨水约稿。严独鹤说:"我和张恨水先生初次会面,是在去年5月间(指1929

---

① 张恨水:《写作生涯回忆·二十·〈啼笑因缘〉的跃出》,张占国、魏守忠编《张恨水研究资料》,天津人民出版社1986年版,第42页。
② 范烟桥:《章回体的社会小说(下)张恨水:〈啼笑因缘〉》,香港《万象》第5期,1975年版,第34—35页。转引自范伯群《中国现代通俗文学史(插图本)》,北京大学出版社2007年版,第445页。

年——引者注);……由钱芥尘先生介绍,始和恨水先生由文字神交结为友谊,并承恨水先生答应我的请求,担任为《快活林》撰著长篇小说。我自然表示十二分的欣幸。在《啼笑因缘》刊登在《快活林》之第一日起,便引起无数读者的欢迎了。至今书虽登完,这种欢迎的热度,始终没有减退,一时文坛中竟有'《啼笑因缘》迷'的口号。一部小说,能使阅者对于它发生迷恋,这在近人著作中,实在可以说是创造小说界的新纪录。"[1]张恨水在北方有着众多的"粉丝",他的《春明外史》连载于1924年4月12日至1929年1月24日的北平《世界晚报》,他的《金粉世家》连载于1927年2月14日至1932年5月22日的北平《世界日报》。上海新闻记者团北上时,当时《上海画报》的编辑钱芥尘将张恨水介绍给严独鹤。于是,《啼笑因缘》连载于1930年3月17日至11月30日的《新闻报》,同年12月由上海三友书社出版单行本。接着《啼笑因缘》又被改编成话剧、电影、各种地方戏曲和连环图画等等。在上海一炮而红,张恨水始成一位有全国性影响的著名作家。张恨水自己也说:"我这次南来,上至党国名流,下至风尘少女,一见着面,便问《啼笑因缘》,这不能不使我受宠若惊了。"[2]

张恨水(1895—1967),安徽潜山人,原名张心远,1914年投稿时,从南唐李后主《乌夜啼》词"自是人生长恨水长东"句中截取"恨水"二字作为笔名,此后,恨水便成为他的正式名字。张恨水少年好学,阅读了大量古今中外的文学作品。1913年起他走南闯北,除求学外,曾参加过演文明戏的剧团,也曾卖药浪游,直到1918年,任芜湖《皖江日报》编辑。1919年五四运动爆发,张恨水受新文化运动吸引而北上,原想进北京大学读书,因生计等

---

[1] 严独鹤:《〈啼笑因缘〉序》,魏绍昌编《鸳鸯蝴蝶派研究资料》,上海文艺出版社1962年版,第153—154页。
[2] 张恨水:《我的小说过程(6)》,《上海画报》第674期,1931年2月12日出版。

原因，一到北京就入了报界。张恨水在编报纸副刊时，刊登自己所写的小说以充篇幅，也发现了自己创作小说的才能。

1944年，张恨水50岁生日时，在大后方的重庆，许多朋友祝贺他创作生活30周年。事后他在《总答谢》中说：

> ……新派小说，虽一切前进，而文法上的组织，非习惯读中国书、说中国话的普通民众所能接受。正如雅颂之诗，高则高矣，美则美矣，而匹夫匹妇对之莫名其妙。我们没有理由遗弃这一班人，也无法将西洋文法组织的文字，硬灌入这一班人的脑袋，窃不自量，我愿为这班人工作。有人说，中国旧章回小说，浩如烟海，尽够这班人享受的了，何劳你再去多事？但这里有两个问题：那浩如烟海的东西，它不是现代的反映；那班人需要一点写现代事物的小说，他们从何觅取呢？大家若都鄙弃章回小说而不为，让这班人永远去看侠客口中吐白光，才子中状元，佳人后花园私订终身的故事，拿笔杆的人，似乎要负一点责任。我非大言不惭，能负这个责任，可是不妨抛砖引玉（砖抛甚多，而玉始终未出，这是不才得享微名的缘故），让我来试一试。而旧章回小说，可以改良的办法，也不妨试一试。①

张恨水表明，自己写的是现实的生活，而所谓对旧章回小说加以"改良"，也就是沿着民众喜闻乐见形式的道路促其现代化的意思。

《春明外史》百万言，是张恨水的成名作；《金粉世家》是他的代表作，是他的百十部小说之巅；《啼笑因缘》是他一生最享盛名的作品，它是张恨水标志性的作品，一提张恨水，人们大多首先想到他是《啼笑因缘》的作者。

《金粉世家》①写一个钟鸣鼎食的豪门之家（国务总理金铨），

---

① 张恨水：《总答谢——并自我检讨》，重庆《新民报》1944年5月20—22日，转引自《张恨水研究资料》，天津人民出版社1986年版，第279—280页。

写一个豪门之家的"弃妇",是豪门失宠的"弃妇",却又不是豪门中的一般的可怜的弃妇,而是一只主动弃家出走在烈火中寻求再生之路的凤凰。

《金粉世家》的《楔子》就吸引着读者去关注小说的主人公,才貌双全的少妇——飘茵阁主(冷清秋)的命运。小说的正文一展开,就写一位豪门子弟金燕西对一位小家碧玉的一场"豪追"。为了接近冷清秋,他想买下她家隔壁的大房子,结果是重金租下,并设法将两家之间的院墙推倒,不惜一切要达到"通家之好"的目的。这"豪追"就像一辆重型坦克,有碾碎一切障碍的气势;回眸仔细一看却是穿着黄金甲胄的白马王子,富有而多情。这种"霸气"加"柔情"的攻势,使那位不算没有定力的冷清秋也惊惶失措;意外的厚礼与馈赠,使原本深藏不露的虚荣心也冒出了头。公子哥儿在没有结婚之前,在女人堆里总是学着宝二爷,而在冷清秋面前,除了这一手之外,还要一再声明自己是毫无门第阶级观念的。还好金燕西的父母在这方面也较为开明,正如他母亲所说:"我们是娶人家的孩子,不是娶人家的门第。"于是这场"豪追"也就成功了。于是金燕西将冷清秋带进了"豪门"的女性"倾轧"的特种"战场"。在这种场合中"连说一句话走一步路,都得自己考量考量,有得罪人的地方没有?这样的富贵日子,也如同穿了浑身的锦绣,戴着一面重枷,实在是得不偿失"(第90回)。而更可怕的是过去像宝二爷般多情的"豪追客"金燕西身上的"薛蟠"色素一天比一天加浓起来。《金粉世家》的主旨到这里开始凸显:"齐大非偶。"在这个女人们倾轧的没有硝烟的战场上,冷清秋不同流合污,而是清白自许;面对薛蟠化的丈夫,埋藏在冷清秋内心的"人

---

① 张恨水:《金粉世家》,岳麓书社2014年版。(以下所引小说原文均出自此版本。)

格力量"觉醒了:"我为尊重我自己的人格起见,我也不能再去向他求妥协,成为一个寄生虫。我自信凭我的能耐,还可以找碗饭吃,纵然,找不到饭吃,饿死我也愿意。"(第94回)于是她自闭于小楼学佛,在金府以一个"乳母"的身份出现,为了喂她的孩子,不再下楼,直到在一场大火中抽身隐去。正如作者所说:

> ……书里的故事轻松,热闹,伤感,使社会上的小市民层看了之后,颇感到亲近有味。尤其是妇女们,最爱看这类小说。我十几年来,经过东南、西南各省,知道人家常常提到这部书。在若干应酬场上,常有女士们把书中的故事见问。这让我增加了后悔。假使我当年在书里多写点奋斗有为的情节,不是给女士们也有些帮助吗?而在现在情形中,这书是免不了给人消闲的意味居多的。①

读者往往猜测,并且询问作家"《金粉世家》,是指着当年北京豪门那一家?袁?唐?孙?梁?全有些像,却又不全像",张恨水曾干脆告诉人家,"那家也不是,那家也是"!他颇自信地指出:

> 老实说,这也就是写小说的一种技巧。我不敢说有羚羊挂角,无迹可寻的手腕,而布局之初,实在经过一番考虑的。……而我写《金粉世家》,却是把重点放在这个家上……②

在小说情节中,金铨既是现任的国务总理,又兼着一家银行的总董,小说情节中与政坛、商海的事迹几乎没有任何关联,应该是小说确保不被指为影射的刻意设计。金铨的政治态度只有:"我最反对日本人,和他们交朋友,都怕他们会存什么用意。"(第66回)表明他的民族情感而已。他在家庭之外的公共空间,在公务活动中立场倾向如何,也一律空缺。他与自己的姨太太"调情"时,那翠

---

① 张恨水:《写作生涯回忆·十九·〈金粉世家〉的出路》,张占国、魏守忠编《张恨水研究资料》,天津人民出版社1986年版,第41页。
② 张恨水:《写作生涯回忆·十八·〈金粉世家〉的背景》,张占国、魏守忠编《张恨水研究资料》,天津人民出版社1986年版,第40页。

姨说："我看见过你对着晚辈那一副正经面孔……大概你在衙门里见着你的属员，一定是活阎罗一样，可是他们这时在门缝里偷瞧瞧你这样子，不会信你是小丑似的吧？"张恨水写这个人物，这个家庭，不是思考和表现政治与阶级意识，不是为了社会批判和剖析，在张恨水笔下，金铨是一个大家庭的家长。

金铨是一位慈爱、公正的家长。金铨逝世后，冷清秋就觉得："我想我这人太没有福气，有这样公正，这样仁慈的公公，只来半年，便失去了。我们夫妇，是一对羽翼没有长成的小鸟……"（第78回）金铨在燕西、清秋的婚礼上有非常得体的主婚人演说，他不仅说要打破阶级观念，而且说清秋学问好，实际上"燕西是高攀了"。他与丫鬟们还要讲讲平等，还是颇有人情味的。可是作为一个"豪门的家长"，他不称职，有时他也想由自己把持家庭的命脉，可是小辈们私下里都有自己的一套，他等于被架空了，他也控制不了这个大宅门的局面了。他只是荫庇着这一门的"纨绔子弟"。金铨暴病而亡，金铨的二姨太说：

> 你在世，你让我们享福，你陡然把我们丢开，我们享惯了福，干什么去呢？你是害了我们啦！（第76回）

张恨水笔下的金铨只是局限于家庭范围中的一个创业者，是一个"好家长"；他的子弟们，用冷清秋的话说："我不是说一句刻薄话，大概纨绔子弟四个字，你们贵昆仲，倒是货真价实。"因此，第75—76回金铨的逝世是一个非常重要的转折点，豪门子弟们从云端一下子坠落到深渊；大树被连根拔起，鸟雀就随之四方飞散了。

这是张恨水的一部为"匹夫匹妇"们所写的才华横溢的长篇，也是张恨水的代表作，是他小说的巅峰。张友鸾介绍说："接着发

---

① 张友鸾：《章回小说大家张恨水》，《新文学史料》1982年第1期，转引自《张恨水研究资料》，天津人民出版社1986年版，第122页。

表了《金粉世家》，却又引起热烈的高潮，特别是有文化的家庭妇女，都很爱读；那些阅读能力差的、目力不济的老太太，天天让人念给她听。受欢迎的情况，可以想见。"①

《啼笑因缘》在上海《新闻报·快活林》上连载，轰动了上海，影响及于全国。张恨水与《啼笑因缘》之间就画上了等号。作家自己也说："所以人家说起张恨水，就联想到《啼笑因缘》。"①读者拥戴如此强烈，马上就在报纸的收益上产生连锁反应：刊登了《啼笑因缘》，销量就猛增；广告刊户，纷纷要求占领靠近小说的版面。"张恨水成了《新闻报》的财神，读者崇拜的偶像。"②

《啼笑因缘》叙述了一个以樊家树为中心的多角恋爱故事，中间穿插了关寿峰父女扶弱锄强的武侠传奇。多角恋爱很容易使其中主人公的品质受损，于是作家设计其中唱大鼓的地摊演员沈凤喜与上流社会小姐何丽娜外貌酷似，构成了许多误会与巧合，连主人公自己也说，这种误会真是"错上加错，越巧越错"，而主人公杭州青年樊家树是来北京准备考大学的上进青年。樊家树不重"门阀观念"，也不以"权势金钱"为转移，他向沈凤喜表白："我们的爱情决不是建筑在金钱上。"而当沈凤喜失身于军阀刘将军后，他还是认为："身体上受了一点侮辱，却与彼此的爱情，一点没有关系。"因此不仅故事有传奇性，他的现代性爱观也充满着人情味。

作家又遵循报社的再三请求，在小说中加了两位侠客（关寿峰、关秀姑父女），加得也适可而止，恰到好处，这样就使言情、武侠与社会熔于一炉，增加了阅读的情趣。

苏、浙、沪一带的读者生活中习惯的和阅读到的场景大都局限于江南一带，而张恨水献给南方读者的是北平风物的精彩画面，一

---

① 张恨水：《写作生涯回忆·二十·〈啼笑因缘〉的跃出》，转引自《张恨水研究资料》，天津人民出版社1986年版，第44页。
② 张友鸾：《章回小说大家张恨水》，《新文学史料》1982年第1期，转引自《张恨水研究资料》，天津人民出版社1986年版，第123页。

种新的地域色彩使读者萌生了新鲜感,在交通相对不便的当时,读者能"卧游"天桥等北国风光,体会着与上海老城隍庙和苏州玄妙观各不相同的韵味。作品情节的巧妙构思与北咸南甜的异样新口感,征服了广大读者。张恨水还说过:"到我写《啼笑因缘》时,我就有了写小说必须赶上时代的想法。"[1] 因此,他在作品中不仅揭露了军阀刘国柱的飞扬跋扈、穷奢极欲、仗势强占民女的种种劣迹,而且也加强了作品的反抗性,关寿峰父女的锄强扶弱、山寺除奸也大快人心。这种"意识"上的进步,在张恨水抗战后的作品中,如《八十一梦》《五子登科》等中,有更好的表现。但就作品的艺术性而言,却不及《金粉世家》与《啼笑因缘》。

《啼笑因缘》畅销后,南方读者连带关注他的《春明外史》和《金粉世家》,张恨水由此成为一个全国最热门的通俗文学家。

张恨水的《啼笑因缘》像一个信号,预示着北方有一批作家会继续显示他们的实力与成熟。

---

[1] 张恨水:《我的创作和生活》,《文史资料选辑》第70辑,文史资料出版社1981年版。

刘云若《旧巷斜阳》《红杏出墙记》和《春风回梦记》

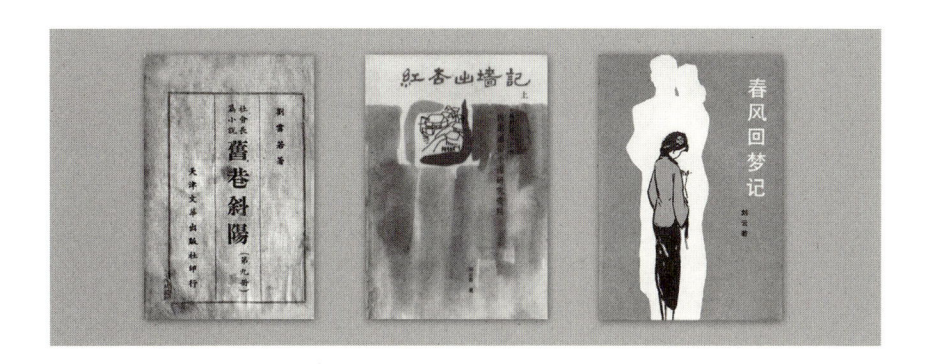

刘云若素有"天津张恨水"之称,一是因为张恨水成名在前,影响大,将刘云若与张恨水相提并论,"抬高"了刘云若的声誉;二是两位作家就创作题材而言都是社会言情小说大家,而在艺术成就方面也是完全可以媲美的。"天津张恨水"是对刘云若的简介、概括,也是通俗的评价。

据徐铸成回忆,1949年3月,在由香港赴解放区的船中,他曾和郑振铎先生讨论近些年出版的章回小说。郑先生对刘云若的作品也极口推许,认为他的造诣之深,远在张恨水之上。徐铸成向他介绍所耳闻的关于刘的生活和写作情况,对于刘同时写几部长篇小说,而又如此仓促写作,何以能情节、人物互不错乱,也绝少敷衍故事、草率成篇的痕迹,表示很惊讶。振铎先生说,这首先是由于刘对当时的下层社会各个方面有深刻的切身体会,在所遭遇的各色人物中，早已抽象出各种典型。……振铎对刘的《红杏出墙记》最为赞赏，认为它是这一类小说中最出色的作品。①

刘云若（1903—1950），原名兆熊，字渭贤，生于天津。在中学读书时，他课余就喜填词赋诗，向报刊投稿，而对林译小说、野史、笔记也多有涉猎。后来他被聘为编辑，与他最相投的沙大风创办《天风报》时，请他主持副刊编务，他的第一部长篇《春风回梦记》就刊发在副刊上，一炮打响，从此欲罢不能。刘云若一生竟写了40多部小说。而沙大风为刘云若的《情海归帆》写《序》时也承认：《天风》因《春风》而风行，《春风》因《天风》而益彰。此稿一度曾因事而中断，读者"要求赓续之函，在数千封以上"②。作者于是应读者之请，终于完成了这部小说。

80万字的《旧巷斜阳》引起了更大反响。小说以天津南市的女招待生活为切入点，反映当年广阔的社会面貌。璞玉是出身社会下层的贫家妇女，丈夫是失明的残疾人，为了他与两个未成年的孩子，只好去做餐馆女招待。她偶遇王小二，生风尘知己之感，几欲以身相许，遂痛苦地徘徊于丈夫与情人之间，"几把芳心碾碎，柔肠转断"。她丈夫知道隐情后，为成全她与王小二而独自出走。王小二也为此深深自责，忍痛南下。这时璞玉生活更是贫困，移居贫民窟后失身于地痞，被卖作暗娼。小说连载时，读者对璞玉的命运深表同情，甚至一读者署名"一迷"在《新天津报》上提出要营救璞玉。由此也引起了作者的一番感慨：

> 而"旧巷"的主角璞玉，竟会引起了如许的善心人的悼念，除报端讨论文字不计，居然有些先生、太太生了幻觉，把她当作真的活人，直接间接，对我作拯拔她的交涉。最可笑

---

① 徐铸成：《张恨水与刘云若》，《旧闻杂记》，四川人民出版社1981年版，第100—101页。
② 转引自张元卿编：《刘云若研究论丛》，天津古籍出版社2015年版，第12页。

的是，有几位资产阶级的太太，竟使用贿赂手段，倘若在去岁年底能叫璞玉脱离苦海，我足可过个很肥的新年，连拙荆也许落一套日月团花袄、山河地理裙，可惜一时掉不转笔头，以致失却发小财的机会。反而因璞玉则受了许多委屈，……真使我惊讶，璞玉何以人缘如此之佳？势力如此之大？她虽在书中受苦，然而能有这样际遇，可谓不虚此生。就因为她有这样的人缘势力，所以我至今写到她的切实归宿，一般关心礼教的先生，很多通函主张，使璞玉重归盲夫，宁可落窦以终，也要为世道人心之劝。我很想接受。但顾虑着另一面对她溺爱过深的慈善家们不能允许，故而尚在踌躇难决，几乎愁白了头发；真不知璞玉前世何修，今世何幸，得到这般幸运。①

刘云若笔下的这位善良、纯情的女招待的坎坷命运，她与盲夫的离散，她沦落烟花柳巷，红颜薄命，难逃茫茫风尘岁月的苦难生涯，引起读者强烈反响，也算是民国通俗小说阅读史中的特例。刘云若在1941年的《酒眼灯唇录·序》中，回顾了以前的创作历程，提出了今后的努力方向：

> 当初为此道，仅以游戏出之，不谓倏忽今兹，竟以此为资生之计。……然鄙陋之文，虽难言著作，妄灾枣梨，幸不为社会所薄，嗜痂日众。余既感读者爱护期许之殷，又复以此资生，宁敢不敬所业。……余已逾中年，且工作日无暇晷，然得暇开卷，便有见贤思齐之思，殚心努力，或得颉颃时贤。然时贤之上，有古人焉，古人之外，有外人矣，又何年得比肩曹（雪芹）施（耐庵），而与狄（却尔司·狄根司）华（华盛顿·欧文）共争短长乎？孜孜求进，犹恐不足，瞻望前途，弥

---

① 刘云若：《旧巷斜阳·序》，《旧巷斜阳》，百花文艺出版社1995年版，第2—3页。

觉辽远,且往贤名著,罗列当前,惭汗不遑,而何暇沾沾自喜也……①

刘云若心中有大的文学理想。

《红杏出墙记》,80多万字,长篇,以男主人公林白萍发现妻子黎芷华与自己的挚友边仲膺有苟合关系而离家出走为开端,直写到他三人都为"情"殉而告终。边仲膺是"投军觅死",林白萍是"落水身亡",而黎芷华是"坠楼自尽"。作者将林白萍的"出走"写得十分真实可信。他本来可以当场捉奸,而且可以其夫权去处置一切,但他最终自动退让,一走了之。他有其特有的处世哲学:一个女人若嫁了甲,同时又爱了乙,则她在爱情上对甲已失去了妻的身份,不过对于乙也未取得妻的资格。但由于爱情的转移,甲已由丈夫的地位退出,乙却向丈夫的地位走进。这种处世哲学使林白萍"一走了之"。这并非是他的懦弱,而是他想毅然割断那种"丧失"爱情支撑的夫妻关系,像个男子汉似的海阔天空去闯一番事业。女主人公黎芷华知道丈夫亲眼看到她的出格丑行而愤然出走之后,她想尽一切办法要"赎罪",不光是向丈夫表示自己的忏悔,而且是为了使自己的灵魂得到一个再也"问心无愧"的平静。她从有失检点始,走上了"求赎"罪愆的道路,她也进入了自己的坎坷半生的错综人生,不以人的意志为转移地走向人生的悬崖。她未能洗清这人生抱愧的污点,赎回自己的魂灵。直到边仲膺与林白萍都丧生殒亡,情节发展到顶点的是黎芷华的凄绝人寰的惨叫:"死了,死了,全死了!只剩了我一个。我害死了他们。自己还活着,真是长命。"于是纵身一跳,骨折肌分。作者写《红杏出墙记》是呈现一个大千世界,呈现大千世界中的"畸情"以及书中许多的"至性人",此

---

① 刘云若:《酒眼灯唇录·序》,天津生流出版社1941年版,第1—2页。

其一。其二是作者在这部长篇中恣意地精巧调度情节，充分设置与利用悬念的魅力。前者是内容上的追求，后者是技巧上的探索。

从写《春风回梦记》始，刘云若就提出他的一个塑造人物的原则："全书皆求近人情，故书中人无极善极恶。以世间人中和者多，难得极善恶也。又无完人，以世间本无完人也……固不必似罗贯中之写诸葛亮，聪明终其身；施耐庵之写李逵，鲁莽毕其事。岂孔明终身不做鲁莽事，李逵毕世未发一聪明语耶？人之个性，有时亦随思想境遇而偶变。刻舟求剑，于事无当。"他的这一塑造人物的原则，在《红杏出墙记》中表现得最为充分。从写《春风回梦记》起，刘云若最喜欢塑造一种世间的"稀有人种"——至性人。"人或怪书中至性人太多，非今世所能有。曰：'然！'作者虽居闹市，如处荒墟，求人且不易，况于至性之人！故造作藏于书中，以供晤对。"① 所谓"至性人"，当然是性情淳厚，一往情深，宁可苛待自己，也要成全他人者。《红杏出墙记》中的黎芷华、林白萍、张式欧、张淑敏等都是这样的至性人。黎芷华在失足后就一再赎罪，但越赎越是满身还不清的"孽债"；林白萍甘愿退让，可是他越逃越是情丝缠身，直到被一路上的情丝缠到另一个世界去为止。一个是越还越是"债台高筑"，另一个是越逃越是"走投无路"，这全是至性人的悲剧。

"越赎越是债台高筑""越逃越是情丝缠身"，刘云若在技巧上追求精巧的情节调度和充分利用悬念的魅力。《红杏出墙记》鲜明地展示了刘云若的小说巧构特征。他的小说的内在结构基本都是"二生一旦"或"二旦一生"所组成的三角形，由于一角的出走，却又很快地身不由己地陷入另一个三角组合中去，小说常常是在三

---

① 以上两段原文均见刘云若：《春风回梦记·序》，《春风回梦记》，人民文学出版社1989年版，第1—2页。

角套三角中展开情节。在这种情节的"循环纠结"中，由于交错渗透，还出现四个角色组成的平行四边形或梯形。例如三角中再加入一个祁玲，原不过是张淑敏的陪衬，这个小配角后来起到调度全局的作用，可见作者伏笔之深，意图之隐蔽。最后却由她以"清醒的局外人"自居，控制了两个四边形——一个平行四边形与一个梯形；她还有一份想扭转乾坤的热心，想按她的好心作人为的排列组合，结果却出现如此一场大惨剧。作者是善于在情节的复杂"循环纠结"中运用"误会"与"巧合"的能手，以至于作者自己不得不常常用"鬼使神差"与"阴错阳差"这样的成语来为自己设置的误会与巧合作"辩护"。

刘云若之所以敢走这样的"险棋"，是因为在"巧中又巧的巧合"中，蕴藏着作品中的人物的"真中又真的真情"，而这种"真情"又与读者的情感产生共鸣与共振。刘云若笔下的情节"循环纠结""阴错阳差"的巧合与误会以及运用"拨弄人情"产生心弦共振的手段，三者相得益彰，使读者欲罢不能。这是刘云若《红杏出墙记》成功的奥秘。

刘云若是最善于编织情节的作家。他喜欢也善于写下层市井的生活，在编织情节时刘云若最爱用的手段是"出走"。他的几部主要作品无不以"出走"来拓展故事，将人物推到一个新的境界中去。《春风回梦记》《小扬州志》《旧巷斜阳》《红杏出墙记》《粉墨筝琶》皆与"出走"有关，不是男的走，就是女的走。这样其作品往往有以"诡奇取胜"的特点。

秦瘦鸥的《秋海棠》

秦瘦鸥（1908—1993）原名秦浩，上海嘉定人。秦瘦鸥系笔名。其祖父先是酱园的账房先生，后自己开了公顺昌酱园，任总经理。其父亦经营酱园，在秦瘦鸥一岁时"积劳成疾，一病不起"。[①] 秦依祖父长成，学名秦学沛，1922年，他进上海读中学，接着上中华职业学校，1924年左右进上海商科大学[②]。大学毕业不久，他即入京沪沪杭甬铁路局，为职员，前后十年，后曾在《大英晚报》的文艺副刊《七月》《译报》《新闻报》任记者、编辑[③]，在大夏大学讲授修辞学，在持志学院教授文学。[④] 1949年后，他加入中国作家协会上海分会，并受任香港《文汇报》副刊组组长、集文出版社总编辑。20世纪50年代末回上海，历任上海文化出版社编辑室主任、上海文艺出版社编审、上海辞书出版社编辑等职。他先后发表出版的作品有小说《秋海棠》《危城记》等、译作《御香缥

[①] 秦瘦鸥：《我的祖父》，《万岁》1943年第4期，第9—12页。
[②] 秦瘦鸥：《戏迷自传》，人民文学出版社2009年版，第33页。一说"东吴大学法科毕业"，见李远荣：《闲话秦瘦鸥》，《香港作家》1994年6月15日，改版号第45期。
[③] 《秦瘦鸥病逝》，《文汇报》1993年10月15日。
[④] 《申报》（上海版）1932年10月1日第14版，《上海报》广告云："长篇小说四种"，其一就是"名小家说秦瘦鸥著《四义士》，叱咤风云，气吞山河"。《申报》（上海版）1932年7月5号第1版《社会日报》广告："凡属《社会日报》定户，凭定报单号码来函，咨询一切问题，有问必答，非定户不答。"顾问之一即"秦瘦鸥先生，持志大学小说系主任教授，《世界之末日》作者"。

钞录》等、散文《晚霞集》《淮西乱弹》以及传记《戏迷自传》等。

长篇小说《秋海棠》1941年1月6日至1942年2月13日在上海《申报》连载①，1942年7月由金城图书公司发行单行本②，在"孤岛"③——沦陷区时期的上海迅速成为畅销书：

> 民国以来，能够拥有最多读者不带色彩的作品，要算是秦瘦鸥先生的《秋海棠》了。虽张恨水先生的《啼笑因缘》也曾轰动过一时，不过只徘徊在少奶奶与小姐群里。《秋海棠》的读者已经普遍到了每一个角落里，大学生、黄包车夫他们多被这一个故事感动到下泪。④

"不带色彩的作品"特别指出了其意识形态方面的某种软性。秦瘦鸥后来也说：1943年在大后方桂林时，瞿白音和田汉都认为《秋海棠》未尝不宜于大后方的观众：

> 因为，我们努力抗战，固然要多演硬性的戏，来激励民众，但如果每个剧本都在抗战八股的圈子中绕来绕去，也容易使观众由厌倦而麻木。所以像《秋海棠》这类富于情感而带些哲理性的悲剧，偶一搬演，实大可调剂观众的精神。⑤

1942年12月至1943年5月，由小说原作者与顾仲彝共同将《秋海棠》改编为舞台剧本，由费穆和黄佐临联合导演，在上海

---

① 秦瘦鸥《秋海棠》的《前言》则发表于《申报·春秋》1941年1月1日第25版。
② 《〈秋海棠〉将出单行本》，"从去年二月起连续在本报刊载有一年多的长篇小说《秋海棠》，确然是一部很精湛的作品，现在又经原著者秦瘦鸥先生重新整理了一遍，并把原有的十七节增加为十八节，使情节格外动人。目下已由金城图书公司开始排印，不久就可以出版了"。——《申报》(上海版)1942年6月30日第7版。1942年7月27日《申报》在第1版显要位置刊登了出版广告："秦瘦鸥著长篇创作《秋海棠》单行本出版。"《申报》1942年8月26日有更详细的广告刊登："《秋海棠》秦瘦鸥创作，五六年来第一部好小说。分十八节，节节精彩。一、三个同科的弟兄，二、良友与荡妇，三、镇守使的姨太太，四、意外的遇合，五、爱与欲的分野，六、爱情结晶品，七、脸上划一个十字，八、可爱的友情，九、一个古怪的庄稼人，十、慈父的心，十一、夜半歌声，十二、意外风波，十三、流浪到上海，十四、打英雄的生活，十五、爸爸卖唱去吧，十六、青春之火，十七、也是一段叫关，十八、归宿。每册12元，特价9折。江西路51弄5号金城图书公司发行。"
③ 孤岛时期，指1937年11月上海沦陷至1941年12月珍珠港事变日军侵入上海租界为止。此时的租界，四面都被日军侵占，仅租界内是日军势力未到而由英法等国控制的地方，故称"孤岛"。
④ 文人：《作者与作品·闲话秦瘦鸥》，《上海特写》1946年第23期。
⑤ 秦瘦鸥：《五幕七景大悲剧：秋海棠·卷头语》，上海百新书店1945年版，第1页。

连演4个半月，共演出150余场，足见《秋海棠》在当时影响之大①。1943年12月23日中国联合电影公司将其改编拍摄成电影在上海首映。1957年由上海文化出版社出版修订版，由程十发绘图，当年就多次重印，共发行20万册。《秋海棠》还曾被改编为沪剧、粤剧、评弹，拍摄了电影和多个版本电视连续剧。

《秋海棠》的故事素材来自1926年底至1927年初的天津军阀杀害京剧艺人的社会新闻。上海新舞台的两名艺人刘汉臣和高三奎在天津演戏时，得与天津的直隶督办褚玉璞某姨太太相识，并发生恋情，事为褚知悉，虽然刘、高二人已经离开天津去北京演戏，仍被褚派人抓回，其间戏班方面请托梅兰芳出面请求张学良说情，褚不理会而以"南赤"②罪名将他们枪决。③此事在南方被《申报》《新闻报》披露，引起舆论关注。此事作为桃色新闻亦成为一般市民社会的谈资话柄。《申报》1932年社会杂闻版就有"福州路扎罗兰书局新近出版沙不器所著之《淫恶地狱》小说，内容颇多涉及伶界轶事，如高三魁、刘汉臣二伶和褚玉璞之姨太太妍上了，把君玉拉在里面……"报道导语力求抓人眼球："说刘汉臣妍姨太太，君玉系明指赵君玉，茅云歌影射毛韵珂，店主与作者同被控。"④秦瘦鸥从小对戏剧兴趣颇深，在上海求学时更加入票友的票房逸社，一度主攻"长靠"，也学过谭派、麒派的唱腔，他有许多戏剧、戏曲、电影界的演员朋友⑤，因此，对于演艺人圈子里的风习有自己的体认。其后，他因结核病到北京修养时，多次至天津搜集素材。经多年酝酿，《秋海棠》一炮而红：

> 我脑海里，虽然在六年前已构成了一个故事，想把它演绎成一篇十万字的小说，而且几年以来的确也费了不少心力，

---

① "自从《秋海棠》搬上舞台，演了一百几十场，又演越剧，又拍电影，就红过半月天。"老凤：《翱翔集·怀秦瘦鸥》，《东方日报》1944年4月4日。
② 当时天津尚处北洋军阀时代，称南方北伐军为"南赤"。
③ 徐慕云：《梨园外纪》，《军阀残杀优伶的残暴行为》，《申报》(上海版)1939年5月12日。李斐叔：《梅浣华援刘回忆录》，《申报》(上海版)1939年5月26日。
④ 《污辱伶人被控》，《申报》(上海版)1932年9月26日。
⑤ 详见秦瘦鸥：《戏迷自传》，人民文学出版社2009年版。

用以搜集资料，实地考察，以及征询各方的意见；但为了格外郑重起见，我终于延到去年十一月，才正式着手写作。这一篇东西不是别的，就是现在的《秋海棠》。①

根据秦瘦鸥的自述，1937年4月构成全书大意时，他仅不过是"以过去十余年内自己所看到，听到，以及熟知的（甲）军阀荒淫史，（乙）评剧伶人的私生活为题材"②，但待到正式动笔为《春秋》写连载小说时，"由于时代的转换与当前环境的剧变，发觉原结构不合处甚多，乃开始做局部的修改"，"决定以（甲）暴露民国十六年以前，北洋军阀蛮横无理，残害平民的罪行；（乙）用佛教中'诸行无常'的看法写出评剧伶人由盛而衰，由少而老的悲哀为全书的主题"。但在《春秋》连载时，"作者就从环境上得到觉悟，无论如何不该让这一部所谓'长篇创作'跟时代离得太远，因此，决定再在原有的主题之外，加上那一种专为激励并慰勉沦陷区同胞的意义进去。那就是把秋海棠写成整个中华民族性格底影子——拉不断斩不断的韧性"。③

为了刻画一个有抱负的伶人，作者在伶人的艺名上构想了一个极为重要的情节，主人公摈弃了科班中师傅为他所取的艺名吴玉琴，将艺名改为秋海棠。

> 倒别看他是个唱戏的孩子，心里居然还知道有国家！时常向我打听时局的消息，并且问我中国到底给人家欺侮得怎么样了。我当然就把知道的尽量告诉他，一面还给他譬方说，中国的地形，整个儿连起来恰像一片秋海棠的叶子，而那些野心的国家，便像专吃海棠叶的毛虫，有的已在叶的边上咬去了一块，有的还在叶的中央吞啮着，假使再不能把这些毛虫驱开，

---

① 秦瘦鸥：《秋海棠·前言》，《申报·春秋》1941年1月1日。
② 秦瘦鸥：《〈秋海棠〉的移植》，《秋海棠》，百新书店1945年版，第1页。
③ 秦瘦鸥：《〈秋海棠〉的移植》，《秋海棠》，百新书店1945年版，第1—3页。

这片海棠叶就得给它们啮尽了……①

他本来就有图画天才，第二天我再去的时候，他已照着我所说的意思，画了一张图；虽然只是一片海棠叶和几条毛虫，倒也画得很工致，并且还在角上写了"触目惊心"四个黑字。我因为觉得很难得，便着实奖励了他几句，还特地送了他一个镜框，让他把那幅画挂起来。②

至于在"拉不断斩不断的韧性"方面，作者也透露了自己的构思意图：他让秋海棠身受"军阀的刺刀的宰割，破坏了他的秀美的容颜，切断了他的歌衫舞袖的生活，使他在极度苦难之中，走回农村去作一种我们中国人最应该做，而且又是最伟大的工作——耕田"，"一面含垢忍辱的抚养他仅有的爱女梅宝——我们的第二代，使她终于重见天日，回到她母亲的怀抱中去，而丑恶的一面，则终于自趋毁灭——秋海棠的自杀"③。秋海棠在受到袁宝藩残害之后，身居乡间，生活艰辛，每况愈下，直至下田劳作，这表现了他忍辱负重的韧性。他要按照罗湘绮的模式去抚养梅宝，要让她出淤泥而不染，他愿为此而含辛茹苦。

《秋海棠》对男主人公的死有过三种写法，不妨称为是它的三种版本。

《秋海棠》最早在《申报》副刊《春秋》上连载，可称为第一种版本。1942年7月上海金城图书公司出版单行本，将《申报》连载的17章，增至18章。《申报》上的《归宿》扩大为《也是一段叫关》和《归宿》两个章节，可称为第二种版本。在秦瘦鸥参与改编的戏剧本中，则出现第三种版本。

这三个主要版本的最大不同处是作品的结尾，也即秋海棠的死

---

① 秦瘦鸥：《秋海棠》，《申报·春秋》（上海版）1941年1月20日。
② 秦瘦鸥：《秋海棠》，《申报·春秋》（上海版）1941年1月21日。中国现代文学馆编：《秦瘦鸥代表作》所收《秋海棠》使用1944年10月沈阳东方书店版本，相应文字被改为"而那些蕴藏着阴险的劣绅，和着伪君子的人们便像专摧残海棠叶的毛虫……"见华夏出版社1998年版，第16—17页。另有相应"而英美西方国家便像专吃海棠叶的毛虫……"版权页署"康德十年七月十日发行""发行所：奉天市沈阳区：东方书店"。这两个版本应该都是伪满洲国的盗版。
③ 秦瘦鸥：《〈秋海棠〉的移植》，《秋海棠》，百新书店1945年版，第1—3页。

因。质言之，第一种版本是病故，第二种版本是自杀，第三种版本是累死。

《申报》连载时，在第17章"归宿"中，秋海棠听到韩家老头儿告诉他一件悲喜交加的事情：梅宝可能会早些有个好的归宿，遇到了好丈夫；但他并不了解那个男孩。所以，秋海棠虽然躺在床上，却牵挂着女儿梅宝。他希望自己人生永别之前，梅宝能找到可托付之人。在他的百般催促下，韩老头儿、韩家姑娘并梅宝一行人去了龙凤饭店。连载本中罗湘绮和梅宝的相认过程简略：

"姑娘，走过来！"她向梅宝招了招手。

"你难道真姓韩吗？"

……

"那么你一定是姓吴了！"

梅宝只有动作回应："含着满眶清泪，对湘绮连连摇头"，"不由自主的向说话的人点了点头"。然后母女相拥，然后众人急忙坐车赶往郑家木桥十九号——秋海棠住的小客栈，却为时已晚。罗湘绮见到秋海棠那一刻：

> 说真话，她委实不能相信这一张又瘦，又黑，又老，又丑的脸庞，竟是十七年前那样风神秀逸的秋海棠的化身，除非她接着又发现自己在当初所拍的一张半身小照，正搁在距离秋海棠的脸不到一寸的被角上，她真要疑心这十数年来，梅宝根本错认了另一个不相识的人做父亲。

"爸爸，妈来了！"梅宝的声音喊得更响一些了，她知道秋海棠向来是最容易惊醒的，何以自己连喊了这几声，再加房里又来了这许多的人，他竟还不答应。"爸爸！……爸爸！"

当她把身子俯下去，仔细一看之后，便马上昏过去了。

湘绮直着双眼，在韩家父女和罗家母子的惊喊声中，勉强伸出右手去，在秋海棠的前额上抚摸了一下，更来不及哭出来，便也像梅宝一样的失去了知觉。

需要有一个永久归宿的人，已在他们没有赶到之前，得到他的归宿了，所遗憾的仅仅是他没有来得及再看到那张十几年来，天天伴着他的照相上的人。

四十六年尘梦，秋海棠！（全书完）①

第一种版本的结局虽然仓促，却是生活化的。

不到半年，秦瘦鸥在出版单行本时，已改变初衷，形成了比较艺术的第二种版本，内容是秋海棠跳楼自杀。作者对于这个版本的修改有说明：

《申报》所发表的《秋海棠》初稿，其结果是梅宝在酒楼里见到了罗湘绮，经过一番诘询之后，湘绮就当场说明自己是她的母亲，跟着大家便赶到秋海棠所住的小客栈去，可是那几天秋海棠的病已到了最严重的时期，所以待他们赶到，发觉秋海棠已经长眠不起了。这个结束，朋友们都不大赞成，认为像罗湘绮那一代的中国女性，必不会当着那么许多人如此做的，无论她的情感是怎样的冲动。而秋海棠的病死，也不能如此巧法。于是在单行本出版以前，我又把最后两章改写了一遍，并另外加出一章，使罗湘绮在认明梅宝是她的女儿以后，竭力遏住自己的情感，不就说明，只教罗少华写了一个地址，叫梅宝第二天去找她。至于秋海棠呢，那是在他确知梅宝已和湘绮重见以后跳楼自杀的。——为了不愿让他的爱人看到他的丑脸，

---

① 秦瘦鸥：《秋海棠》，《申报》（上海版）1942年2月13日。

为了不愿因他一个人而妨碍湘绮、梅宝母女俩的幸福。

跳楼自杀比较现实些，但在舞台上却不容易演，即使能演，场面上一定也很冷静。所以这次舞台上的结束，倒是和我的初稿相同的，罗湘绮当场喊出"我是你的母亲"之后，一伙人便赶去找秋海棠。只是不上小客栈而是上红舞台的后台去。其所以如此的缘故，第一是要把秋海棠沦为武行的不幸的遭遇，也在舞台上演出来，第二是死在后台当然要比死在小客栈火炽些。[①]

对比第一种版本的"生活化结局"，不妨称第二种版本为"艺术化的结局"，而"累死"的结局，当时是为了舞台表演而设计，至1957年出版时，沿用了舞台版的结局。"累死"的情节或许更有利于作政治诠释。

---

① 秦瘦鸥：《我评秋海棠》，《杂志》，1943年第10卷第5期。

中国现代通俗小说史略
A Brief History of Modern Chinese Popular Fiction

新狭邪小说

鲁迅在论述清代的狭邪小说时，选择了三部小说作为典型加以剖析，即《青楼梦》《海上花列传》和《九尾龟》。《青楼梦》乃"溢美"之作，《海上花列传》为"近真"，而《九尾龟》则是"溢恶"。到了民国，情况就为之一变，民国的倡门小说当然也关涉人人关系问题，但更主要的是将倡门作为一个社会问题加以挖掘与探究，而且显示了新的特色，毕倚虹的《人间地狱》、何海鸣的《倡门红泪》可为其代表作。

毕倚虹的《人间地狱》

毕倚虹（1892—1926），江苏仪征人。他在15岁时，就随父赴京，捐班买得陆军部郎中之职，做起了清朝的小京官。他在自传体小说《十年回首》中写他离家前，祖母看他生得矮小稚弱，很为他担心："你要上京到衙门的时候，穿上一双高底的靴子，靴子里面我再叫王妈替你做上一个棉垫。你走起路来腰杆子再挺一挺直。两边这一凑，岂不是有个大人的模样了么。"他自嘲道："同戏上的花旦的踩跷差不多了。"祖母答得好："自古说得好，'官场如戏场'，你们还不像唱戏的么？"① 他的这部长篇处女作就显示了他在通俗文学领域中不凡的起点。小说连载于包天笑编辑的《小说画报》上，署"春明逐客"，春明即指北京。可惜因《小说画报》的停刊而未成完璧。

1911年，毕倚虹作为领事的随员，准备出使新加坡。岂料到

---

① 春明逐客：《十年回首：第二回 一曲骊歌陈浩仁别友 三声汽笛金子丹失踪》，《小说画报》1917年，第1期。

了上海，武昌起义成功，"春明逐客"就不再北上，而弃官从学，入江湾中国公学法政科。他在上海与正在编《时报》的包天笑结识，由包天笑推荐，开启了报人生涯。

包天笑认为如果毕倚虹不遇到他，毕倚虹也许就会有另样的走上坡的人生道路。

> 如果不遇着我，或者他的环境不同，另走一个康庄大道，也不至于如此身世凄凉，我对于他很觉一直抱歉似的……①
>
> 最初导娑婆生（毕倚虹发表《人间地狱》时的笔名——引者注）入于文字地狱者，我也。②

包天笑任《小说大观》主笔时，称毕倚虹是他得力的"先锋"。毕倚虹的父亲畏三公却认为新闻界乃是非之地，逼他重回政界，并为他奔走了一个浙江萧山沙田局局长之职。不久，毕倚虹的父亲病逝，据说亏空公款甚巨，家产被充公外，尚不足抵债。按照中国的传统父债子还，毕倚虹被拘留，但他不是刑事犯，也不过被软禁在衙门里而已。包天笑办《星期》周刊时，毕倚虹写了许多短篇小说，据说这些小说的题材是看守他的老狱卒给他讲的。他的《人间地狱》前几回也是在"监狱"中写成的。

毕倚虹的短篇名作《北里婴儿》是倡门小说的著名作品③。雏妓蕙娟中了嫖客的圈套而怀了孕。鸨母素来是将出卖雏妓的"初夜权"作为敲嫖客一笔大竹杠的"可居奇货"。鸨母因为蕙娟失却了发财良机而残酷地迫着她挺着七八个月的大肚子给嫖客唱曲子，有人说这未免太不人道了。鸨母冷笑道："谁叫她自己寻开心，也叫她尝尝开心的滋味呢。"生养的第二天，鸨母就将一个玉雪可爱的男婴抱走了，说是她不能带孩子，只有送掉。产后不到一月，她又

---

① 包天笑：《钏影楼回忆录续编》，大华出版社1973年版，第43页。
② 包天笑：《人间地狱·序二》，《人间地狱》，自由杂志社1930年再版，第1页。
③ 毕倚虹：《北里婴儿》，《半月》第1卷第18号，1922年5月27日出版。

得重操旧业。4个月后，鸨母叫她到自己的"安乐窝"去，说是领养了一个孩子，叫他们姐弟相称。蕙娟一看这个"假弟"就是自己的儿子，当时，咬着牙叫了声"弟弟"。心想："我有真儿子可看，比较不知下落，瞧不见他总要好些。"她给孩子做各种衣衫，要照料他长大。不久，她正对镜理妆准备"出局"时，小丫头奉命急召她到鸨母家中，鸨母劈头对她说："他死了，特为喊你回来，去瞧他一眼吧，就要送他出去了……"说着用手向房里一指。蕙娟只见她那亲生儿子，假称弟弟，已是直挺挺地睡在地板上，身上还穿着前天她替他做的一套红点子盛泽纺的小衣裤，可是小眼睛已紧紧闭着，小嘴微微地开着……蕙娟正在哭个不住的时候，忽然有人将她拉了一把。小丫头道："姆妈叫你不要哭了。院里有人来催你赶紧去，说有十几张局票到了，等着你去侑酒呢。快去吧，琵琶已经替你携来了。"小说至此戛然而止。

何海鸣读后立即写了《评倚虹所撰的〈北里婴儿〉》：

> 我偶然做了几篇小说，描写倡门中疾苦。瘦鹃说我做得还好，《半月》上从此并要留意娼妓问题，替那些苦海中苦女子们请命。这种"请命"的作品，现已有倚虹的《北里婴儿》和民哀的《倡门之女》等等。不想我抛了一只砖，竟引起如今许多玉块儿来。我真喜欢得了不得。……《北里婴儿》那篇的煞尾，蕙娟儿子死了，哭还来不及，偏偏那狠心的鸨母，催她到妓馆去，有十几张局票和琵琶等着她咧。掩卷细思，这下面的情形，何等悲惨。然而倚虹一笔收住了，就留下无限的凄惶，供阅者的咀嚼。难怪寒云（指袁克定——引者注）说倚虹的作品富于余味。[①]

---

① 何海鸣：《评倚虹所撰的〈北里婴儿〉》，《半月》，1922年，第1卷第20期。

如果说《北里婴儿》的结尾有无限余味，那么他的长篇《人间地狱》则实在起笔不凡：

> 话说天堂地狱这两个名词，原是佛教中劝惩人类的一句话。究竟天堂是怎样的快乐？地狱是怎样痛苦……也没有游历回来的人做个报告书……有一个绝顶聪明人，下了一个解释……天堂、地狱的滋味也不必人到死后方能领略……凡世人所受用的苦恼即是地狱，快乐就是天堂。地狱、天堂不过是苦乐的一种代名词。但是，其中也略略有个分别，有的明明是瞧着他快乐，仿佛如在天堂，不知他所感受的痛苦比堕落在地狱中还要难受……即如最热闹的功名富贵也不知包含了多少铜柱油锅，最旖旎的酒阵歌场也不知埋伏了多少刀山剑树，交际场中也不知混杂了多少牛头马面，绮罗队里也不知安排了多少猛兽毒蛇……因此，在下发下一个愿心，将这些人间地狱中的牛鬼蛇神、痴男怨女狰狞狡猾的情形、憔悴悲哀的状态，一一详细地写他出来，做一幅实地写真。①

《人间地狱》中的狎客与《海上花列传》中的狎客有所不同，他们不是"万商之海"中的商人，而是上海的另一个群体。陈赣一曾用两句话涵盖了这部50多万字长篇的梗概，指出它是"以海上倡家为背景，以三五名士美人为线索，但于此简单背景，小小线索中已能窥见国中社会家国之变，人心风俗之偷"②。小说中的人物以苏曼殊（苏玄曼）、包天笑（姚啸秋）、叶小凤（华稚凤）、姚鹓雏（赵栖梧）和毕倚虹自己（柯莲荪——可怜生之谐音）等人为原型。《人间地狱》的主干故事，就是柯莲荪与姚啸秋等名士在青楼中竟对妓女动了真情；而妓女也希望以这些"恩客"为日后从良的

---

① 娑婆生：《人间地狱》第1集，上海自由杂志社1930年再版，第1—2页。
② 陈赣一：《人间地狱·序七》，《人间地狱》第1集，自由杂志社1930年再版，第1—2页。

终身依托。柯莲荪与秋波之恋,就不是企望肉欲的欢宴,而是纯精神之恋。姚啸秋与碧嫣的感情也从不来自色欲,而是讲究佛家所谓的一个"缘"字。这些名士派雅客在秦楼楚馆中风流倜傥,妙语连珠。文人名士加上恬静派的倌人,使整部小说格调显得高雅。他们是在封建婚姻之外对红粉知己的一种感情宣泄。对这种高等妓院的烟花地狱本质的揭示,毕倚虹采取的是非常含蓄而深沉的刻画:不是写物质生活的匮乏,皮肉的痛楚,而着重写"人情"被扼杀,"终身"无依托,人生归宿渺茫无际。当柯莲荪钟情于"小先生"(即雏妓或称清倌人,处女也)秋波后,鸨母惋春老四这个心狠手辣的妇人,想在柯莲荪身上敲一笔大大的竹杠。这是中产之家出身的柯莲荪经济能力所无法承受的。鸨母表面上温情笑语,骨子里防柯莲荪如防贼,处处监视,也唯恐秋波"情"之泛滥。作品妙在写出无形的枷锁,心灵的监禁。在柯莲荪和姚啸秋眼中,直是瞧他们的红粉知己"在脂粉地狱里熬刑"。毕倚虹要读者在读作品时"大彻大悟":这只用金丝编织的鸟笼,是扑杀"人情"的阴曹地府,"悟来纸醉金迷地,正是烟花地狱场"。

《人间地狱》从1922年1月5日起连载于周瘦鹃编辑的《申报·自由谈》上。其时毕倚虹的父债已由几位父执为他料理弥补。他重回沪上时,"家已破了,财已尽了,房子早已充公,亲属亦且离散"①,只好卖文为生。周瘦鹃曾谈及长篇连载时的情况:他"随作随付予,略无存稿。且日必迟至。往往《自由谈》余版均已付排,而《人间地狱》未来。予每枯坐以待,或以电话相敦促,日以为常"。② 毕倚虹对这位文债的大债主是非常感激的:"去年来海上,事务较杂,每届黄昏犹未著一字,赖周瘦鹃先生频以电促,使

---

① 包天笑:《钏影楼回忆录续编》,大华出版社1973年版,第58页。
② 周瘦鹃:《人间地狱·序五》,《人间地狱》,自由杂志社1930年再版,第1页。

余不能偷懒。是《人狱》之成,瘦鹃实第一功臣。"①此书毕倚虹只写到第60回,就因身体欠佳而暂告一段落。他在1924年5月10日的《申报·自由谈》上发表娑婆生启事:"春来多病,时有辍作,歉仄尤深,兹拟于60回后,暂告一结束,稍资休息。"在他生前,除1925年他又发表过将近两回《新人间地狱》之外,直到1926年逝世,也未著一字。后来包天笑为此书续作了20回,算是他们友谊的又一结晶。

这部长篇至少是毕倚虹在1917年就开始"酝酿"的,而且是与包天笑一起"酝酿"的。《小说大观》中包天笑的短篇《回忆》②、包天笑的短篇《天竺礼佛记》③与毕倚虹的长篇《猩红》④,这三篇作品都是《人间地狱》中的重要片段。但进入《人间地狱》时,又由毕倚虹做了加工、升华。柯莲荪与秋波之恋的促成者是苏曼殊。包天笑在《回忆》中写到当时的情况:

> 丁巳春(1917年——引者注)吾友曼殊大师自南海归。大师者,学佛而深于情者也。乃觞之于酒家,座仅三人。倚玉与焉。酒酣征歌。曼殊曰:"我于海上殊寥落。顷见一豸,颇娟娟可人,惟太娇稚耳。"余笑曰:"……以大师法眼如炬,宁有差错?"曼殊亦笑曰:"衲子心如沾泥,且为居士辈广结善缘耳。"笺召至。为一雏,翩然入室,乃无伴者。询其年,才十四耳。余私询倚玉曰:"美乎?"倚玉曰:"美无度也。"彼闻吾二人之议彼,则立垂其目。曼殊合掌曰:"善哉,善哉,是惟有情,乃成因缘。"于是令移坐于倚玉。倚玉口弗诺而心已许。是为倚玉与秋波良晤之始。
>
> 秋波之媚,其媚在目。目巨如星,双瞳点漆;其次则发,

---

① 娑婆生:《人间地狱·著者赘言》,《人间地狱》,自由杂志社1930年再版,第1页。
② 《小说大观》第11集,1917年9月出版。
③ 《小说大观》第12集,1917年12月出版。
④ 《小说大观》第14集,1919年9月出版。

盛鬌覆额，黑光可鉴。玉躯娇小，着高底履，阁然有声。语微作吃音，期期然适增其娇憨之态。

小说中的倚玉当然是指毕倚虹。包天笑这篇小说倒像是实事的记叙散文。可是在《人间地狱》①中毕倚虹做了很大的艺术加工。在长篇第20回，玄曼上人出场。柯莲荪眼中的玄曼上人是："虽说是自称和尚，但见他诗酒风流，酒色不忌，性情孤洁，语言雅隽，并且文擅中西，诣兼儒佛，实在算得如今一位硬里子的名士了。"接着写玄曼上人在叫堂唱时点了秋波，于是写秋波第一次出场时的光艳照人了："果然见一个十三四岁窈窕流丽的女郎，脸上含着笑容，带一半矜持，一半娇羞的样子，走了进来，一双晶莹如露如电的眼波，向四座一射，盈盈的向玄曼身边一坐，叫了一声苏老。"其时柯莲荪叫的堂唱谢翠红刚离席而去，苏玄曼就将秋波转介绍给柯莲荪。在毕氏笔下，竟是一段绝妙的文字：苏玄曼见谢翠红去了，忙对柯莲荪道："我看你快些将倚翠偎红的心思收拾干净吧。这一种翠，这一种红，谢谢吧。大可不必倚，不必偎呢！"莲荪听着也笑起来道："你简直在这里将谢翠红三个字，拆散了做文章呢。"玄曼说："谢翠红我也瞧得出不生问题了。老老实实一句话，秋波这孩子这般光艳明秀，确是出类的人才，我一见就赏识她。尤其好的是天真未凿，颦笑之间还夹三分稚气，两分憨态。这种稚气憨态，女儿家只有十四五岁的时候有。过此以往，光艳有余，娇憨渐去。这时候正是极好的时代，所谓好花看在半开时。不过有一件可虑与可异的事。她不幸在惋春老四的手底下讨生活，所闻所见全是浮滑轻佻，还学得出什么好样子？娟娟此豸，如不及早振拔，未免可怜可惜。我是衣钵云游，行踪飘忽，不能常常在此

---

① 毕倚虹、包天笑：《人间地狱》，华岳文艺出版社1988年版。（以下所引小说原文均出自此版本，不再一一注明出处及页码。）

地。你既常在上海，可随缘调护，也不枉山僧饶舌。"好一个"随缘调护"，这简直是大法师"点化"柯莲荪做了个"护花使者"，使那天然光艳之花不要为俗物淫风所摧残糟蹋。他要柯莲荪去呵护那天生的"美"质，这里哪容得风月场中的半点轻浮？这样的介绍，哪是"推荐"一个妓女，这是佛家的一种"振拔"，简直是要柯莲荪永葆她美的青春，青春的美！柯莲荪难道不知其中的分量吗？于是在《人间地狱》中就是写名士们的"清游风味"，是对美的鉴赏，也是对美的膜拜，在狭邪场中显示了他们的文雅风流，人情佳话。

毕倚虹自己写的《猩红》情节是秋波患了极可怕的传染病猩红热时，鸨母怕传染，也不甚敢于多接近病人，柯莲荪则冒死救助。那篇小说中毕倚虹这一角色名为"忆秋"，而秋波则名曰"绿珊"。当友人问他，万一绿珊不治，又将奈何。忆秋回答道："珊死，我之悲，为又一问题；为彼计，亦殊干净。归魂之棺，我任之。更请其母，乞以香骨付我，虽千金，所弗吝。嗟夫，我纵不能生致其人，但能死有其骨，天愿亦足……我意就西子湖头，西泠桥畔，拓一弓地，为彼埋香。春秋佳日，我与公等，荡舟湖上，偶一凭吊徘徊，殆亦不负伊人矣。"表达的是感伤浪漫情怀。

《人间地狱》中，在秋波九死一生时，柯莲荪在探病回程的马车上，在风丝雨片的悲凉中，他对姚啸秋说：万一秋波香消玉殒，他要向老鸨收买秋波的遗骨。他认为在青楼中买人，远不如在青楼中市骨。买人的结果，平添了许多烦恼……而买骨，一抔黄土，郁郁埋香。春秋佳日，冢次低回，怀想其人，永远不能磨灭。脑筋里有些永久的悲哀，便存了些此恨绵绵之想，岂不甚好。表达的是对于超越的永恒悲伤的追求。

―――――――

包天笑的《天竺礼佛记》是写"余"与"素"相约天竺礼佛还愿。这一情节也被纳入《人间地狱》。毕倚虹说:"余撰《人狱》之旨,自信无多寄托,特以年来所闻见者笔之于篇,留一少年时代梦痕而已。"①

在毕倚虹逝世之前,他还在自己所办的《上海画报》上发表过近两回(连载32次)《新人间地狱》,主要是写另一妓女白莲花联合其他三个北里小姐妹逃离妓院,争取人身自由、婚姻自主的故事。毕倚虹笔下写活了一个有决断、讲义气、办事周密、性格刚烈的妓女形象,这是一个与秋波不同类型的有个性有血肉的女性。用鸨母的话说,"讨人造反,这还了得!"因此也可以说,这是一个"了不得"的妓女。白莲花急于向学过法律的柯莲荪问道:"我先问你堂子里老鸨顶凶的就是捏着讨人的一张卖身契纸头,因此,讨人无论怎样凶,强不脱她的手掌。究竟老鸨捏着卖身契,要紧不要紧?"这一问颇令人震悚。在作品中作者善于用细节刻画出这一形象的多侧面:白莲花在逃离妓院时,为了怕鸨母诬她卷逃,一切金玉珠宝、贵重饰物皆不带,只穿了随身的旧衣裳出走。但她在出走前夕,"处心积虑"地在半夜偷运出一个包袱来,待打开一看,柯莲荪等人都目瞪口呆:里面竟是几十双各色旧鞋子和一团平日梳头梳下来的头发。她说,潜逃后鸨母一定恨之入骨,一定要报复她们。而这些东西沾染了本人的人气与汗水,仇人拿去,连同生辰八字一起交给专门阴损别人性命的道婆,作起法来,迟则一二月,快则七天,便能伤人性命。一方面既写出了一个"色相女奴"的自发反抗,另一方面又写出了她们身上受封建愚昧制约的沉重心理负担,勾勒出十里洋场这个半封建社会特有的民俗文化背景。

---

① 娑婆生:《人间地狱·著者赘言》《人间地狱》,自由杂志社1930年再版,第1页。

毕倚虹逝世后，包天笑为《人间地狱》又续写了20回（第61—80回），其中的一个重要成就，就是将白莲花写得更加有声有色，以致白莲花在作品中喊出了这样的声音："我也不要别人帮忙。我早已打定了主意了，拼着一条小性命，给他们上一上。我先给他们一个脚底板看看。成功就成功，不成功我就向黄浦里一跳。本来我们这种性命，也不值什么钱，死了也只算死了一条狗。让她一万八千去讨价，看她可以得着一个大钱。"如此抱着必死的决心去与鸨母斗争，也就是她们必胜的资本了。

《人间地狱》第一个"读者"周瘦鹃认为作者："每写一人，尤能曲写其口吻行动，至于一一逼肖。掩卷以思，即觉其人跃然纸上，盖已极文章之能事矣。"[①]

[①] 周瘦鹃：《哭倚虹老友》，《紫罗兰》，第1卷第13期，《呜呼毕倚虹先生专号》，1926年6月出版，第7页。

何海鸣的《倡门红泪》

何海鸣有着非常复杂的经历。在辛亥革命前后,他曾叱咤风云,做过大将军和讨袁司令。他的阅历、见解都非一般的通俗作家可比,他的作品也往往比一般的通俗作家高出一头。

何海鸣(1891—1945),原名时俊,湖南衡阳人,笔名有一雁、衡阳孤雁和求幸福斋生、求幸福斋主等。他自述其丰富的阅历时说:

> 予生二十余年,曾为孤儿,为学生,为军人,为报馆记者,为假名士,为鸭屎臭之文豪,为半通之政客,为二十余日之都督及总司令,为远走高飞之亡命客。其间所能而又经过者,为读书写字,为演武操枪,为作文骂世,为下狱受审,为骑马督阵,为变服出险,种种色色无奇不备。①

这样丰富而扣人心弦的生活,使他的创作路子非常宽阔,使他

---

① 何海鸣:《求幸福斋随笔》,民权出版社1917年再版,第24页。

敢于去触及多种多样的题材。他在《我作小说之经过》中说：

> 颇思于社会小说上多费气力，间及于军事、言情、侦探诸作。如倡门小说，惟于主编指定征集时，始一为之，然世人始终以倡门小说家目我，我亦无如之何也。[①]

"予流落江湖二十年，惟妓中尚遇有好人。"所以当政坛矛盾纠结难解时，"乃又复纵情于北里"。他的沉湎倡门并非"纵欲"，而是苦闷时欲求解脱而"纵情"。他有一句"名言"："人生不能作拿破仑，便当作贾宝玉。"[②]他后来在自己为《海鸣诗存》起草广告时，索性自我介绍说："作者工于倡门小说。"[③]

《老琴师》[④]是以美的毁灭为主题的倡门小说。它以一个老琴师的视角看北京八大胡同"歌舞升平"中的无血残杀。这是何海鸣早期倡门短篇的代表作。他说：用白话体试作的《老琴师》刊出后，"颇得阅者赞许，即新文学家亦有赞可者。我遂决心为小说家矣！"[⑤]老琴师是八大胡同各清吟小班里教曲子最有名气的教师爷。3年前在一家南边班子里收下一个极有天赋的只有十二三岁的女徒弟。在和蔼可亲的老琴师悠扬的琴声中，她肯尽心尽意地学。这个叫阿媛的女弟子的那种天然的美和为人的真，直打动老琴师的心，所以他格外喜欢阿媛，要将毕生的"歌剧艺术"传授给她。3年学成，老鸨给她的第一个人生责任是出堂差条子在酒宴前唱曲子给人家听。唱红了一年多以后，她的身体也出脱得更美丽。老鸨于是将这处女的贞操像拍卖一样给了一个出价最高的军阀；他"在那国库支出的兵饷内克扣了一笔，约莫有五千多银子，悉数拿出来孝敬那位老领家妈妈，便如冲锋陷阵、慷慨赴义一般，得了这注头标，足够北京全城政学军商各界冶游家，不约而同地发生一种羡慕与妒

[①] 何海鸣：《我写小说之经过》，《红玫瑰》，第2卷第40期。
[②] 何海鸣：《求幸福斋随笔》，民权出版社1917年再版，第10页。
[③] 何海鸣：《介绍〈海鸣诗存〉出版》，《家庭》，第8期广告，1922年出版。
[④] 求幸福斋主人（何海鸣）：《老琴师》，《半月》1921年第1卷第7期。
[⑤] 何海鸣致周瘦鹃信，《半月》，第1卷第7号。

忌"。一夜蹂躏,这女孩子就倒了嗓。当阿媛被摧残得病势沉重时,那军官大人硬逼着她高唱入云。老琴师为了抗议,为了保护阿媛,把他恃为生活的一根琴弦,故意地弄断了……老领家妈妈急忙跑过来,叫了声:"师父,快点儿接了弦再拉。"老琴师发出一种极悲惨的冷笑轻轻说道:"这是要人性命的勾当,我老头子不干了。"……这个短篇烙有五四时期初试白话时的稚嫩印痕;但仍不失为一篇闪烁着人道光芒的小说。

在1926年,周瘦鹃为大东书局编辑出版了一本《倡门小说集》,共收11个短篇,其中5篇是何海鸣写的,除《老琴师》外,还有《从良的教训》《倡门之母》《倡门之子》和《温文派的嫖客》。其中《温文派的嫖客》挖掘得非常深刻。小说写一个文质彬彬的嫖客,不仅玩弄那妓女的肉体,而且还以玩弄妓女的真感情攫取快感。何海鸣写出"心灵的屠杀者"的残忍。

何海鸣的长篇倡门小说《倡门红泪》(以今天的标准看仅是一个中篇)是一篇"研究"娼妓出路问题的小说,虽然主要情节颇为离奇,却是作者根据真实的事件有感而发的产物:有粤妓二,姐妹行也。其姐适一银行买办,尝受种种之苛虐。其妹愤焉,立誓不嫁人;出资购一幼童,豢之别室,延师授之读,禁其出入。偶得暇,则就视之,嘱其呼己曰姐。为敬烟茶,执弟礼。拟俟其成人时,则以身嫁之。其未嫁时,则为候补与预选之丈夫。质言之,则为其主权所有之奴隶。如往古母系制度中所蓄之男奴。此妓之思想超越,真在寻常女子之上。欧洲学者,恒谓女子脑力弱,无发明心,然此妓发明此特殊丈夫制度,诚奇女子也。①《倡门红泪》这部小说的女主人公是妓女春红二小姐,男主人公是一位被同行称为描写倡门

---

① 何海鸣:《求幸福斋丛话·第2集》,大东书局1922年版,第45—46页。(以下所引小说原文均出自此版本,不再一一注明出处及页码。)

疾苦第一圣手的作家。这也可以说是何海鸣自画像成分很浓的小说。在这个人物身上也许能看出作家的某些气质，但绝不是他的自传片段。这位男主人公是曾经有过夫人而现在独身的小说家，自称是一个"精神恋者"，他认为："可怜中国的人男女社交不许公开，我是向来在平康队中寻些男女交际的乐趣。"他对妓女是"只尽义务，不求权利"；毕倚虹写的是"清游"，他在清游之外，还是一位"雕塑家"，他要将这位"出脱得十分浓艳，叫人越看越爱"的春红"雕塑成一件艺术品"——他"一生心血爱情的结晶品"。春红万分愿意嫁他，他却由于种种原因不能娶她。他再三再四劝她择人而从，解决娼妓的人生头等大事——从良。从良是洗刷她们过去从事"贱业"的唯一出路，也是她们重获新生的标志。她看中了一个外交官，要出嫁前夕，她一再电召这位作家去为她送嫁，其实是临别时欲向他"献身"。

  草草吃完，阿红的娘寻开心，故意说道："二少今天就不走了吧。"阿红也默默不语，含睇而立。我想了想道："不可，我做了四年君子，要傻就应该傻到底，况且伊已是别人家的人了，我又何苦在这末一次的把晤中，去践踏伊，蹂躏伊，难道是怎么一次的自持，我竟办不到吗？"随即走向前与阿红握那末一次的手，说道："阿红，我们就是这样散了吧。"阿红道："老二……"可怜底下竟继续不出话来。我又道："我们大家往后都保重些。"便又大胆无理的上前亲了一个末一次的热吻。恰好伊有点眼泪落下，我就将那滴泪咽在腹中，头也不回，就此走了，隐隐听着阿红的哭声，不知是伊不是伊……

妓女从良往往得不到好结果。一方面是社会的邪恶势力抱着一种玩弄的心态，或是社会上的惯性思想总抱着一种轻贱她们的思想，视她们为鬼，不允许她们重新做人；另一方面是妓女受着奢华浮嚣习气的熏染，使她们不习惯于"人家人"的正常人生活。结果却是一致的——最终成了逃妾，社会上不分青红皂白，统称之为"潒浴"。这"潒浴"的名称是很难听的，意思是妓女平日极为奢侈，欠下大笔债款，因此常用"从良"为借口，叫嫖客拿出大笔的钱为她赎身，为她还债，但做了很短一段"人家人"之后，就席卷人家大笔财产而逃。她们洗去的不是身上的污垢，而是大笔的债款，还能卷得许多首饰甚至其他的财物。

阿红出逃是属于被丈夫逼走的一类，她丈夫怀疑她还与作家藕断丝连，因此阿红不想在北京存身。她孤身出走，流落到上海，连昔日有莫逆之交的作家也不知她的下落。在上海历尽险境，又飘流到济南、青岛、天津等地。她身上总背着一个"潒浴"的罪名，社会上的人们总认为她是一个"含有毒汁而不可惹的人"。难道她只配做妓女终其一生吗？她心有不甘。于是她在天津实行了一个"秘密"的计划。她要自己来培养一个"童养夫"，以完成她真正从良的目的。她要选择的培养对象须有三个条件：一要无爹无娘并无六亲的孤儿，二要年纪不得超过14岁以上，三要资质聪敏多少读过些书。

唯有这种小孩子，年纪轻轻的天性全在。既因处境很穷，被我收留下来，将好吃的好穿的给他享用，容易感我的恩，领我的情。我一面把他的心买好，一面又施于教育，使他成为一个有学问有艺能的人。到相当时候，我嫁给他。

女人家的结果，无非是嫁人。潒过浴的妓女，没得好人要,只好自己费力特别制造一个好一点的人来做丈夫了。世界上有一种童养媳,你大概总知道的,我就仿这个法子,来找一个童养夫。

这孩子开始时确有感恩之心,可是这种长期的封闭式的教育使孩子由反感发展到叛逆,这种监狱式的生活,使他非采取革命式的行动不可。于是他不辞而别,还留下了一封措辞很激烈的信。阿红的"丈夫养成所"就这么垮了台。于是阿红几乎变态:"从来女人们受男子的欺负,也不止一天了;我今天偏要弄一个男子来欺负欺负,替我们女子出出气。"阿红还有一条路可走,那就是有人劝她,买几个小女孩培养培养,将来自己做龟婆。这条路阿红不愿意走。外面传言,阿红违背人道,强占一个小孩做姘头,这使阿红几乎发疯,她大病了一场。作品的结局还是由这位与阿红重逢的作家来收拾残局。他承认阿红是经受了一次"有价值有光荣的失败",并鼓励她自己"创造一个命运"。不是嫁人,更不是倚从嫖客的钱袋,而是要使自己有一种自立的能力,取得经济上的独立与自立。他们在西山脚下盖了草庐,买了意大利孵鸡器和法国葡萄树苗从事生产,过着一种"新村"式的生活。他们跳出世俗间的夫妻制度的框架,"红粉疗愁,青山偕隐"。

何海鸣就是听得那么一个故事,然后再加上自己乌托邦的幻想,配上自己的一点"倡门小说家"的气质,竟写出这样一篇"研究型"的小说来。

1929年《上海画报》第517期载文,《何海鸣潦倒沈阳城》:

求幸福斋主人何海鸣君,固曾以文学鸣于时也,惜以潘馨航之介,而识张宗昌,而为宣传部长……一朝堕落。宗昌失败，何乃转辗于青岛、大连。驯至赀斧不给，袱被于辽宁日站富士町五番地福兴和木器铺之小楼。自撰小启，求鬻文字，其启曰："浮沉人海，年将四十，鬻字卖文，原我故业。况今天下承平，四民各安其生，不才既别无所能，亦惟有以鬻文字终老矣。"语意力求委婉，其遇弥可哀已。①

此后不甘寂寞的何海鸣欲再入政界，从此进入一个卖身投靠的没落期。

---

① 惜惜：《何海鸣潦倒沈阳城》，《上海画报》第517号，1929年10月15日出版。

中国现代通俗小说史略
A Brief History of Modern Chinese Popular Fiction

武侠小说

向恺然的《江湖奇侠传》和《侠义英雄传》

向恺然（1890—1957），湖南省平江县人，笔名"平江不肖生"。他早年留学日本，曾加入同盟会，参与国民革命；又精通武术，特别喜欢收集稀奇古怪的民间传说和野史逸闻。1923年1月，他撰写的《江湖奇侠传》开始连载，在中国现代史上掀起了第一波武侠文艺热潮。这部作品是现代奇幻武侠小说的奠基之作，在中国通俗文学史上的地位也很重要。

鲁迅论及清代"侠义派"小说时说：作品中的"侠义之士"，常由"名臣大官，总领一切"；他们多是"帮助政府"，"为王前驱"的。① 政府属于"庙堂"，与它并立或对立的便是"江湖"。让侠义之士摆脱政府附庸身份，回归"江湖"，回归传统侠义精神，这是向恺然为扬弃清代侠义小说糟粕、开创民国武侠小说新声而做出的里程碑式贡献。

---

① 鲁迅：《鲁迅全集》第九卷，人民文学出版社2005年版，第349—350页。

《江湖奇侠传》的故事主线，是昆仑、崆峒两大剑仙剑侠集团之间的争斗，它以双方介入平江、浏阳两地争夺赵家坪地权的械斗作为开端，或现或隐，贯穿始终。全书可以分为三大部分：第一部分主要是二十多位奇侠的列传，分别叙述昆仑派祖师、长老、门徒的故事，兼及崆峒派的几个人物；第二部分插叙峨眉派祖师、掌门及其门徒的事迹，其中苗族巫师蓝辛石捉鬼、杀虎故事写得相当紧凑生动；第三部分主要叙述昆仑派门人帮助官方侦破、火烧淫窟红莲寺，以及义士张汶祥刺杀两江总督马心仪的事迹，其间插叙左道旁门邓法师和赵如海的诡奇传闻，赵如海由恶人化为"好鬼"的故事特别怪诞、精彩，寄托着普通百姓"以恶惩恶"的愿望。[1]书中剑仙、剑侠战斗时，基本不用拳术和普通兵器进行近身搏击，而多用飞剑、法术做隔空较量——法术包括前知术以及飞行、隐身、掌心雷、缩地一展地等法术；昆仑派掌门级重要人物吕宣良手下还有两只法力高强的神鹰，这一"神雕意象"后来为李寿民和金庸所继承、发展，成为中国现代武侠小说史上的一段佳话。上述想象基于道、释两家的玄幻思维。书中宣称：修道者通过修炼，可以达到天人合一，从而获得无限的超自然能力，包括自由出入超自然时空的能力。作者写"毕派"祖师毕南山每夜坐在峨眉山顶修炼，直到身上发出光辉，与从云洞里射入的月光融为一体，便是对"天人合一"境界的形象阐释。玄幻思维不是科学思维，而是中华传统哲学的重要部分，它至少为作家、艺术家提供了驰骋想象的广阔空间。湖南巫风很盛，向恺然听到和收集到的民间传说里多含巫术内容，包括千奇百怪的接触巫术和交感巫术，所以《江湖奇侠传》中的玄幻思维又杂有浓厚的巫文化色彩。

---

[1] 按：通行本《江湖奇侠传》共160回，作者在第106回宣告停笔，第107回以后属于伪作。这里说的"全书"指的就是前106回（有学者考析文字风格和相关旁证，认为第107回至第110回也是向恺然的手笔）。

昆仑派人员最多，势力最大，祖师黄叶道人是明朝开国皇帝朱元璋的第十一世嫡孙；第二代门徒中的朱复又是朱元璋第十七世孙，因此这个门派负有"反清复明"的政治使命。它的盟军多出于佛门，毕南山更是当时资格最老、法力最高的剑仙。崆峒派则创立于蒙古，其祖师为红云老祖，成员多为满族、回族人；传入中原地区之后才收纳汉人，包括一些"独脚大盗"。作者虽未写到这个集团与清廷的直接联系，但其倾向势必偏于"保皇"，它与昆仑集团的对立，自然也被注入了政治性内涵。

"反清复明"是民国初期许多历史题材小说惯用的套路，因为容易附会"驱除鞑虏，恢复中华"的民主革命早期纲领，作者便于借此表明自己的"政治站队"，向恺然也不例外。但是，《江湖奇侠传》的时代背景止于清朝"中兴"，作者对太平天国和捻军又持否定态度，所以"复明"事业注定难在书中实现；更重要的是，迂诞无稽的剑仙故事极难承载"有稽"的历史负荷。所以，昆仑集团的"政治抱负"写起来难免有名无实。作者只好让黄叶道人说：现在仅能做些积聚力量的工作，真正推翻清朝的人，还在襁褓里呢！作者又让吕宣良在批评峨眉派时，对昆仑集团的"纲领"做了一番修正——峨眉派相当谨慎，立下三条戒律，第一条便是"不许干预国家政事"。吕宣良说：这条戒律"没有道理，我们修道的人有甚么国？有甚么家？只问这事应干预不应干预，不能说谁的事就可以干预，谁的事就不可以干预"[①]。这固然是对峨眉派"不问政治"的批评，却也"稀释"了昆仑集团的"反清复明"纲领，把它转化为普适性的"江湖伦理"，因为"应干预不应干预"的标准，在江湖上就是一个"义"字。"义"者"宜"也——凡是合乎道义的事，

---

① 向恺然：《江湖奇侠传》(上)，岳麓书社2009年版，第551页。

侠客们都应做；凡是不合乎道义的事，侠客们都不应做，并应制止别人去做。正是基于这一"稀释"过的纲领，昆仑派的剑侠们做了许多除暴安良、扬善去恶、急难扶厄、诛妖灭怪的好事。黄叶道人还曾协助官府赈灾，但婉辞朝廷褒奖；他的徒子徒孙也曾暗中救助过清正、廉洁的政府官员，并非"逢清必反"。

与上述倾向相联系，《江湖奇侠传》还在很大程度上扬弃了传统武侠小说"归善""归恶"的通病。在作者笔下，"善"中会有"恶"，"恶"中也会有"善"。例如，崆峒派与昆仑派之间不仅有对立相争，而且有"良性互动"。满族镶黄旗出身的清廷参将庆瑞，同时也是崆峒派的骨干。他衙门隔壁有个小孩名叫欧阳后成，因报不成杀母之仇而常在园中哭泣。庆瑞发现后叫他来衙，和自己的儿子一同读书，又让他跟自己的师弟方振藻修炼法术，但告诫欧阳："专学他的本领，不学他的人品。""法术没有邪正。有道则法是正法，无道则法是邪法。"[①] 原来，方振藻是崆峒派内的犯戒恶徒，庆瑞贯彻红云老祖的旨意，既借方振藻之手向欧阳后成传授道术，又借欧阳后成之手"偶然"击毙方振藻，为本派除恶杀奸。这样，欧阳也就成为庆瑞的师弟了。后来欧阳被昆仑派长老铜脚道人收为徒弟，赐以雌雄双剑，夫妻二人又成了昆仑集团的得力剑侠。当庆瑞奉朝廷之命前往陕西，从妖人手中夺取《玄玄经》无法取胜时，欧阳夫妇即奉昆仑派长辈之命前往增援，以雌雄飞剑诛敌，帮助庆瑞完成任务——因为昆仑派的领袖都认为庆瑞虽是满人将官、崆峒强手，却行事有道，值得帮助。至于昆仑门下，也出过败类：吕宣良的大徒弟刘鸿采就作恶多端，而且叛出师门，投靠了崆峒派。最终倒是红云老祖把他捉去，替两派清理了门户。崆峒门下则有桂

---

① 向恺然：《江湖奇侠传》(上)，岳麓书社2009年版，第223、245页。

武、甘联珠夫妇叛出师门，转投昆仑派；甘联珠在火烧红莲寺一役中就起过重要作用。由此可见，"道义"二字实为江湖奇侠的共同价值标准，尽管理解上存在差异，却常能借以弥合门派间的纠葛。

侠客为了维护、弘扬道义，常常不得不"以武犯禁"。向恺然正是把张汶祥放在这样的处境中，使之成为一位集勇、义、智于一身的"顶天立地"的好汉。

张汶祥原是蜀中盐枭，他与把兄郑时、把弟施星标纠合亡命之徒，与官府对抗，贩卖私盐牟利。这虽也属"犯禁"，"道义价值"却不高，所以郑、张决心金盆洗手。此时正好俘获一个知府，名叫马心仪，郑时与他谈判，答应释放并助他仕途高升，条件是互相结拜为把兄弟。马心仪接受条件，被尊为长兄。郑、张随即停止攻掠，遣散部众；马果然因"剿匪"有"功"而升任山东巡抚。郑、张先派施星标赴济南与马接头，然后雇舟东下。途中恰逢临舟遇盗，郑、张击退盗匪，救出舟中的柳无非、柳无仪姐妹。柳氏姐妹感恩，郑时好色，于是姐姐嫁了郑时，妹妹嫁了张汶祥。张汶祥是练武的人，不近女色，他的婚姻有名无实。到达济南，住入巡抚衙门，马心仪垂涎柳氏姐妹姿色，与之勾搭成奸，偶被郑时窥见。马心仪畏惧郑时足智多谋，于是一面假造缉捕郑时的四川督抚公文，一面伪装仁义，遣送郑、张出逃，然后遣军堵截，现场诛杀郑时。张汶祥因不在场而幸免，立志为郑时报仇；待机三年，终于在马心仪升任两江总督，校阅三军回衙途中将其刺死。

向恺然把张汶祥写成"毕派"二代弟子，武艺虽然高强，却无道术。尽管有本派师长暗中保护，并且向他提供建议，但张汶祥是孤身混入万众围观的场合之中，全凭近身格斗武艺，以一击而使仇人毙命的。这是作者所要揄扬的"勇"。张汶祥的师叔曾对他说：郑时以好色致死，不值得为他舍命报仇。张的回答是：郑时如依国法明正典刑，那无话可说。马心仪却是身为把兄而谋杀把弟，这就犯了江湖第一大忌——背信弃义；作为朝廷高官，马不仅"通匪"，还荒淫无耻，霸人妻女，这又犯了国法。国家既然无法惩罚他，那就只能由我孤身出击，拼死伸张正义。这是作者所要突出揄扬的"义"。待机三年而不轻易行动；对方校阅三军，极难近身，却能找准瞬间即逝的机会，一击成功；掌握曾国藩与马心仪的密切关系，明察曾国藩必定为马开脱以求自保，因而拒绝曾国藩亲审。这是作者所要突出揄扬的"智"。因此，张汶祥的形象写得相当丰满。

需要指出的是：作为历史人物，马新贻的政声颇佳，所以对于张汶祥的行凶动机，历来众说纷纭。向恺然仅是取其一说，敷衍成文学作品的，因此《江湖奇侠传》中马总督的名字用的是谐音字，以示与历史人物有别；作者自称获取张汶祥真实口供的独特来源，也属"小说家言"，不足征信。如从史学角度考察，作为"清末四大奇案"之一的"刺马案"，至今仍存千古之谜。

向恺然在揄扬张汶祥的同时，也写出了他的缺点。除啸聚山林、贩卖私盐之外，红莲寺一案的造成也有他的责任：红莲寺原是张汶祥等出资、由郑时设计建筑（包括暗室机关），作为张汶祥师父的修行地以及"洗手"盐枭的"退休窝"而兴建起来的。接班的方丈知圆禅师，就是张汶祥的师弟，后来堕落为淫窟首领，他扣押并企图谋杀微服私访的卜巡抚，从而导致昆仑派剑侠协助官方营救巡抚，侦破、火烧红莲寺。从门派角度说，这也是昆仑集团"清理门户"的举措,而张汶祥对知圆这个师弟,至少负有识人不察的责任。向恺然这样写,倒使张汶祥的形象更加丰满了,因为他的个性之中同时也体现着"江湖人"和"江湖气"的局限。

书中"火烧红莲寺"的故事,是根据同名汉剧敷衍而成的;当年风靡上海、连续拍摄到18集、票房达到千万余元的同名电影,又是根据《江湖奇侠传》相应情节改编、扩展出来的。文学、电影,出版业、影视业,相生相成,掀起一阵"武侠热",这里颇有值得深思的历史意义——包括文艺商业化的利和弊。向恺然自认《江湖奇侠传》有"抛荒正传,久写旁文"[①]的弊病;其实不仅如此,书中还存在时序错乱、前后情节自相矛盾的致命缺陷。这正是文学商业化既有利也有弊的例证之一。

《江湖奇侠传》的轰动效应,长期遮盖了同年稍后发表的《侠义英雄传》的价值和意义。

《侠义英雄传》可以分为两大部分:第一部分的情节主干是大刀王五传和霍元甲前传,第二部分的情节主干是霍元甲后传。该书没有"抛荒正传"的弊病,它的"正传"即王、霍二传都写得相当丰满。至于"久写旁文"的现象,倒是依然存在的,但与《江湖奇侠传》相比又有两大特色:一是这些"旁文"即其他武术名家的"分传",尽管有虚构、有夸张乃至迂诞成分,多数却是真人真事,从作者所写的《拳术见闻录》《拳师言行录》[②]等纪实笔记中,均可找到原始素材和人物原型。因此,《侠义英雄传》写的武功技击、拳术门派、江湖规矩,多是真功夫、真史料、真掌故。这使该书与《江湖奇侠传》分庭抗礼,成为现代写实派技击型武侠小说的奠基之作。二是书中和霍元甲后传相关的"旁文",与"正传"的

[①] 向恺然:《江湖奇侠传》(下),岳麓书社2009年版,第196页。
[②] 按:《拳术闻见录》是向恺然所著《拳术》一书的附录,初版于1916年;1919年又曾由上海泰东数据出版单行本。《拳师言行录》是1923年上海出版的《国技大观》"杂俎类"的一栏,同年9月又由振民编辑社出版单行本;其中收有向恺然所写《大刀王五》《窑师傅》《赵玉堂》等篇,都是《侠义英雄传》的素材。

联系大多较为紧密,起着烘云托月的作用;即使联系不太紧密的,也与前者共同展现出一个与传统武侠小说所写"江湖"颇有区别的"城市江湖":汇聚在十里洋场里的"江湖人",既有农劲荪、彭庶白这样兼通中西文化的武术家,也有来自草野的武林高手,还有秦鹤岐、黄石屏这样内功高超的名医;既有侠盗、神偷,也有江湖术士,他们共同构成大侠霍元甲生活的典型环境。因而,与《江湖奇侠传》相比,《侠义英雄传》结构上的整体性更强。

鲁迅说:嘉庆以来,清廷"屡挫于外敌","有识者则已幡然思改革,凭敌忾之心,呼呼维新与爱国,而于'富强'尤致意焉"。①《侠义英雄传》开卷便写大刀王五,向读者展示武林豪杰面对国恨家仇时的"敌忾之心"。甲午战败,李鸿章代表清廷与日本签订丧权辱国的《马关条约》。穷御史安维峻上本弹劾李鸿章,结果获罪,流放北方苦寒之地;全国震动,满朝文武却无一人敢出来为他辩白。正当安维峻全家抱头痛哭之时,江湖闻名的镖客大刀王五登门造访,不仅赠银五百两作为安御史的安家费用,而且亲自护送他前往流放地。沿途江湖人物、绿林好汉仰慕王五之名,纷纷设宴款待并赠款,到达目的地时,收到的程仪竟达白银千两。王五为安维峻留下生活费用后,又将全部余款带到安氏家中,供家属维持今后生活。于是王五的侠义精神不仅传播江湖,而且名动公卿。四年之后,改革派发动的戊戌百日维新运动也失败了,这一运动的积极参与者之一谭嗣同是王五的好友。王五得知清廷将下毒手,要求保护谭嗣同避险脱难,谭的回答是:"像这般的国政,不多死几个人,也没有改进的希望,临难苟免,岂是我辈应该做的吗?"王五听了大为感动,认为自己"不该拿着妇人之仁来爱"谭嗣同,而

---

① 鲁迅:《鲁迅全集》第九卷,人民文学出版社2005年版,第291页。

"误了一个独有千古的豪杰"。谭嗣同慷慨就义,成就了他的"千古豪杰之仁"。后来八国联军侵占北京,王五因抵抗德国兵的围捕而遭枪杀,尽管他在临死时大呼"虚声误我",向恺然却认为王五也成就了自己的"千古豪杰之仁",所以在《侠义英雄传》的开头就引谭嗣同的绝命词:"望门投止思张俭,忍死须臾待杜根。我自横刀向天笑,去留肝胆两昆仑。"认为王五才够得上另一"昆仑"的美誉。

　　王五的"敌忾之心"主要表现为支持维新改革运动,霍元甲的"敌忾之心"则首先表现为在武术领域反抗外侮,弘扬自立、自信的民族精神。作者着力写他数次挑战外国大力士的经过。1901年有俄国大力士来天津表演,竟在宣传文字和现场演说中污蔑"中国是东方的病夫国",吹嘘自己是"世界第一的大力士"。霍元甲在农劲荪的协助下愤而向他挑战,提出三个选项:"第一个,和我较量,各人死伤各安天命";"第二个,他即日离开天津,也不许在中国内部卖艺";"第三个,在三日内,登报或张贴广告,取消'世界第一'四个字"。对方知道霍元甲是霍氏"迷踪艺"的传人和光大者,曾打遍千人无敌手,所以不敢与之较量,只得选择第二项,灰溜溜地逃离中国。其后,又有英国大力士奥比音在上海表演并发表辱华言论,霍元甲、农劲荪抵沪后,又得到彭庶白协助,向奥比音提出挑战。在对方故意拖延之时,霍元甲再挑战亚猛斯特朗和孟农,亚猛斯特朗代表孟农应战,订约时却借口中国拳术太"毒辣",提出"限制霍君不许用拳,不许用脚,不许用头,不许用肩",更不许用肘和手指的无理要求,其实还是逃避。此后,奥比音的经纪人与霍元甲签订比武合约,英国在沪领署指使商人班诺威假设欢迎筵，借腕力仪测出霍元甲的腕力至少要比奥比音强人十分之三；他们又通过观察打擂，见识了霍元甲的高超功夫，于是不惜毁约逃跑，以避免角力出丑。三次挑战虽然都未成功，但是由于法律界、舆论界的介入，霍元甲的勇武气概得以广为传播，爱国精神和民族正气在公众中得到了大力弘扬。

霍元甲一再申明：他向外国力士挑战，针对的是帝国主义的辱华思想、言论，而绝不是排外、仇外。早在1900年，他就一方面极力谴责八国联军的侵略罪行，另一方面又极力反对义和团滥杀外国传教士和中国教民，不仅保护无辜的受害者，而且在义和团围攻庇护所时奋力予以还击，伤其魁首。① 到上海后，霍元甲的眼界更开阔了，对于西方和日本的武术教育体制以及训练方法、设施不仅从不排斥，而且认为其科学性、开放性、普及性都是值得中国武术界借鉴、吸收的。这说明向恺然是把"武学"提升到文化层次加以思考了。他写的黄石屏分传特别值得注意：黄石屏用金针灸法治愈了德国医院无法医治的两例痼疾。德国院长对其"神速的效验"和"精微"的"道理"表示肯定，但总觉得"经络""穴位"这些概念用西方科学无法解释。黄石屏对他说：你们重视解剖，但解剖的是死人；即使解剖活人，对象与正常的活人也不一样。而中国古代医家一直是以正常活人为研究对象的，所以能发现西医所未发现的许多肌理，"穴位"只是其中之一。德国院长立下生死文书，要求亲自感受点穴效应；经受痛苦、完成体验之后，他钦佩地说："中国的医学，发明在四千多年以前，便是成就的时期，也在二千多年以前，岂是仅有一百多年历史的西医所能比拟！"黄石屏则赞赏这位外国友人的谦和、诚恳，尤其被他那为学术献身的精神深深感动，

---

① 国内通行的岳麓书社版《侠义英雄传》删除了涉及义和团的五回文字，至今不曾恢复，殊为不妥。

并说:"你们西洋的科学,在这几十年来,简直进步得骇人,大约就是因为像你这种人很多的缘故!"反观中国传统武学,觉得门户之见太深,容易导致故步自封。向恺然写这段"旁文",为的是展示近代中西文化不仅存在碰撞、冲击,同时也是可以对话、可以交流,从而实现良性互动的。正因为作者具有这样的世界眼光,所以《侠义英雄传》反帝而不排外,自尊而不护短。书品之高,为同类作品所罕见。

霍元甲始终未能实现和西洋大力士角力的愿望,却与日本力士做过两次较量。第一次,是与给自己看病的秋野医生过招。秋野是柔道四段,听说霍元甲会掼跤,要求实地见识。霍元甲与之交手,立刻判出日本嘉纳治五郎创立的柔道,源于中国的"小掼跤"。秋野又要求体验"大掼跤",一上手便被霍元甲举起全身。考虑到属于友情交流,霍元甲未将秋野抛掷出去,而是轻轻放下,秋野却一沾地就出掌劈向对方。霍元甲只得挺胸受掌,秋野反被震倒在地。第二次,是在精武体育会成立之后,秋野介绍几个相扑高手和柔道名家来与霍元甲师徒"交流"。过招时,日本武士向霍元甲的徒弟刘震声猛下毒招,被霍元甲出手制服。以上两次角力,都是在霍元甲病情加重、秋野给出"不宜劳动用力"医嘱的情况下进行的。第二次角力结束后,霍元甲的病情突然恶化,不治身亡。

这就涉及霍元甲死因之谜了。对此,各种史料持有两说:一说认为死于日本人投毒,一说认为死于原有之肺病。《侠义英雄传》结尾写道:农劲荪"看了种种情形,疑惑突然变症,秋野不免有下毒的嫌疑,但是得不着证据,不敢随口乱说"。可见作者倾向于"投毒说",但是未下结论。不过,追溯前面情节,又可看出作者不止一次交代过霍元甲致死的远因或内因：第一个节点，是在初会伤科名医秦鹤岐之后。秦鹤岐告诉彭庶白：根据作用力与反作用力的原理，霍元甲的外家功夫注重强化打击力，但缺乏抗打击的相应内家功夫底子，与强手过招就会导致"自伤"，肺部可能已有"变故"。霍元甲听到后"不甚相信"，"更不知要补偏救弊"[①]。第二个节点，霍元甲在班诺威家中发力掰坏极限为1 500磅（700多千克）的腕力器，过后胸部作痛。黄石屏用金针灸法为他止了痛，但告诫道，"这病已差不多是根深蒂固了，在止痛后得多服药"，否则不能去根。霍元甲却"自信体格强健，听了这些话，毫不在意"[②]。第三个节点，病症复发，霍元甲未坚持请黄石屏续诊，而是接受了彭庶白推荐的秋野（如果确认"投毒阴谋"，那么彭庶白就是好心办了"坏事"）。以上每个节点，都面临着"To be, or not to be, that is the question"[③]，针对这样的"哈姆雷特之问"，霍元甲的选择都是"not to be"。从这个角度考察，他的早死又未尝不是一出"性格悲剧"。作者在不排除"阴谋说"的同时，写出了事件、人物的多面性和复杂性，这可视之为"现实主义的胜利"。与之相联系的是，作为一部描写历史题材的武侠小说，《侠义英雄传》对"虚"与"实"的分寸，拿捏得十分谨慎、准确——作者写《江湖奇侠传》时，"敢于"让昆仑派去承担"反清复明事业"；而在写《侠义英雄传》时，他却"不敢"对霍元甲做类似的"拔高"。因为，精武体育会的创办虽与孙中山为首的同盟会开始重视武装斗争有关，但霍元甲在该会成立不久便去世了，所以向恺然并未对他做什么"革命化"的"加工"。这里显示的，正是现实主义创作方法对"虚构尺度"的注重。

[①] 向恺然：《侠义英雄传》（上），岳麓书社2009年版，第381页。
[②] 向恺然：《侠义英雄传》（下），岳麓书社2009年版，第194页。
[③] 莎士比亚语，这里理解是：人们可支配自己的命运，但若我们受制于自己，那么错就不在命运，而在我们自己。

姚民哀的《四海群龙记》和《箬帽山王》

姚民哀（1893—1938），江苏省常熟县人，"会党武侠小说"的开创者。除了作家（不仅写通俗小说）之外，他至少还有三重身份：挟三弦走江湖的说唱艺人；熟悉会党秘闻掌故的帮会成员；参加过光复会、中华革命党等组织，从事过实际革命工作的革命党人。这为他创立"会党武侠小说"这一特殊类型奠定了厚实的基础。

《四海群龙记》连载于1929年的《红玫瑰》杂志，次年出版单行本；《箬帽山王》1930年连载于同刊，1931年出版单行本。前者写镇江"三不社"首领姜伯先仗义行侠，遭敌方栽赃诬陷，被捕处决，其部属联合友党，为之实行"小报仇"的故事。后者写杨龙海创立代表农民利益、以农工为对象的"箬帽党"的故事；由于该党也实行"三不"纲领，书中又包含《四海群龙记》的某些后续情节，故被视为《四海群龙记》的"续集"。姚民哀把说唱艺术的结构技巧和叙事技巧化入小说，使得这两部作品比向恺然诸作来得严谨，故事情节也更复杂曲折。《四海群龙记》采用说书艺术的"柁梁结构"[①]，以姜伯先的故事为"正梁"，以闵伟如、沈斗南、刘六、薛四等人的故事为"椽子"（柁），互相穿插、映衬，编织出一幅荆棘江湖图景。《箬帽山王》则先用三分之二以上篇幅正面叙写曾海峰和秦渔隐的故事，其间偶尔暗写、侧写杨龙海——一个神龙见首不见尾的角色；等到这位"箬帽山王"正式亮相时，已是"箬帽党"即将成立，全书接近尾声了。这种布局，可以称为"Y形结构"。

《红玫瑰》主编赵苕狂评姚民哀作品，说它们都是"以党会为经，武侠为纬"[②]的。《四海群龙记》和《箬帽山王》中确实贯穿着关于会党的大量珍闻秘史，包括明末会党起源传说、水旱各路江湖规矩等等，正所谓："一帮有一帮的历史渊源！一帮有一帮的宗旨派别！一帮有一帮的山头首领！一帮有一帮的组织情形！一帮有一帮的切口帮规！一帮有一帮的使命秘诀！"[③]书中所叙，虽杂虚构、夸大之词，却多有本有源，乃至可与《中国帮会史》《中国秘密社会史》等学术著作对照互读，借小说以"证史"。例如，关于帮会历史，文献史料一般都说：明末出现的"洪门"即"红帮"，乃是清代会党之源，其始祖为陈近南或万云龙。而姚民哀在《四海群龙记》里，写到"义贼"薛四与姜伯先讨论"空中七祖"，却说五祖即"洪门总祖"是"袁祖爷"；该书和《箬帽山王》中提及洪门时，也常直接称之为"袁家"。这至少证明：当年江湖上肯

---

① "柁梁结构"原系建筑术语，"柁"指椽子，"梁"指正梁。其构成犹如鱼骨，所以也称"鱼骨结构"。
② 赵苕狂：《四海群龙记》序，见1930年世界书局版该书卷首。
③ 这是1930年1月大东书局为出版姚民哀《南北十大奇侠传》而发布的广告中的语句。

定流传过洪门乃由"袁祖"开创的说法①，而为许多研究帮会史的学者所忽略。又如，一般都说青帮出于红帮（洪门），但它违背洪门"反清复明"的宗旨，把它改成"安清保清"，故又自名"安清帮"。而《四海群龙记》写镇江青帮地痞刘六开香堂（作者比之为基督教"受坚振礼"的仪式），专请"考博"者（这里指博知本帮秘史、家法、仪轨的宣导者）来宣讲帮史，却说：青帮祖爷是"赞成"以"排满灭清做宗旨"的，但"取缓进主义"。另定帮名为"安清"，实含"暗庆"之义——"乃是叫满人着道儿"，放松警惕，以利本帮，"总有一天首义，代明（朝）复仇"。②这一说法，也是颇具"证史"价值的。薛四和姜伯先谈论的"空中七祖"，另外六位是：一祖廖祖爷，二祖红云沈祖爷，三祖黄叶朱祖爷，四祖理门杨祖爷，六祖骷髅白骨孔祖爷，七祖茅山末底祖师。并说：七位老祖各收徒七人，从而"化为七七四十九个会党。目下江湖上的上中下三九二十七流，八八六十四项空心饭碗，多跳不出这七祖范围"。③这是关于会党源流的一种扩大性、宽泛性的"综合传说"，其中"红云""黄叶"二祖曾见于向恺然《江湖奇侠传》。这套说法当含想象、虚构、夸大成分，但仍有助于考察会党文化，至少可知"会党"概念包括"教门"；可知"神道设教"为其创立组织、吸引会众的共同手段；而"空心饭碗"一语作为切口，则形象地概括出这些秘密组织专做"没本钱买卖"的营生特色。究其实际，无论"考博"者如何阐析"反清""暗庆"宗旨，在下层帮众的实践中，大都确已把它"解读""演绎"成了在法禁夹缝里求生存。这就是

---

① 按：姚民哀所说的"袁家"之"袁"，可能是"万云龙"三字中"万"字的方言读音在口头流传中形成的转讹音——"万"字，福州话读若 uang，其音近似"袁"。有史料证明：洪门即天地会出现于清乾隆时，始创者为福建僧人万云龙，因其俗家小名"郑洪"而又被称为"洪二和尚"。如果读音转讹的推测成立，则所谓"袁家"之所指，实质正是"万家"，即"洪门"。参见李开周：《历史上真实的陈近南是谁？他真的创办了天地会？》，《国家人文历史》，2018-03-17（http://news.163.com/18/0317/09/DD3DQQ70000187UE.html）。
② 姚民哀：《四海群龙记》，漓江出版社1988年版，第96页。
③ 姚民哀：《四海群龙记》，漓江出版社1988年版，第175页。按"六十四项"的"项"字疑为"顷"字之误。

近代会党既具反抗性又具破坏性的原因之一。

姚民哀将这两部小说的时代背景定在清代光绪朝中期即19世纪末叶，书中多次从社会、经济角度论析会党具有上述两面性的根由。例如《箬帽山王》第31回通过书中人物之口说：青帮原是凭垄断运河漕运为生的，但随着社会、经济的发展，漕运多被改为海运，接着陇海线又通了火车，帮众的生活来源越来越无保障，于是铤而走险者越来越多。作者还把太湖湖匪视为"箬帽党"的社会基础，该书第10回述其成因，认为其源于山东、安徽客民南下屯垦，但是僧多粥少，也导致铤而走险者越来越多；加上朝政变幻莫测，大量散兵游勇无所依归，纷纷沦为游民团伙，终于形成兵匪不分、山头林立的局面。作者借曾海峰之口感叹道："广义说起来，湖内简直没有一个安分平民；狭义论起来，湖内却又没有一个是为非作歹的匪类。"这些叙写和议论都是相当深刻的。展示会党生态时，姚民哀对江湖秘诀的介绍非常细致，例如《四海群龙记》写沈斗南偶然听到北方窃贼帮会前辈"邯郸老驼"向徒弟传授如何掘洞、拨闩、撬门，以及如何进洞出洞、"失风"时如何脱身，"百宝囊"里各种特殊工具的使用方法等等，堪称闻所未闻。描写书中角色（哪怕是个无名小卒）的言行时，他又善于把各种暗语、切口熟练地融入人物口语和叙述话语之中，让读者在"陌生化压力"之下，真切地体验到秘密社会粗豪、诡秘的生活氛围。这样丰富又集中的内容，在一般武侠小说里是见不到的。

姚民哀这两部小说的"以武侠为纬"，首先体现在写了两个带有某种"现代色彩"的"新型"会党首领——姜伯先和杨龙海，前者的形象比后者写得更为厚实。从"做什么"的角度考察，姜伯先是一位相当"新潮"的角色：他肄业于日本士官学校，与社会主义理论家幸德秋水的门下订过交，非常崇拜"纯粹的社会主义"。归国后曾任新军统领，"大有功于朝廷"，随后"挂冠勇退"，于江苏镇江创立"三不社"，奉行"一不做官，二不为盗，三不狎邪"的"三不主义"；以建立人人享有言论、出版、集会、结社、工作、信教六大自由和生命财产安全的民治社会为终极目标。该社在镇江郊区建有据点"浴日山庄"，内设军事、经济、法制、教育四股，单是驻庄"敢死队"就有数十人。由书中暗示的细节可知，"三不社"的对外形态近似青洪帮，而其章程则规定，内部组织结构必须体现"民治机关原则"。但是，从"怎样做"的角度考察，姜伯先的所作所为却与上述介绍反差很大。作者着力写了姜的三波行动：第一波是替好友闵伟如出面惩处贪官包后拯：先是迷倒包后拯，削去他的额尖、鼻尖、舌尖、阴尖，移植到其宠姬身上；继而盗取包的赃款，小部分用于济贫，大部分用于资助闵伟如闯江湖，干事业。第二波是孤身单骑往句容县惩罚恶霸笪四。结果由于轻敌而陷入机关，虽然逃出，却丢掉一匹青鬃宝马。第三波是惩罚镇江地痞——小辫子刘六。作为当地青帮香主，刘六不仅横行乡里，而且负有命案。姜伯先首先在刘六枕边留刀寄柬，接着派人将刘六手下几个得力恶徒或秘密处死，或挖目断舌，以示警诫。刘六不仅不思悔改，反而召集党徒公开向"三不社"挑战。"三不社"一方先由洪门老英雄苏二率徒孙朱全义出场，拔巨树、端石柱，显示神力；继由埋伏在附近的部属点燃炸药，制造声势；爆炸声中，姜伯先率领八个武艺高强的童子，头扎白巾，身披红氅，各舞两口宝剑，从宝塔顶上飞跃而下。以势夺人，不战而胜。以上三波行动虽都含有正义性，却与"纯粹的社会主义""民治原则"云云相去甚远；用武方式仍靠"高来低去，拳棒刀枪"的近身格斗功夫，有时还来一点"下三滥"勾当。所以，姜伯先在本质上依然是个传统意义上的"侠客"。

姚民哀本想把姜伯先写成"天下第一奇男子"，然而进入"怎样做"时，他自己也发现这个人物是有严重缺点的，所以书中说过三句批评姜伯先的话。其一是"刚愎"，指姜自视过高，轻敌过甚——上述三波行动中，第一波看似成功，实际隐含致命后患；第二波完全失败，都与"刚愎"分不开。其二是"重武"而"轻文"，指姜不善于谋大局。第一波行动之后，包后拯勾结姜的宿敌，凭借两江总督衙门麾下强力部门，布下罗网，步步收紧。面对险境，姜伯先却显得处处被动。其三是过于"守经"而不肯"从权"。这是指姜虽已采取闭门谢客的消极对策，不料"强盗西席"出身的县令沈斗南因仰慕而把他诱入县衙。两人一见投缘、相谈正欢之际，知府衙门缉捕姜伯先的公文却也随即送达。沈斗南一面向上级发文，力辩伯先不但无罪而且"材堪大用"；另一面建议伯先火速回庄，"鸿飞冥冥"。姜却以"义气"为重，生怕牵累沈斗南，坚决不肯离开县衙。等到沈被撤职，阴险狠毒的新县令李鹤千上任，姜、沈二人都成了瓮中之鳖。尽管姚民哀对姜伯先有所批评，但对姜的描述整体上依然存在"神化"倾向，包括将其被斩归结为天命注定的"兵解"①之灾。这里明显暴露出"形象"和"思想"的矛盾，作为艺术形象，姜伯先的认识价值显然高于审美价值。

从内因分析，姜伯先和沈斗南都是死于"讲义气"（沈于撤职后吐血而亡）。这种义气属于"君子之义"，它受制于"礼"。姜、

---

① "兵解"，道家语，指天命注定须借他人之手及其兵器杀死自己的肉体，从而让灵魂得到解脱。

沈二人虽都染有"强盗气",但在关键时刻却又爱惜"君子"身份:"君子"是"体制中人",必须守"礼",也就是必须严守有形和无形"体制"的制约,结果是既害人也害己。其实,"君子办法"不能解决的难题,用"强盗办法"倒是可以迎刃而解的——姜氏部属接获沈斗南告警之后,立刻实行转移,迅速脱离险境,就是明证。"强盗办法"不以"礼"为前提,而以"力"为前提:"力"不如人,自以"走"为上策。这里透着一种"强盗义理",薛四故事对此"义理"的演绎,又要生动、深刻得多。

薛四原是西南七省著名义贼。云南省昭通府大旱之时,他从四川省数家富户盗取巨款,来滇救济,活人无数。昭通总兵下令通缉,下属一府、一厅、一州、两县全班捕快,竟宁愿受责也不肯出手;薛四则再盗银三万,专用于补偿捕快们所受皮肉之苦。因之名满江湖。为向姜伯先通报那匹被盗青鬃宝马的去向,薛四来到镇江,却立刻引起捕头周吉的注意。原来这位"名捕"本来也是一个"名贼",江湖门道十分熟悉。他在理发店里发现一位衣着光鲜的顾客,付款时居然熟知剃头行业的暗语,从而引起警惕。经过严密推理,周吉认定此人就是薛四,布置手下严密监视。正当以为得计之时,薛四已在屋顶出现,甫一交手,周吉就被点中穴道,夺去武器,瘫倒在地。三天之后,周吉一觉醒来,又发现自己竟被绑在一块木板之上,身下是臭气熏天的露天粪坑。屋顶传来薛四声音,问如何了断"有你没我"的局面。周妻知道薛四两次不取丈夫性命,都是手下留情,于是答应:只要得些"养老资本",愿让丈夫退出公门。不久,周吉果然收到五千元现期洋票。兑现收银之后,薛四又在屋顶发声,要求给个"收条"。周吉于是将公事移交给徒弟王大忠，布置好安家事务，然后约来薛四，挖出自己一双眼珠掷给对方。这一残酷行径，黑道上称为"过门清楚"，因而博得薛四夸奖一声"有种！"此后，薛四每隔半年必会派人送来一笔"零用钱"，给周吉作贴补，直至老死。从"江湖视角"考察，在上述过程之中，薛四始终占领"道义高地"，因为对于组织——窃贼帮会——来说，周吉投靠官府，侦缉同行，乃是犯了"不忠、不义"的大忌，怎么惩罚都不过分。这一道义高地即以"力"为基础：在周吉一方，因为武艺、计谋都不如薛四，所以不得不低头，不得不挖眼，尽管被动，也算"重然诺""讲义气"。在薛四一方，尽占"力""义"高地，而仍付与周吉"赎金""补贴"，显然更是"义举"。这里既表现着江湖道义的残酷，也表现着江湖道义的公正。

江湖道义又是存在偏狭性的，主要表现为"睚眦必报"，邯郸老驼的故事有典型性。在《四海群龙记》里，得中举人的沈斗南被中牟山"公道大王"请去当家庭教师，家属因此受到仇家迫害。沈斗南想进京告御状，邯郸老驼认为无用，加以劝止，并用自己擅长的"强盗办法"替沈惩罚了仇家、救出了家属。这一行动无疑具有正义性；而在《箬帽山王》中，老驼给秦渔隐设局的行为，就无"正义"可言了。小秦出身于官宦人家，却为营救大盗江一飞而不惜损害父亲仕途。江一飞赞赏他"是个天生强盗坯"，于是倾心传授吐气杀人的上等玄门功夫，并警告他不可擅用。小秦练成之后，偶然吐气一试，误杀了"通天教主"万有全豢养的一鹰、一犬，而这万有全正好是邯郸老驼的师父。小秦后来隐居太湖之畔，取名"渔隐"，遇见两位遭匪帮追杀的戏子，仗义出手相救，让他们躲入鱼罾，不料鱼罾被人窃走，并嫁祸于箬帽山王杨龙海。这盗走渔嚣的人就是邯郸老驼——他为报数十年前师父鹰、犬被杀之仇，前来给秦找麻烦，进而挑拨秦、杨矛盾，大有唯恐天下不乱之势！从"通天教主"一门来看，老驼此举固然可算"看重师徒之义"，但用"侠义道"的标准衡量，却显得毫无堂正之气，有的只是狡诈和短视，与薛四相比，可谓判若云泥。

上述偏狭性也表现于杨龙海创建"箬帽党"的动机和目的。尽管姚民哀为该党贴了不少"革命标签"，但箬帽党建立之后首先要打的一场大仗，却是对付"合组成一个至公堂团体"的洪门"廿七帮人马"①。双方结仇的原因，则在若干年前洪门属下的香港"联珠班"杂技团在常熟卖艺，被杨龙海砸过场子。"箬帽党"其实也属洪门（书中写该党遵循洪门仪轨举办"开山排场"极为详细），至于"至公堂"，显然隐射的是"致公党"。这样一来，箬帽党的首场"革命行动"，不过是洪门本家的内斗而已！这与"革命"实在谬之千里！

以孙中山为首的革命党人确实关注改造会党，特别重视在武装斗争中发挥它们的作用，为此甚至亲自加入过会党组织；而以哥老会为代表的许多会党，也确实在国民革命中起过积极作用。姚民哀看到这一点，尝试在作品中表现"会党与革命"的主题，是值得肯定的。《箬帽山王》写曾海峰在南京遇到哥老会三当家李云彪，李说：得到林述唐的信，将去汉口完成唐才常的未了之业。后来，曾海峰在淮安岳鸣皋家见到自己被盗的宝剑时，岳对他说：此剑将借给四川彭家珍、广东温生才去干一件"大事"。这两段情节，都从侧面实写会党与革命的关系，虽属背景，仍有正面价值。② 作者还把曾海峰写成一位主张向美国学习，通过重农、重教而使中国实现

---

① 姚民哀：《四海群龙记》（所附《箬帽山王》），漓江出版社1988年版，第645页。
② 唐才常（1867—1900），湖南浏阳人，1900年率"自立军"起事，与孙中山领导的惠州起义相呼应，失败被杀。林述唐，曾被封为哥老会"龙头"，后亦被杀。李云彪，哥老会龙头，经日本平山周等介绍而结识孙中山。彭家珍（1888—1912），四川金堂人，1912年1月1日用炸弹炸死满洲贵族"宗社党"首领良弼，自己也被弹片击中而牺牲。温生才（1870—1911），广东梅州人，1911年4月8日用手枪刺杀清朝广州将军孚琦，随后被捕就义。

"民富国强"的知识分子，就吸取"西学"而言，他比杨龙海要切实得多。作者还借书中人物之口说：曾海峰得以结识李云彪等，是极大的造化，蕴含着大因果。可惜作者并未就此展开想象，而是依然让曾海峰的故事归于老式武侠传奇套路。《四海群龙记》写到闵伟如以"田横岛"为根据地，吸收海外华侨中的科技人才，开创出一片带有乌托邦色彩的天地。闵然后联络国内六十四家会党，成立"兴中会"，发布"誓言""章程"（内容与历史文献有别），宣告"驱逐异族政府、推翻君主政体、建立民主国家"的根本宗旨。这些情节，都比对"箬帽党"的描述接近历史真实。书中写道："兴中会"成立后的第一项行动便是刺杀丹徒县令李鹤千和捕头王大忠，为姜伯先实行"小报仇"。事后，闵伟如注重"向外发展。不久民国要人宋教仁、张继等知道了，也曾通函联络。日本报纸上刊过一篇《间岛偷头党》、一篇《骇人听闻的中国杀头团》的奇文，实则都是伟如等弄的玄虚"[1]。这些固然都是"小说家言"，却也并非全出杜撰，从中可以窥见虚构情节里蕴有真实史料。但是，从整体考察，姚民哀写"会党与武侠"还是比写"会党与革命"来得成功，主要原因是后一主题的表现缺乏行动。而表现前一主题的成功背后，又隐藏着一种消极作用——常会出现对"革命"的"矮化"。与此相应的是，这两部作品里都已出现热兵器，并且已为军队、捕役和武装团伙所普遍使用。这是符合时代背景的，然而故事里的战斗仍旧都是冷兵搏击，作者有意回避了冷、热兵器交锋场面的出现（仅在周吉、薛四之间发生过一次手枪击发不中的情节）。这样处理，并不能解决武侠题材遇到"现代性"时必然面对的尖锐矛盾。这是姚民哀留给后人的一个颇费脑筋的难题。

---

[1] 姚民哀：《四海群龙记》，漓江出版社1988年版，第329页。

姚民哀在《箬帽山王·本书开场的重要报告》中说，自己"预定做"的，是"一种分得开，并得拢，连环格局会党社会说部"，"依着草蛇灰线例子"，各部著作之间互有联系，"不过可能这部书的结局，倒安插在另一部书内；此时无关紧要的一句话，将来却就为这句谈话，要生发出另一件重要事儿来哩"。[①] 这种构思注重伏笔和呼应，扩大了故事时空，悬念性强，但把"这部书的结局"安插在另一部书中的做法，会破坏"这部书"的完整性，往往导致有伏笔而无呼应，有故事而不见结局的后果。实际上，《四海群龙记》所设下的许多伏笔、悬念，在作者自称"一而二，二而一者"的《箬帽山王》里多未得到呼应，读者的阅读期待因作者的拖沓、"卖关子"或遗忘，而永远得不到满足。有鉴于此，从民国到当代的后继者虽然常写系列武侠作品，但都注重各部著作的完整性和独立性。这里倒也说明：姚民哀的教训，对于后继作家还是有着积极意义的。

---

① 姚民哀：《四海群龙记》（所附《箬帽山王》），漓江出版社1988年版，第335、336页。

李寿民和《蜀山剑侠传》

　　李寿民（1902—1961），笔名"还珠楼主"（略称"还珠"），四川省长寿县人。生于官宦世家，中国传统文化功底深厚。他是1940年代中国武侠小说第二波高潮的代表作家之一[①]，所撰《蜀山剑侠传》（简称《蜀山》[②]）被称为"仙魔武侠小说"，是中国现代武侠小说篇幅最为浩大的巨著。其想象汪洋恣肆、宏伟诡奇，远超著名的传统神魔小说《西游记》和《封神演义》。直至当今，在中国互联网上盛行的"玄幻小说""穿越小说"所运用的玄幻思维以及一些故事、人物原型中，还都可以看到《蜀山》的影响，然而艺术成就仍远逊于《蜀山》。

　　该书写峨眉派教主齐漱溟秉承祖师遗旨，重振本派门庭，联合佛门及其他正派友党，卫道除魔、排险克难、行善济世的一系列故事。当代还珠研究专家叶洪生称该书为"天下第一奇书"，"不仅是

[①] 第一波武侠文艺高潮的代表人物是向恺然和赵焕亭，称"南向北赵"。第二波的代表人物是"北派五大家"，即李寿民、白羽、郑证因、王度庐、朱贞木。
[②] "蜀"是四川省的简称。"蜀山"主要指四川省境内的峨眉山，即书中峨眉派剑仙的根据地。

故事奇、人物奇、山川奇、造景奇、飞剑奇、法宝奇，但凡一切有情众生以及草木之灵、冰雪精英、风云雷火亦皆能出奇制胜"。①

《蜀山》之"奇"，归根到底在于描绘了一个超自然的、非人间的仙魔世界。这个世界里的正面力量是以玄门正宗峨眉派为代表的仙道，反面力量则是以妖魔精怪为代表的魔道；二者之间又有许多旁门异派和左道邪派，他们或倾向于仙道，或倾向于魔道。这些派别有一个共同点，即都以"长生不死"为修炼目的。所不同的是，仙道遵循正途，内修性命道德之能，外积除恶布善之功，遵循内外兼修之径，向着"天人合一"目标无限提升生命质量；魔道则企图走捷径——用摧残、毁灭其他生命的方法和途径，来增长自己的功力，提升自己的生命。仙、魔的上述"共同点"，因对生命截然相反的态度而互相排斥，二者的矛盾冲突必然演变为你死我活的争斗。

但是，仙、魔以及众多其他修士，在"技术层面"上仍有一个共同点，那就是首先都要炼成"元神"，也就是让魂魄凝结成形，化为一种可从头顶飞出飞入的"第二生命"。它能脱离肉体遨游四方；也能另找躯壳，成为一个"非我之我"；还能通过进一步的修炼，自成"金刚不坏之体"，直至变幻无穷。练就"元神"，意味着超脱"鬼趣"②，向"不死"目标实现"质的飞跃"；同时也意味着法力的质的增长。但是，元神的修炼过程仍充满艰险，除了遇到法力更高的敌人而面临形神俱灭之灾外，还要面对各种无法避免的"天劫"。所以，修士之中能够修成"散仙""地仙""天仙"的人数是依次递减的，命运也颇"无常"。

关于《蜀山》的想象力，李寿民的朋友徐国桢说——

---

① 叶洪生：《天下第一奇书〈蜀山剑侠传〉探秘》，学林出版社2002年版，第8页。
② "鬼趣"即鬼道，"超脱鬼趣"可以翻译为"超脱轮回"。

在还珠楼主的笔下：

关于自然现象者，海可煮之沸，地可掀之翻，山可役之走，人可化为兽，天可隐灭无迹，陆可沉落无形，以及其他等等；

关于故事的境界者，天外还有天，地底还有地，水下还有湖沼，石心还有精舍，以及其他等等；

对于生命的看法，灵魂可以离体，身外可以化身，借尸可以复活，自杀可以逃命，修炼可以长生，仙家却有死劫，以及其他等等；

关于生活方面者，不食可以无饥，不衣可以无寒，行路可缩万里成尺寸，谈笑可由地室送天庭，以及其他等等；

关于战斗方面者，风霜水雪冰，日月星气云，金木水火土，雷电声光磁，都有精英可以收摄，炼成功各种凶杀利器，相生相克，以攻以守，藏可纳之于怀，发而威力大到不可思议。①

徐国桢认为，以上想象具有"把物理和玄理混成一片"的特点，但就思维形式而言，其主体还是玄想思维。上述想象都涉及主体与客体、"人"与"器"的关系。《蜀山》中常见的"身剑合一"意象最具典型性："身"与"剑"一旦合一，用于交通，就意味着"运载工具"同时也是"被运载者（人）"，这与骑扫帚、坐飞毯之类意象迥然有别；用于战斗，由于"人"的法力与"剑"之器用合一，能量由之也就增强无数倍，这与把武器视为"人"之"工具"的观念也大异其趣。"合一"意味着"身"即"非身"，"剑"亦"非剑"，也成了一种"第二生命"。玄想思维贯穿着注重"否定之

---

① 徐国桢：《还珠楼主论》，上海正气书局1949年版，第12、13页。

否定"的玄学路线，极大地开拓了发挥想象力的时空。

李寿民说：《蜀山》全书"以崇正为本，而所重在一情字"[①]。

"崇正"，首先体现为卫道除魔。书中写得最可怕的妖魔，当属绿袍老祖和万载寒蚖。

绿袍老祖形象极其丑恶：他头如栲栳，身极矮瘦，须发蓬乱纠结，眼发绿光，口似血盆；双臂能伸缩，攫人时手掌则可暴长而如笆斗。他几乎天天、时时都要吃活人（或动物）。无论什么人，捞到就挖心、吸血、食肉、嚼骨，连朋友的徒弟都不放过。他惩罚自己徒弟的方法，也是嚼食他们的肢体，所以三十几个门徒，四肢完整的很少。他法力很高，已经炼成第二元神，藏在后脑；所以，当被正派元老用飞剑腰斩之后，他的上半截身体不仅没死，反而把一位伤员朋友的下半身砍下来为自己接体，逃离战场。

歼灭绿袍老祖的战役打得很不顺利。此时他已炼成不死之身，一般飞剑奈何不了他。战役的第一、二阶段，都由峨眉弟子中的"小字辈"承担，虽然取得局部胜利，最终都因法力不如而败退。第三阶段，峨眉派及其友党的多位元老亲自到场，联手布下仙阵，困住绿袍老祖。与绿袍有杀徒之仇的异派元老天灵子争先入阵，以元神对战元神，伺机毁掉绿袍躯壳，初占上风；尽管如此，天灵子的元神仍在阵内被绿袍元神追得团团转。幸而又有一位也要报杀徒之仇的旁门大佬红发老祖赶到，用"化血神刀"砍伤绿袍第二元神。元老们抓住转瞬即逝的时机放出天灵子，闭合仙阵，整整用了十九天不断催动神火，才使绿袍元神灰飞烟灭。

万载寒蚖是上古时期的爬虫，秉万古阴毒之气成精，原形长达数十丈，体如蜗牛，具有六首、九身、四十八足。它的化身却是

---

① 徐国桢：《还珠楼主论》，上海正气书局1949年版，第11页。

一位异常美艳的妙龄少女。其据点"光明境"虽然位于"小南极",风景却极秀美,气候温和,盛产奇花异草。这"少女"专凭美色、美景引诱各派修士,先与之淫乐,然后现出原形,嚼食对方肉身,吸其元神,借以增添己身功力。如此丧生于寒蚿口腹的修士,业已不计其数。

歼灭寒蚿的战役也由峨眉派"小字辈"及其朋友十余人,在旁门先辈——北极陷空岛主的指引下充当先锋,却被寒蚿用万古丹毒之气围困在"白玉楼"中。危急时分,带队的齐金蝉启用"传声法牌"(其形状、功能极像当今的手机,但只能实行单向通话),向数十万里外的老前辈——大方真人神驼①乙休呼救。乙休赶到,用法宝兜起丹毒,运向两重天的交界之处销毁。其他援军也相继抵达,连续重创寒蚿。但是,寒蚿既有六首,就有六个化身;既有九身、四十八足,就可舍却一些身、足而仍保有相当战斗力,并使失去的身、足得以重生。直至峨眉派的上古至宝——"神禹令"和"前古神鸠"②一同送到,才把寒蚿残躯及其元神彻底消灭。

战役结尾有个相当奇异的情节:当时正是寒蚿九千六百年生辰将至之际。它早已炼成一个"元婴"——也就是"真正的"人类女孩肉身,业已长到女童模样;只等时辰一到,寒蚿元神就可与她结合,从而彻底舍去异类原身,成为一个美绝天人的真仙。不料与峨眉诸小同来的有个矮胖子,名叫"干神蛛",他的妻子前生被仇敌暗算,化成一只蜘蛛。夫妻情深,不舍分离,所以今生的干神蛛身上,始终附有一只时隐时现的白蜘蛛,一遇险境,就会给丈夫以帮助。干神蛛找到并挟制住那个"元婴",这就既使寒蚿有所顾忌,又为自己妻子创造了一个复体机遇。战斗结束时,他抱着失却本主

---

① 这个"驼"字是"驼背"之驼,"神驼"二字似宜意译。
② "神禹令"为上古治水英雄用过的令箭,"前古神鸠"为前古圣王镇墓的仙禽,都是专克妖魅精怪的法宝。

的寒蚿元婴与战友们相见；佛门神僧施展佛法，为那元婴消却轻佻之气，使干神蛛的妻子获得一个端庄的肉身，并且赐她一个美丽的名字"朱灵"。这段情节为壮烈的战斗故事增添了一抹温煦的喜剧气氛。

《蜀山》的"崇正"，还体现为对普世生灵及其生长家园的关爱与呵护。"铜椰岛弭劫"一役集中表现了这个主题。

此劫既是天灾也是人祸。"人祸"又是两个任性的倔老头互相赌气而造成的：铜椰岛主天痴上人与神驼乙休几番较量，次次吃亏，于是把乙休诱到岛上，布"天磁阵"将其困入地底。乙休左冲右突仍难脱身，一怒之下决定攻穿"地肺"，引发地火毁掉全岛。但是他和天痴上人都忘记了，这地肺里的毒火积郁于一万二千九百六十年前，至此正是即将自行爆炸之际。地肺如被人为攻穿，必将提前引发摧毁世界的旷古巨灾，灭绝亿万生灵，两个倔老头难脱其咎。

面对危局，仙、佛两门剑仙缺的不是法力而是智慧，此时峨眉派教主齐漱溟显示出运筹帷幄的领袖才能。针对天灾可控而不可灭的现状，他定出唯一可行的"止爆泄火"之策：在地肺边缘刺一破口，引导毒火从铜椰岛天磁峰下的地穴向空中宣泄，使在九天之外耗散。针对两老造成的"人祸"，他又定出一个"化祸为利"的对策：利用乙休所处位置及其法力，使他把攻击方向从地肺中心转向边缘，从而实现"泄火方案"。鉴于乙休生来不肯受人指挥，盛怒之中更是如此，所以需要借助天磁阵的功能，旋转地肺，让其边缘正对乙休的攻击方向。但是，自以为占尽上风的天痴上人是不肯轻易接受这个方案的。齐漱溟乃组织精兵强将，一路负责设置泄火升空通道，另一路负责将铜椰岛周围水陆生灵迁移到千里之外的安全地带。他自己单身会见天痴，先晓以大义，再令他看清乙休法力强大，已经迫近地肺中心的事实。天痴终于接受并协助实行了弥劫方案。当乙休随着地火跃出地面时，他感慨地说："痴老儿，我们枉自修炼多年，仍受造物主者拨弄，身堕劫中，毫不自知。如非诸位道友神力回天，至诚感格，我两人正不知伊于胡底……我驼子生平没有向人认过错，现在向你负荆如何？"

这是一个关于生态保护和人性救赎的神话故事。它生动地展现了道家行善积功的大德，融合着儒家仁、义、礼、智、信的精神和佛门的大慈悲之心，集中体现着作者的思想境界。

"人"乃"一切诸有情"之长，文学又是"人学"，所以《蜀山》的"崇正"与"所重在一情字"是统一的。

对于男女之情，《蜀山》崇仰"灵肉异趋"之爱。从"规定情境"考察，这是由峨眉派的修仙"规程"决定的：男女两性可以相爱，但是必须保持童身，否则不能修得"上乘"。这里呈现的是带有道教色彩的、中国式的"童贞母题"，它与柏拉图的"精神恋爱"观确有相似之处。柏拉图在《会饮篇》中说：男人、女人各是被切开的"人"的一半。峨眉派崇尚"灵肉异趋"之爱，意在净化情欲、升华情愫，达到心灵空明，相互忘却男女之别的程度，这不正是柏拉图理想中的完整之"人"的实现吗！从心理层面考察，李寿民的"灵肉异趋"情爱观则根于他的"文珠[①]情结"。"文珠"是他在苏州时青梅竹马的初恋情人[②]，李寿民北上之后，她被卖入青楼，幸而被朱鸿儒律师赎出并结为夫妇。李寿民既为她庆幸，又落下一个永难弥合的心灵创伤。这一初恋记忆是如此美好而又如

---

① "文珠"宜意译为"珍珠"或"美珍珠"。
② 现已查明"文珠"的真实姓名是陈德宜，长李寿民两岁。

此刻骨铭心，以至他把自己的住处定名为"还珠楼"。文珠出嫁之后，李寿民在天津应聘担任一位孙姓富商的家庭教师。富商家的小姐孙经洵爱上了这位多才多艺的老师，他们的爱情遭到富商阻挠，孙小姐愤而离家出走，李寿民则被富商诬告入狱。孙经洵竟然亲赴法庭，挺身公布他们的爱情，捍卫自己爱的权利。李寿民被无罪释放，二人终于结成良缘。这桩婚姻最后还是得到了岳父的认可，孙经洵则对丈夫和文珠的爱情一直极表同情。所以，"文珠情结"又是一个"还珠三角"，它被不断施以"化妆"，"代入"《蜀山》书中，成为繁衍不绝的双美兼得"白日梦"。"梦"中总有这样一对女性："一个是未同衾枕的爱友，一个是仙凡与共的患难恩爱夫妻。"① 由于男主人公对双方都怀有真爱，所以"肉"的"不洁感"也无形消除了。

　　李寿民笔下许多关于爱情的美丽神话，都是生命哲学的诗化，最动人者莫过于"天狐抗劫"。在这个故事中，"灵肉同趋"的爱情遇到两种截然相反的态度——"天"则谴之，"人"则护之，由此展现层层凄美、壮丽图景。

　　宝相夫人是位得道千年的天狐。由于出身异类，原来修的又是采阳补阴的邪法，害过一些男性；但她保有善心，对被害对象都能施以药物补养，使之安享天年，所以恶行不算严重。最后一位被她看中的对象，是峨眉长辈李静虚之徒秦渔，宝相夫人对他动了真情，失去元阴，产下两个美丽、可爱的女儿，她自己也从此改邪归正，然而仍遭天谴，形骸都已毁灭。峨眉教主一级的"东海三老"和神驼乙休都同情她，已经与之结为方外之交。他们保护她的元神，妥善安排修炼处所，设置重重安全保障，使它得以凝成"元

---

① 这是《蜀山》写及李静虚与其初恋情人和其妻子时，李的内心独白。

婴",从而获得新生。但是,宝相夫人还须经受最后一次天劫。此劫的降临时间,正是她的元婴成形之际;又正是乙休有事不能脱身和"东海三老"闭关修炼"无影剑"的最后一天。诸位长老既然无法顾及,为夫人护法抗劫的重任便落到了她的两位女儿秦紫玲、秦寒萼和女婿司徒平的身上;协助他们的是峨眉弟子中的两位高手——诸葛警我和邓八姑。

时辰一到,夫人"元婴"裹着轻雾从洞中冉冉飞出,司徒平将她抱在怀中,秦氏二女分列两边,端坐在地。三人头顶各升起一颗晶莹绿星,即是他们的元神——此时宝相夫人的元丹已经进入司徒平体内,所以中间一星实为一颗"二合一"的元丹。

天劫也准时降临。第一灾是"乾天真火",第二灾是"巽地风雷",都在诸葛警我和邓八姑的支援下被逐一击退;其间三颗青星同时奋起抵抗,司徒平与宝相夫人合一之星数次暴涨,能量尤大。第三灾为"天魔",这是一种无形、无质、无迹,来不知其所自来,去不知其所去的宇宙间最强大的负面力量,专以变化无穷的幻象来考验修士的"道心"。宝相夫人不能直对天魔,已将自己的元丹藏在司徒平的"紫阙"①之下,受其保护。天魔分别幻为"六贼"即"声"(淫声、哀声等)、"色"(美色、淫色等)、"嗅"(奇香、恶臭等)、"味"(酸、甜、苦、辣、咸、淡、涩、麻等)、"触"(奇痒、奇痛等)、"意"(心猿意马、无量杂想),针对受者的耳、目、鼻、舌、身、心"六根",连番实施攻击,企图摧毁他们的精神、信念,使其道行毁于一旦。秦氏二女分别在"色"和"意"两波攻击之下心旌发生动摇,元神受了重伤,她们的两颗绿星随之失色、坠落;唯有司徒平那颗绿星,不但没有坠落,反而光华愈盛,独抗天魔。

---

① 紫阙,即道教所谓上丹田。[唐]白履忠《黄庭内景玉经注》引《戊辰行事诀》云:"眉上直入一寸为玉当紫阙。"

这是因为"苦孩子"出身的司徒平，法力虽然不高，道心却极坚定；天魔越是攻击，他越视若无物，更由无物而入无我状态，达致佛门所说的"无相"境界，任何幻象都对他无可奈何。此时"东海三老"恰好结束闭关，发出一片金光，将秦氏全家卷入洞内，宝相夫人的元婴也即刻"长成"一位美貌的中年道姑。

这个故事蕴有不少深层含义。

岳母的元丹进入女婿体内，二丹合一同抗天劫，这一想象颇为匪夷所思。从情节层面考察，排除作者外加的天命论解释，显示的是司徒平的"家庭角色"：秦渔早已兵解，他已成为秦家唯一男性，理应充任庇护岳母的主力。从隐喻层面考察，司徒平首先可被视为秦渔的替身；再深一层，则意味唯有两性合一，才能产生抵抗"天命"的伟大力量。其中突显着对"灵肉同趋"之爱九死不悔的意志。

天魔"协助"天道实施"天谴"，在此意义上，"魔"与"道"是同在的，这一命题与西方所谓"撒旦与上帝同在"形式相近，而其哲学内涵却判然有别：中国传统文化认为，宇宙由阴、阳二气构成，阳为正、阴为反，二者相反相成。《蜀山》将此演绎为"天道"与"天魔"的关系，此长彼消，周流不息，"人心"则对孰长孰消起着决定作用。在此意义上，具体的妖魔可以歼灭，"天魔"却是无法消灭的。"魔"又与"心"同在，"人心"只有与"道心"合一，才能达致魔消道长。这就应了"人心惟危，道心惟微"[①]八个字，儒、释、道三家的精义，在这里又实现了融会贯通。

"天"固然未必"无情"，但它可能不懂"人情"；在这种情况下，"天命"是可以抗，也应该抗的。修仙固然是修天道，但绝不

[①] 《尚书·大禹谟》，上海书店出版社1997年版。

意味着因此而可"忘情",更不可以因此而"无情"。神驼乙休有句口头语"人定胜天",主要便是为此而发的,《蜀山》书中包括齐漱溟在内的众多地仙、散仙,何尝不是如此？他们认为,这也正是对于"天道"的匡扶和回归。

正如还珠楼主之子李观鼎所说:《蜀山》"那种对生命的有限性的强烈焦虑,对人生悲剧性的深度体验,对自身苦难命运的顽强抗争,以及由此展现的生命哲学体系之博大精深,都作为一种价值,葆有着一种'说话'的权利,可以在广远的时空里,与一代又一代的读者对话"[①]。

---

① 李观鼎:《〈蜀山〉正在路上》,《蜀山剑侠传》序,三秦出版社2017年版。

王度庐的《宝剑金钗》和《卧虎藏龙》

王度庐（1909—1977），中国现代武侠小说第二波热潮中的"北派四大家"之一。张赣生说：自古以来"武侠小说中涉及婚姻恋爱问题的并不少见，但或作为局部的点缀，或思想、格调低下，或武侠与爱情两相游离缺少内在联系，均未能做到侠与情浑然一体的境地"。至王度庐，方"创造了武侠言情小说的完善形态，在这方面，他是开山立派的一代宗师"。[①] 其代表作是五部系列作品：《鹤惊昆仑》《宝剑金钗》《剑气珠光》《卧虎藏龙》《铁骑银瓶》，合称"鹤—铁五部"[②]。

《宝剑金钗》写侠士李慕白与侠女俞秀莲的爱情故事。

李慕白既是书生，又是剑客。他的武学功夫源自盟伯江南鹤开创的"九华派"，而江南鹤正是《鹤惊昆仑》的男主人公。作为读书人，李慕白的精神追求很高，既崇尚完美，又看重伦理；在心

[①] 张赣生：《为〈王度庐武侠言情小说集〉而作》，《宝剑金钗》，北岳文艺出版社2015年版，第507、508页。

[②] 最早发表的是《宝剑金钗》，然后依次为《剑气珠光》《鹤惊昆仑》《卧虎藏龙》《铁骑银瓶》。

理活动方面,他感情细腻而难免优柔,经常内省而不无自恋。作为武术家,李慕白的江湖气也颇浓,他以抑强扶弱为己任,奉行"尚力"的江湖原则。以上两个特点,贯穿于他的情感经历。

李慕白为自己定下一条择偶标准:非相貌美丽、武功高强的女子不娶。在一位朋友的怂恿下,他跑到巨鹿县的俞老镖头家找俞秀莲"比武招亲",并对姑娘一见钟情。不料上了朋友的当——俞秀莲早已许配给宣化县的孟思昭,根本不存在"比武招亲"这回事。处于崇尚礼教的时代,他在理智上对秀莲姑娘彻底死了心,在情感上却永远忘不了她。

为谋出路,李慕白离乡进京,路遇俞老镖头一家遭仇敌截杀。他出手相助,打退凶徒,但俞老又受恶吏陷害而入狱,获释后病故;临终时嘱托慕白护送秀莲及其母亲前往宣化县投靠孟家。李慕白忠实地完成了任务,俞秀莲在千里远行中也对慕白产生了真挚的感情。得知孟思昭早已出走失联,李慕白承诺进京之后一定寻访思昭,助他与秀莲完婚。书中写到临行之前,俞秀莲夜访李慕白,诉说自己孤独无助之感。张赣生十分赞赏这段文字,他分析道:

> 俞秀莲真的是来求李慕白寻访孟思昭吗?也许是。俞秀莲来不是以心相许吗?也许未必不是。这层窗户纸不能捅破。捅破就索然无味了……俞秀莲在等待,等待什么呢?她能奢望吗?她也许知道这办不到,她是一个明白事理的姑娘,她能体贴李慕白的处境。李慕白能说"他跑了,你嫁给我"吗?那还是什么侠义道?那还能受她俞姑娘尊敬吗?她或许都明白,但她还是来了,还是等待了;她走了,也许有些失望,也许恰好相反是没有使她失望。这便是"势"……一个小说家不但要善

于写文、写事、写情，更要善于写势……①

这里所说的"势"，包括"爱的欲望"（也是权利）与"爱的责任"之间的张力，而"爱的责任"又不仅指礼教规范，更指充分理解、尊重对方及其处境。作者在这里写了一对互相爱慕，但因深明"礼数"而无法也不能直接倾诉的中国古代青年男女的爱情。这种场面对于西方读者来说或许陌生，而中国读者却能从中感受到人物内心涌动的暗潮及其苦涩滋味。这样的心灵波动和情感色调，贯穿、笼罩着李慕白和俞秀莲的全部爱情经历。

李慕白抵京之后，在刑部当官的表叔建议他先去找个文秘工作糊口，慕白却觉得"雕虫小技，壮夫不为"，岂可在案牍中虚掷青春！但是，他的"壮夫理想"又不着边际，于是陷入困惑。新结识的好友、内务府官员德啸峰引他涉足青楼，结识了素有"侠妓"之称的谢翠纤。清高、美丽的翠纤令他顿生"同是天涯沦落人，相逢何必曾相识"之感。失落的爱情得到新的寄托，李慕白甚至一度忘却俞秀莲，决心要为翠纤赎身，与她结为连理。但是，连个糊口差事都没着落的他，怎么可能实现这一理想呢！他又陷入无奈。高官徐侍郎在奸商卢三的撺掇之下一直垂涎、纠缠谢翠纤，李慕白为此而在翠纤面前怒殴卢三，招致对方诬陷，以"江湖大盗"罪名下狱。谢翠纤原曾深受"江湖人"的残害，此时误以为李慕白也是一个崇尚暴力的江湖人；她自己和母亲的安全又因此而受到威胁，无奈之下只得委身于徐侍郎。李慕白因德啸峰以身家作保，又得到贵胄铁贝勒的有力奥援，终于被无罪释放。得知翠纤现状，他也误以为"侠妓"不过是个虚名，谢姑娘与其他娼妓一样无情无义，因而心灰意冷。这段爱情插曲最后以翠纤引刃自杀而告终。李慕白追悔

---

① 张赣生：《民国通俗小说论稿》，重庆出版社1991年版，第293页。

莫及，他从中获得不少教训，包括认清了武艺再高也斗不过权势和金钱，侠者并无包打天下的能力；自己既无力救助翠纤，又误解、伤害了她，对她的死负有直接责任。他无比痛心，不胜负疚，这些心态又因俞秀莲来到京城而辐射到复活的"秀莲情结"上，增添了李慕白的心理负荷。

在铁贝勒府中，李慕白结识一位身怀绝艺的杂役"俞二"，并且与之结为好友。他向俞二倾诉自己对秀莲姑娘的爱情。俞二听后说："孟思昭离家弃妻，对俞秀莲毫无恩义可言。你李慕白千里送亲，和秀莲姑娘情意相投，理应与她结为连理！"慕白事后觉得对方神情有异，猛然想起："俞"为秀莲之姓，"二"是孟思昭的排行，这个"俞二"正是自己苦苦寻找的孟思昭！其时，恶霸富商黄骥北重金收买以苗振山、张玉瑾为首的河南武装团伙，入京围攻李慕白。孟思昭单骑孤剑，前出京郊，截杀苗、张，因寡不敌众而身负重伤。慕白闻讯，赶去照护。同时，俞秀莲因母亲病故而随德啸峰来到北京，苗、张团伙亦随之到达。俞秀莲在父母双亡、未婚夫和李慕白都未找到的境况之下，化孤独、伤悲为刚烈、自强，单骑挑战强敌，手刃苗振山，击败夜袭德啸峰府的张玉瑾。李慕白则带回了孟思昭不治身亡的噩耗。

铁贝勒、德啸峰等虽然也为孟思昭的义举而动容，但是他们认为：思昭、秀莲从未谋面，彼此并无感情基础；孟思昭是在得知李、俞确实情深意笃之后，为了成全俞、李的爱情而殉身的。既然如此，李、俞在伤痛过后成婚，也就既不悖礼教，也不辜负思昭的一片诚心了。然而，慕白、秀莲却选择了"辜负"，李说："我如不认识孟思昭，孟思昭如果不是为我而惨死，事情或者还可以搁酌……现在他的尸骨未寒，我若真个娶了俞姑娘，岂不被天下人笑我吗？"俞说："我是他家订下的儿媳，但未成婚，所以我仍算俞家的女儿。不过我是立誓此后绝不嫁人。他家给我的一支金钗，那是我与孟思昭婚姻的订礼，我将永远佩带身边，我就算为那支金钗而守寡。"挣扎在"情""义"之间的这对恋人，最终选择了"舍情取义"。

孟子说："生，亦我所欲也，义，亦我所欲也，二者不可得兼，舍生而取义者也。"[①]李慕白、俞秀莲的价值选择符合儒家圣贤的教诲；他们把"情"视若生命，则是对圣训的一种新的阐释。侠者于"仁、义、礼、智、信"这"五常"中最重"义"这个德目，于"君臣、父子、兄弟、夫妇、朋友"这"五伦"中最重"朋友"一伦。孟思昭为成全李慕白、俞秀莲而殉身，李慕白、俞秀莲为报答孟思昭而舍情，都是"重义"。"侠德"乃情、义统一之德，这是王度庐从传统意义上把"侠情"表现得最深刻之处；也是王度庐于传统文化语境中把"人性"剖析得最深刻之处。人物、故事是古典的，作者的思想、观念、视角、方法是现代的。

李慕白很快也得到了舍生取义的机会：德啸峰受黄骥北陷害，被判流放新疆。此时的李慕白变得沉稳、冷峻。啸峰起解之前，他请俞秀莲坐镇德府，保护眷属；自己则不动声色地为啸峰筹措路费和流放期间的生活费用，妥善委托可靠侠友沿途保护。起解之后，他又亲自护送到保定，粉碎了黄骥北派张玉瑾半路截杀的阴谋。然后，他返回北京杀死黄骥北，前往官衙自首；俞秀莲和侠友曾想劫他出狱，遭到拒绝。俞秀莲再次夜探大牢，却发现李慕白已经失踪。数日之后，她半夜醒来，只见床上放着李慕白用过的宝剑，下

[①]《孟子·告子上》，《四书五经》中册《孟子章句》，世界书局1936年版，第89页。

面压有一张帖子,写着"斯人已随江南鹤,宝剑留结他日缘"十四个字,可知慕白已被江南鹤救走。宝剑、金钗,象征着俞秀莲的两难选择。差可告慰的是"他日"尚可续"缘",后续作品里确亦时或可以见到李、俞并辔联袂行走江湖的身影,但是他们的"缘"永远止于柏拉图式的精神之恋,心灵创伤,永难抚平!

尽管叙事有些拖沓,《宝剑金钗》仍是一部典型的心理悲剧。正如弗洛伊德所说:

>……这个领域属于心理剧。这里,造成痛苦的斗争是在主角的心灵中进行着,这是一个不同冲动之间的斗争,这个斗争的结束决不是主角的消逝,而是他的一个冲动的消逝;这就是说,斗争必须在自我克制中结束……这就是爱情悲剧的所在;因为被社会文化、人类习俗或"爱与责任"之间的斗争(我们在歌剧中常常看到这种斗争)所压抑的爱,就是繁衍不断的冲突场面的出发点,这些场面就像人们的繁衍不断的色情白日梦一样。[①]

《宝剑金钗》就是以被压抑的"爱"为出发点,以主人公的"内部冲突"为主要悲剧冲突的作品。当五四新文艺的许多悲剧作品仍然未能突破"善、恶冲突"模式之际,王度庐用侠情小说的形式,深刻地展现了一种由"善"与"善"的冲突造成的心理悲剧,从而奠定了自己在通俗文学史乃至现代文学史上应有的一席地位。

有人说:李慕白是位集儒、释、道精神于一体的大侠。这是该评论者看电影《卧虎藏龙》的感想,此评价至少不适用于小说。古龙对于王度庐创造李慕白这一人物的评价则非常中肯、深刻,他说:李慕白是王度庐"写的最成功的一个男人",也是他"写的最

[①] 弗洛伊德著,张焕民译:《戏剧中的精神变态人物》,蒋孔阳主编《二十世纪西方美学名著选》(上),复旦大学出版社1987年版,第410页。

失败的一个男人"。"王度庐绝不想把李慕白写成一个失败的男人，更绝不想把李慕白写成失意的男人。可惜王度庐已经不由自主了。因为李慕白已经脱离了王度庐的控制，因为李慕白在王度庐笔下已经变成了一个活生生的、有思想的、有个性的、有血有肉的人物。"[1] 王度庐没把李慕白写成一个集儒、释、道精神于一身的大侠，而把他写成一个"失败/失意的男人"，这是对传统武侠叙事的颠覆，也是为武侠小说"现代化"做出的杰出贡献。

《卧虎藏龙》写满族贵胄小姐玉娇龙为捍卫"爱的权利"而斗争的故事。

玉娇龙的父亲原系新疆领队大臣（相当于内地之总督），所以她自幼生活在塞外。她的家庭教师高朗秋是个秘怀武功的读书人，白天教她学文，晚上暗自教她学武。高老师的武学源自《九华拳剑全书》，这部秘笈是30年前同村女盗耿六娘害死与她同居的"哑侠"后落入高手中的，而"哑侠"正是江南鹤的师兄。耿六娘作案累累，为避官府追缉，遂亦来到新疆，以"高师娘"的身份匿居玉府。玉娇龙11岁就发现老师的武学秘笈并偷录了一部副本，随后她又放火烧屋，趁乱窃得原本，再私自照书体悟、习练，五年后武艺早已超过老师。这年春天，玉娇龙随母亲往伊犁探望舅父，途遇盗伙截击。她暗追盗众，直入山寨，见到号称"半天云"的青年盗首罗小虎。罗小虎原应姓杨，幼时父母即遭恶人费伯绅等陷害而双亡，他与兄长、姐妹也早已失散，身世非常凄凉。玉娇龙同情他的遭遇，喜欢他的英俊、豪爽，与之坠入爱河。临别时，她要求罗小虎改邪归正，谋取官职，再来玉府求婚。

上述情节包含玉娇龙独特个性形成的原因：满族素有"小姑

---

[1] 古龙：《写当年武坛风云人物于酒后·其一 王度庐》，见古龙整理本《鹤舞江南》下册，环怡出版社1980年版，第716—717页。

为大"的"尊女"传统，女孩在家所受封建礼教束缚比汉族少女要少得多。草原、大漠的壮阔，哈萨克人的豪爽，也给玉娇龙以无形的积极熏陶。高朗秋对她的影响则颇复杂。他发现这个女学生七八岁就能骑马，资质极佳，所以决心把她培养成文武双全的女中豪杰。但是，自己的武学渊源是个见不得人的秘密，所以他不得不采用秘密传授、有所保留的教学方法。不料学生比他悟性更高，也更工于心计。耿六娘的到来，则给玉娇龙带来一股邪气。这些都使玉娇龙的聪慧本性演变为狡黠，不过其中还是蕴含着强烈的自我意识和自主意识，这集中体现于她所严守的两个秘密：身怀九华绝学，拥有纯真爱情。她的一生，可谓成亦"自我、自主"，败亦"自我、自主"。

玉大人升任京城九门提督，抵京不久就去拜访铁贝勒，观赏到铁府所藏削铁如泥的"青冥"古剑。不料当晚宝剑即告失窃。游民出身的铁府拳师刘泰保决心破案，发现常在玉府门口卖艺的蔡九父女形迹可疑；追踪得知，蔡九竟是甘肃省会宁县的捕头，专为缉捕耿六娘而来北京。进提督府捕人是不可能的，刘泰保于是协助他们约战耿六娘，突然有个男装青年持青冥剑参战，飞镖打死蔡九，救走耿六娘。事后，刘泰保与蔡女结为夫妇，继续监侦玉府。俞秀莲恰好来京，参与侦缉活动，将耿六娘杀死在玉府院中，并且认出使青冥剑者实为女扮男装的玉娇龙。她对这位犯错的提督小姐颇为怜惜，玉娇龙听从她的劝告，夜送青冥剑归藏贝勒府，这却导致刘泰保被辞退。他依然不知盗剑、还剑者是提督小姐，但对玉府的监视毫不懈怠。

身为京城卫戍司令之女，仅因想要一件好兵刃，就夜入贝勒府顶风作案，显示着玉娇龙的任性和胆大妄为。她与耿六娘，则因互知对方秘密而结成既挟制又利用的双向关系；为了维护"利用价值"而援助耿六娘，误杀蔡九，犯下了一个终身引憾的大错。这证明玉娇龙的任性已发展到不分善恶、不辨正邪的地步。"任性"与"魔性"的结合，成为她的性格特征。"魔性"的表征之一，则是深藏不露、善于伪装的"两面性"。无论在家里还是在公众场合，她都以一个美丽、华贵、柔弱、胆小的娇小姐形象出现，这一假象骗过了许多人。

京师露锋芒，玉娇龙在武艺上是赢家，在道义上却是输家。她为给父亲带来麻烦而深感内疚。父亲已经将她许配给又胖又丑的侍郎鲁君佩，婆家即将前来迎亲。此时改行贩马、发了大财的罗小虎也已来到北京，玉娇龙与他秘密相会，既为重温旧情而欢欣，又为罗的"不长进"而失望。鲁宅花轿来到玉府，罗小虎潜入府中大闹迎亲仪式，虽然失败，却和刘泰保结成好友。玉娇龙则与新郎行过婚礼之后立即称病独宿，次日竟然失踪，铁府的青冥剑也再次失窃。原来她先已嘱咐贴身丫鬟绣香回到乡下家中，等待自己逃出鲁宅与之会合。于是，一个自称"龙锦春"的公子，带着假扮妻子的绣香和一只名叫"雪虎"（谐音"小虎"）的白猫，驱车南下。一路上，女扮男装的玉娇龙连败各方江湖豪恶，打得酣畅淋漓，力战向她索书、夺剑的白道大侠李慕白，屡挫屡战而虽败犹荣。

玉娇龙抗婚出走是为了捍卫"爱的权利"和"爱的自由"，这是她实现"自由意志"的果断行动。凡是妨碍这一行动的阻力，无论来自黑道还是白道、出于好心还是恶意，她都一律反抗、排除、踏倒，甚至不惜"殃及池鱼"。令她最感悲愤的，是李慕白说她

"胡作非为",想用掌门的姿态对其加以管束。所以,玉娇龙打过的一系列硬仗,以打李慕白最为激烈,因为这是绝无胜算的交锋,充满"困兽犹斗"的疯狂,从中可以看到一种"闪电似的,奔流似的,蓦地,而且几乎是胡乱地突进不息的生命力"[1],既有神圣性,也有恶魔性。

玉娇龙的南行计划未能实现——她因得知母亲病重而秘密返京探视。奸人费伯绅向鲁君佩献计,趁玉娇龙探母痛心而在秘密居处熟睡之际,由地方官役出手将她捆回鲁宅;随之请来也是回京探母的两位玉府公子,逼迫他们签下父母、兄嫂纵庇妹子犯下四项大罪的字据,否则即将玉娇龙移送官府法办。在双重胁迫之下,兄长为了妹子而画了押,玉娇龙则为维护父、兄的官声和全家安全而不得不向鲁君佩低头。罗小虎得知内情,闯入鲁宅,刀逼鲁君佩烧毁玉氏兄弟所立字据,另立一张鲁君佩自供勾结大盗"半天云",犯下上述大罪的字据,交罗小虎收执为凭。鲁君佩画押之后中风不遂,玉娇龙的困境得以解除。

费伯绅之阴险,在于捏准玉娇龙的软肋——亲情——而向双方施压成功。玉娇龙则经由这次受制与脱困,而结束了与侠义道"不打不相识"的过程,双方的认识都有飞跃。以俞秀莲、刘泰保、德啸峰为首的白道大侠、闾巷之侠和贵胄之侠,都理解了玉娇龙的"自由意志",成为她的支持力量。俞秀莲帮助德啸峰的媳妇(也是罗小虎的妹妹)杨丽芳诛杀奸人费伯绅,既为罗家也为玉家报了仇。刘泰保夫妇更是成了玉娇龙最可靠的密友和最得力的帮手。

玉娇龙住回娘家。母亲已故,引咎辞职的父亲也已病倒。尽管父母对她没有一句责备,兄、嫂也极自然地把当家大权交给这"小

---

[1] 厨川白村:《苦闷的象征 出了象牙之塔》鲁迅译本,人民文学出版社1988年版,第7页。

姑",但她还是深深地感到孤独和颓唐。不过,想到自己还年轻、有勇力,她又恢复了骄傲和雄心。次年春间,京郊妙峰山将举办盛大庙会,玉娇龙宣告:她要为父亲的康复而投崖还愿。这一尽孝行为博广泛赞誉。但是投崖之后,既未见到玉娇龙生还,也未寻到她的尸体;只见刘泰保夫妇从山里回到城内,而带去的马匹、行囊却都不曾带回。原来投崖那天晚上,在妙峰山脚的一家庐舍里,毫发未损的玉娇龙与罗小虎度过了一夜春光。次日清晨,她又匹马孤剑奔向远方了。

以上情节所标回目是:"礼佛妙峰投崖尽愚孝,停鞭精舍入梦酬痴情"。"愚孝"二字固含批评之意,然而作者写玉娇龙采用投崖行动来与贵族生活、城市文明彻底决裂,又是切合她的处境和性格的——只有这样的行为,才足以表明独自承担造成一切"祸乱"的责任,并且还父兄、家人以一个清白。狡黠之中蕴含着对亲人的终极关爱。"入梦酬情",是守住了"爱的权利",获得了"爱的自由",但是玉、罗爱情最终并未走向婚姻。作者写道:"她虽已走出了侯门,究仍是侯门之女;罗小虎虽久已改了盗行,可到底还是强盗出身,她绝不能做强盗妻子。"[1] 所以,玉娇龙也是一位"失败/失意"的女人。她之所以离开罗小虎,真实的深层原因在于文化素质的"断层式"差异。自由的爱情不一定美满,实属小说《卧虎藏龙》的一个"副主题",它一直延伸到《铁骑银瓶》,因为王度庐特别偏爱"残缺美",他说:"美与残缺原是一个东西"[2]。

作为侠者,玉娇龙与李慕白、俞秀莲的最大区别在于她的叛逆性。中国主流传统文化是尚"群"制"独",即惯用"家国""族群"价值体系来压抑"个人""个性"价值体系。玉娇龙却无视社

---

[1] 《卧虎藏龙》下册,北岳文艺出版社2015年版,第581页。
[2] 王度庐:《关于鲁海娥之死》,《王度庐散文集》,香港天地图书有限公司2014年版,第420页。

会的既成秩序，挑战主流的价值观念，把"自我""个性"的力量弘扬到了极致。有西方论者评电影《卧虎藏龙》，认为该片主题是宣扬女权主义的。这一评价同样适用于小说原著，因为王度庐是为数不多的、自觉接受过五四新文化洗礼的现代武侠小说作家之一。在五四新文化思潮里，个人主义[①]和女权主义原本就是相通的。王度庐写玉娇龙时，确实是把自己的个人主义—女权主义思想，用"润物细无声"的手法"渗"到古人性格之中去了，这与《宝剑金钗》用现代哲学理论去塑造、剖析古代人物心理有所不同；然而，他"渗"得颇有分寸，未把古人"现代化"，这又是与《宝剑金钗》一致的。

《卧虎藏龙》共计十四回，可以分为四大部分：（一）盗剑／还剑；（二）新疆故事；（三）抗婚／受制；（四）脱困／投崖。第二部分是回叙，所以全书采用的是打乱时序的"非线性"叙事手法。第一、三、四部分又特别善于运用限知视角，揉入了作者撰写侦探小说的经验，经常借人物的推理—纠偏过程引领情节的发展，因而悬念迭出，可读性更强。同为侠情小说，《宝剑金钗》属于"正格"，《卧虎藏龙》则剑走偏锋，可谓各有所长。

[①] "个人主义"后来成为贬义词，所以学术界常以"个性主义"代之。

中国现代通俗小说史略
A Brief History of Modern Chinese Popular Fiction
历史宫闱小说

曾朴的《孽海花》

清末长篇小说中未完篇而得到高度评价的有两部：刘鹗的《老残游记》和曾朴的《孽海花》。这两部作品与李伯元的《官场现形记》、吴趼人的《二十年目睹之怪现状》被合称为"四大谴责小说"而广为人知。

曾朴（1872—1935），原名朴华，字孟朴，笔名东亚病夫。江苏常熟人。1890年，虚年19岁的曾朴，在遭受了一场始于十五六岁的无望初恋的打击（这场令曾朴无法淡忘的初恋的失落和悲伤在长篇自传体小说《鲁男子》[①]中有详尽的描写和宣泄）后，服从父母的安排而结婚。新婚的曾朴参加了江苏省学政主持的院试，以第七名得中秀才。[②]婚后第二年，他赴南京参加乡试，中举。科场得意伴随的是私人情感的不幸，继初恋的苦果后，是妻子在生下一女不久后，母女双亡。1892年，悲喜交加的曾朴肩负全家人的期望

[①] 曾朴：《鲁男子》，真善美书店1929年版。
[②] 此前曾朴先后以第一名通过县试、第二名通过了府试，故中秀才时，他在家乡已经声名大振。曾朴婚姻的媒人是其母舅、大名士吴大澂（1835—1902），他的妻子是声名显赫的大名士翰林院编修汪鸣銮（1839—1907）的三女儿珊圆。

进京参加会试。已经接连中秀才、中举人的曾朴，如果再接着中进士，便可成就时人艳羡的"联捷"佳话。但是，似乎是故意，据曾朴说在考场上将墨汁弄翻在试卷上扬长而去。"起来狂笑抚吴钩，岂有生才如是休！身世忽然无意绪，功名不合此中求。"[①]虽然曾朴对于科举没有兴趣，不过为免名落孙山的尴尬，其父花钱为其捐得内阁中书的职衔。曾朴便在北京步入仕途（1892—1895）。此间，他与京城达官汪鸣銮、洪钧、文廷式等往来，许多见闻成为其后来小说《孽海花》的素材。1895年秋总理大臣张荫桓（1837—1900）提议在北京同文馆开设特班，专选国学有根底的各院司员入班学习外语。曾朴入特班被分在法文班学习法语：

  这个办法原是很好的，虽然目的只在养成几个高等翻译官。那里晓得这些中选的特班生，……那里肯低头做小学生呢？……弄得外国教授没有办法，独自个在讲座上每天来演一折独语剧，自管自走了。后来实在演得厌烦，索性不大来了，学生来得也参差错落了。这个时候，也就无形的消灭，前后统共支撑了八个月。这八个月的光阴，在别人呢，我敢说一句话，完全是虚掷的，却单做成我一个人法文的基础。[②]

1896年总理衙门招考章京，曾朴受挫。此后遂断念仕途，离京返乡。其间一度热心维新，亦在此间结识陈季同：

  我自从认识了他，天天不断地去请教，他也娓娓不倦地指示我；他指示我文艺复兴的关系，古典与浪漫的区别，自然派、象征派，和近代各派自由进展的趋势……[③]

曾朴曾谈及陈季同还在更新文学观念方面对他进行过指导：

  他常和我说：我们在这个时代，不但科学，非奋力前

[①] 曾朴：《试卷被墨污投笔慨然题二律》，转引自时萌著《曾朴研究》，上海古籍出版社1982年版，第108页。
[②][③] 曾朴：《曾先生答书》，《胡适文存》第3集第8卷，亚东图书馆1931年版，第1128页。

进，不能竞存，就是文学，也不可妄自尊大，自命为独一无二的文学之邦；殊不知人家的进步，和别的学问一样的一日千里，……我在法国最久，法国人也接触得最多，往往听到他们对中国的论调，活活把你气死。①

从陈季同那里，曾朴不仅得到法文的教益，并且得到关于法国文学的系统知识，初步形成了不再局限于中国文学的眼光。陈季同使曾朴明白，不囿于一国的文学，不能怏然自足，要推广而参加世界的文学。既要参加世界的文学，入手的方法，先要去隔膜，免误会；要去隔膜，非提倡大规模的翻译不可，外国的名作要多译进来，中国的重要作品也需译出去。要免误会，非改革我们文学上相传的习惯不可，不但成见要破除，连方式都要变换，以求一致。然要实现这两种主意的总关键，却全在乎多读他们的书。

由于陈季同的影响，曾朴日后的工作中，不仅办书店，办刊物，并且坚持创作和翻译。在译《吕伯兰》一书的扉页上曾朴郑重题献：

为纪念我老友及法国文学的启蒙师

陈季同将军。

他曾嘱咐我移译嚣俄戏剧，并嘱先译克林威尔、欧那尼、吕伯兰。今先印行吕伯兰，以慰灵感。

他的忠恳之友东亚病夫。②

郁达夫曾这样评论过曾朴在中国现代文学发生期的地位：

中国新旧交替时代的这一道大桥梁，中国20世纪所产生的诸新文学家中的这一位先驱者，我想他的形象，将留在后世的文学爱好者的脑里，和在生前见过他的我的脑里一样。①

---

① 曾朴：《曾先生答书》，《胡适文存》第3集第8卷，亚东图书馆1931年版，第1128页。
② 嚣俄著，东亚病夫译：《吕伯兰》，真善美书店1927年版。

《孽海花》是一部出色的历史小说。1903年开始刊载在东京出版的留学生杂志《江苏》上，起初作者是金天翮（1873—1947），又名天羽，字松岑，别署金一、爱自由者、天放楼主人，但他只写了6回。后来才由曾朴续写，兹将他们自述的"交接班"过程及两人各自的写作动机，介绍如下：

> 余以中国方注意于俄罗斯之外交，各地有"对俄同志会"之组织，故以使俄之洪文卿为主角，以赛金花为配角，盖有时代背景，非随意拉凑也。余作六回而辍，常熟丁芝孙、徐念慈、曾孟朴创小说林书社，商之余，以小说非余所喜，故任孟朴续之，第一、第二两回原文保存较多，其预定之六十回目，乃余与孟朴共同酌定之。②

> 他发起这书，曾做过四五回。我那时正创办小说林书社，提倡译著小说，他把稿子寄给我看。我看了，认为是一个好题材。但是金君的原稿，过于注重主人公，不过描写一个奇突的妓女，略映带些相关的时事，充其量，能做成了李香君的《桃花扇》，陈圆圆的《沧桑艳》，已经顶好的成绩了，而且照此写来，只怕笔法上仍跳不出《海上花列传》的蹊径。在我的意思却不然，想借用主人公做全书的线索，尽量容纳近三十年来的历史，避去正面，专把些有趣的琐闻逸事，来烘托出大事的背景，格局比较的廓大。当时就把我的意见，告诉了金君。谁知金君竟顺水推舟，把继续这书的责任，全卸到我身上来。我也就老实不客气的把金君四五回的原稿，一面点窜涂改，一面进行不息，三个月功夫，一气呵成了二十回。③

根据金一和曾朴的自述，《孽海花》的创作过程，经历了从政

---

① 郁达夫：《记曾孟朴先生》，《越风》第1期，1935年出版。
② 《金松岑谈〈孽海花〉》，魏绍昌编：《〈孽海花〉资料》，上海古籍出版社1982年版，第146页。
③ 《曾孟朴谈〈孽海花〉》，魏绍昌编：《〈孽海花〉资料》，上海古籍出版社1982年版，第128—129页。

治小说到历史小说的变化。表面上看是由金一发起，或称创意，由曾朴续成。但其实金一原是为留日学生杂志《江苏》而作，也是因此时期中国留学生对于俄国的关注而获得灵感，故金一称它为"政治小说"①，而到曾朴续写并由小说林出版时，则改称"历史小说"。

金一在其1904年3月出版的译作《自由血》一书末页的广告版，专列《孽海花》广告一种，标"政治小说"：

> 此书述赛金花一生历史，而内容包含中俄交涉、帕米尔界约事件、俄国虚无党事件、东三省事件、最近上海革命事件、东京义勇队事件、广西事件、日俄交涉事件，以至今俄国复据东二省止。又含无数掌故、学理、轶事、遗闻，精彩焕发，趣味浓深。现已付印，即日出书，上海镜今书局发行。②

而到1905年小说林出版曾朴的《孽海花》时，初版本也印有介绍本书的广告，则标"历史小说"：

> 吴江金一原著，病夫国之病夫续成。本书以名妓赛金花为主人，纬以近三十年社会之历史，如旧学时代、中日战争时代、政变时代、一切琐闻轶事，描写尽情，小说界未消有之杰作也。③

两则广告揭示了小说从政治小说转变为历史小说的玄机。金一原构思紧扣俄国问题展开，从介绍看，小说情节始于中俄交涉，而结束于俄国复据东三省。中间还插入了一段"广西事件"。1903年的拒法、拒俄运动，是金一小说构思的政治驱动力。

1903年4月24日，日本报纸刊载消息说广西巡抚王之春为平定游勇，请求驻屯谅山的法兵援助，同时还向亨得利洋行筹借巨

---

① ② 魏绍昌：《晚清四大小说家》，上海书店2015年版，第186页。
③ 曾朴：《孽海花》，小说林1905年版。

款，答应以全省矿权为酬劳。消息传出，立刻在留日学生中和中国国内激起了声势浩大的拒法运动。同时，据1902年签订的中俄《东三省交收条约》，俄国应该于1903年4月撤退在金州、牛庄等地的侵略军。但是，俄国不仅没有按约撤军，反而于1903年4月18日提出七项新要求，力图确保东三省为其独占的势力范围。因此，拒俄运动随着拒法运动一起兴起。各地青年学生甚至成立了义勇队要开赴东北拒俄。当然，所谓以矿权交换请求法兵平定游勇事原是谣传，拒法运动随着谣言的澄清迅速消弭；而1903年4月22日清政府就明确拒绝了俄国的七项要求。由于国内的反对和日、英、美等国的干预，清政府不敢接受俄国要求，两国谈判亦无进展。拒俄运动也就失去了进一步扩展深入的动力。金一小说的第1回、第2回（包括前6回）成稿应该在1903年拒俄拒法运动期间，但在《江苏》第8期发表时，已经是1904年。小说中的拒法、拒俄运动在1904年已经没有了现实基础和政治意义。《江苏》共出12期，第8期后尚出刊过4期，却没有继续刊登金一的小说，应该是杂志根据政治形势变化做出了调整。后来金一将小说已完成的部分交给《小说林》，而且得到曾朴愿意修改、续写的承诺，实在是《孽海花》的幸运。

曾朴接手修改从《江苏》的第1、2回与《小说林》的第1、2回便见端倪：曾著第1回加入了拟定的全书60回的回目，从回目看，已经完全扭转了思路，不围绕中俄冲突，而专注于历史。因此曾著第二回将金一原第1回关于俄罗斯历史1000多字的一段全部删除，而增加了大段中国专制政体与科举关系的叙述。曾朴立意以"名妓赛金花为主人"，通过其"尽量容纳近三十年来的历史"，汇集"有趣的琐闻逸事,来烘托出大事的背景"。关于最近三十年的历史,曾朴将其命名为三个时代:旧学时代、中日战争时代、政变时代,透露了小说探讨近代重大事变背后社会文化变迁的基本理念。一方面因为小说中的主要人物名妓赛金花具有吸引一般读者的力量,另一方面,着眼于社会和历史,摆脱了直接的政治目的,所以"一出版后,意外地得到了社会上大多数的欢迎,再版至十五次,行销不下五万部,赞扬的赞扬,考证的考证,模仿的,继续的……"[①]中国文坛因此书而一度热闹。

曾朴敢接金一这部小说的修改续写任务并非贸然。曾朴过去经常出入金雯青的原型洪钧的府第,洪"为吾父之义兄,同时又为余闸师之师,谊属'太老师',故余当时每称赛金花为'小太师母'"。[②]他们是世交。曾朴既熟悉晚清上层知识界和官僚的生活,他笔下的许多人物原型又是他的父执,而他又很有气魄地定下了这部小说的主干立意:"这书的主干的意义,只为我看着这三十年,是我中国由旧到新的一大转关,一方面文化的推移,一方面政治的变动,可惊可喜的现象,都在这一时期内飞也似的进行。我就想把这些现象,合拢了它的侧影或远景和相联系的一些细事,收摄在我笔头的摄影机上,叫他自然地一幕一幕的展现,印象上不啻目击了大事的全景一般。"[③]

这是一部具有开拓性的优秀历史小说。中国古代只有"羽翼信史"的演义,典型的如《三国演义》,所谓"七实三虚",没有欧美近代意义上的虚构历史小说。曾朴在接手改写《孽海花》时,首先将金一原来设定的真实人物的姓名改为"金雯青",意味着作家自觉地在历史的背景上进行虚构,而不再是演义。

---

① 曾朴:《曾孟朴谈〈孽海花〉》,魏绍昌编《〈孽海花〉资料》,上海古籍出版社1982年版,第129页。
② 崔万秋:《东亚病夫访问记》,魏绍昌编《〈孽海花〉资料》,上海古籍出版社1982年版,第139页。
③ 曾朴:《曾孟朴谈〈孽海花〉》,魏绍昌编《〈孽海花〉资料》,上海古籍出版社1982年版,第131页。

这部原拟60回的书，写到35回就中止了，未成完璧。连戊戌变法、百日维新也没有写到，后面的谭嗣同（戴胜佛）慷慨就义，八国联军进京，赛金花（傅彩云）与德军统帅瓦德西重逢均是大家想读到的重要情节。可是在这35回书中，即使是从第9回金雯青奉旨出国，到第18回回国这10回书中也不断地插叙国内的有关情节，不忘通过一些琐闻逸事，将国家政坛的重要动态烘托出来。因此鲁迅说这书的优点是"结构工巧，文采斐然"。

民国通俗小说中存在大量的"儒林"结构。晚清长篇小说的结构，直至《孽海花》出，才真正摆脱了《儒林外史》式的结构。《官场现形记》在结构上仍然是《儒林外史》式，一件事讲完，再讲另一件事；《二十年目睹之怪现状》稍有总体结构经营，以一个名叫九死一生的人物串起一段段故事，但是人物符号化，并没有能赋予作品真正的内在统一性。《老残游记》作者以人物"老残"贯串，是老残的"游记"，人物老残的形象已经比较鲜明，可惜这个人物不能贯穿到底，黄龙山一段故事中老残缺席，致使小说的统一性受到损害。《孽海花》作者具有清醒的结构意识，自觉地与《儒林外史》相区别：

> 然组织法彼此截然不同。譬如穿珠，《儒林外史》是直穿的，拿着一根线，穿一颗算一颗，一直穿到底，是一根珠练；我是蟠曲回旋着穿，时收时放，东西交错，不离中心，是一朵珠花。譬如植物学里说的花序，《儒林外史》等是上升花序或下降花序，从头开去，谢了一朵，再开一朵，开到末一朵为止；我是伞形花序，从中心干部一层一层的推展出各种形象来，开成一朵花球一般的大花。①

《孽海花》这样珠花式的结构，当然比《儒林外史》珠练式的结构，容易呈现时间发展的全貌。这朵珠花的"波澜起伏""前后照应""擒纵""顺逆""蟠曲回旋""时收时放"，永远不离一个中心。这中心是洪文卿与赛金花生活故事的进展。作者在《孽海花》中经常写了一段洪、赛的生活，就像放风筝一样，借着一根线把话头放到另一节故事中去。令人最钦佩作者组织能力的是：不论这只风筝放得怎样远，有时天南地北，放到了不知那个外国去，作者总会找另一根线，把这只风筝带转话头又拉回原中心，继续追叙他洪、赛生活的故事。就这样一收一放的运用，作者的摄影机就能以珠花的组织形态，把整个时代发展的全貌，呈现在作者眼前。这决不是《儒林外史》珠练式的组织法，所能做得到的了。[2]

曾虚白的解说细致具体地分析了《孽海花》围绕主要人物进行社会描写和历史呈现的时间和空间的处理原则。主要人物的经历承担了时间叙述功能，而他们的空间行踪则展现社会的面，面上社会百态中的人物随时根据需要亦可展开其个人的时间小史，因此，小说叙述结构中时间和空间交错交缠，具有独创的意义。

傅彩云如果没有金雯青，即便"能量"再大，也无法与政坛保持密切的联系。傅彩云的贯穿人物的作用是靠金雯青才能伸出她的触角。作为主要人物形象，金雯青与傅彩云基本上塑造得很成功。

金雯青在社会上与事业上皆是成功者，中状元又复奉旨出使，乃大成功；在家庭与爱情上也是成功者，英雄美人，而他的夫人张氏又是如此贤惠，乃大幸福。可是金雯青在两方面又皆是失败者。一张地图，使他的处境逆转；一个小妾，致他一气身亡。但他

---

[1] 曾朴：《曾孟朴谈〈孽海花〉》，魏绍昌编《〈孽海花〉资料》，上海古籍出版社1982年版，第130页。
[2] 曾虚白：《小凤仙与赛金花》，《大成》第127期，1984年6月1日。

在生活中还是一个要"上进"的人：中了状元，自己还觉得"那科名鼎甲是靠不住的，总要学些西法，识些洋务，派入总理衙门当一个差，才能够有出息哩"。因此，他读《瀛环志略》《海国见闻录》《海国图志》，渐渐通了洋务。到了外国他"杜门谢客，左椠右铅，于俎豆折冲之中成竹素馨香之业，在中国外交官内真要算个人物了"。他出巨资买那张给自己"掘墓"的地图，他的主观动机是无可非议的："我好容易托了这位先生，弄到了这幅中俄地图。我得了这图，一来可以整理整理国界，叫外人不能占据我国的寸土尺地，也不枉皇上差我出洋一番；二来我数十年心血做成的一部《元史补证》，从此都有了确实证据，成了千秋不刊之业，就是回京见了中国著名的西北地理学家黎石农，他必然也要佩服我了。"正是他的好学、上进，才更衬托出他作为一个旧学时代代表人物的悲剧性：凭一知半解的知识，欲跻身列强竞争的世界舞台，失败是必然的。就他的家庭结构而言，他以为能满足傅彩云的一切了，可是他不懂得自己有不能满足这位"放诞美人"的东西。于是他一再震惊于傅彩云的放诞。每当他为此震怒，傅彩云连表面上的忏悔也不给他，而是"摊牌"——她的出身他不是不知道，她本性如此，她本性难移。妓女出身的傅彩云逼得状元郎直接面对赤裸裸的欲望，充满象征意味地显示：欲望一旦失去德性的约束，传统在它面前不堪一击。金雯青的失败寓言式地宣告了旧学时代传统的崩坏命运。

傅彩云美丽、聪明，但是放荡。她懂得金雯青对她的爱，她利用他的懦弱，有恃无恐。在她向金雯青的"摊牌"中，和她在金逝世后向张夫人与金的好友们的"摊牌"中，充分展现了妓女环境中历练出的直爽与犀利的个性,她坦率地说出她天生就是这副德行,"事到临头,自个儿也做不了主",要她就范,除非杀了她,"我是斩钉截铁的走定了的"。连几个帮同调解家庭难题的大官们也只好背着她"伸伸舌头道:'好厉害的家伙'"。她能对付孙三儿这样带有流氓气的"丈夫",她充分利用她的美丽、聪明,征服和利用对方,以满足她放诞的性格。这个具有赤裸裸欲望的女性形象以后在中国文学中会反复戴着不同的面具出现。

《孽海花》前20回出版后,好评如潮,林纾说:"方今译小说者,如云而起,而自为小说者鲜。纾日困于教务,无暇博览,昨得《孽海花》读之,乃叹为奇绝。"[①]他又曾说:"所恨无迭更司其人,能举社会中积弊著为小说,用告当事,或庶几也。呜呼!李伯元已矣,今之健者,惟孟朴与老残二君,能出其绪余,写吴道子之写地狱变相,社会之受益,宁有穷耶!谨拭目俟之,稽首祝之。"[②]

胡适在1917年答复钱玄同对六部有价值小说的评价时说:"《孽海花》一书,适以为但可居第二流,不当与钱先生所举他五书同列。此书写近年史事,何尝不佳?然布局太牵强,材料太多,但适于札记之体(如近人《春冰室野乘》之类)而不得为佳小说也。"他接着又说:"《孽海花》尚远不如《品花宝鉴》。"[③]胡适对《孽海花》的评价很低。因此,1922年,胡适写《五十年来中国之文学》时,论及谴责小说的前三部后,对《孽海花》一字不提。曾朴逝世后,胡适在纪念文章中对曾朴的翻译大加赞扬,而对《孽海花》仍然说:"但我曾很老实的批评《孽海花》的短处。十年后我见着曾孟朴先生,他从不曾向我辩护此书,也不曾因此减少他待我的好

---

① 林纾:《红礁画桨录·译余剩语》(哈葛德原著),商务印书馆1912年版,第5页。
② 林纾:《〈贼史〉序》(迭更司原著),商务印书馆1908年版,转引自薛绥之、张俊才编《林纾研究资料》,福建人民出版社1982年版,第107页。
③ 胡适:《再寄陈独秀答钱玄同》,转引自《胡适文存》第1集,黄山书社1996年版,第28页。

意。"① 胡适说曾朴不曾辩护,是错误的。曾朴为他小说"布局太牵强"的批评作过辩护,胡适应该没有看到。曾朴自己详细阐释了《孽海花》"蟠曲回旋"的珠花式结构,正因此,鲁迅评价《孽海花》时称其"结构工巧"。

---

① 胡适:《追忆曾孟朴先生》,转引自魏绍昌编《〈孽海花〉资料》,上海古籍出版社1982年版,第211页。

蔡东藩的《历朝通俗演义》

他用了10年时间，将上起秦始皇下迄民国的2166年中国历史，用演义体裁，写成了一部651万字的大跨度、系统完整的《历朝通俗演义》，使中国二十四史的高文典册，变成通俗的历史知识，飞入了寻常百姓家。他就是历史学家兼演义小说家蔡东藩。

蔡东藩（1877—1945），名郕，字椿寿，浙江萧山临浦镇人。出身清寒。曾于1890年中秀才。从1891年到1900年，他在杭州旗营一满族家庭作塾师，其间得以阅读主人家丰富的藏书，积累了大量历史文化知识。1905年科举废除后，蔡东藩还曾在1909年赴省参加了优贡考试，名列前茅。1910年，进京参加优贡朝考，名列一等，发放到福建任候补知县。这类候补如果没有特别关系，其实并无"候补"的可能。1911年夏，辛亥革命前夕，蔡东藩从福建途经上海准备回乡，在上海遇到同乡好友、供职于会文堂书局的邵希雍。邵氏为会文堂书局编过《高等小学论说文范》。这次会面时，蔡东藩受邵希雍委托，编撰《中等新论说文范》。此书共80篇文范，每篇400至800字。这时正值辛亥革命成功，他在文范中撰写了热情歌颂辛亥革命的文章，如《革命与复仇辩》《释共和政体》《拟告国民军书》《送孙中山先生赴宁任职序》《拟上新政府书》等，还有若干对国际时事关注的范文，如《记墨西哥华侨遇难事》《华盛顿以十三州抗英伦》《论美人开凿巴拿马运河》等。他的文章时代特点强烈，文笔犀利。在书中他谈及编书的目的："此所谓发爱国思想，播良善种子也。""窃谓为新国民，当革奴隶性；为新国文，亦不可不革奴隶性。……夫我伸我见，我为我文，不必不学古人，亦不必强学古人；不必不从今人，也不必盲从今人，但能理正词纯，明白晓畅，以发挥新道德、新政治、新社会之精神，为新国民之先导足矣。窃不自量，本此旨以作文，不求古奥，不阿时好，期于浅显切近，供少年学生之应用而已。"①1912年他又替邵希雍修订《高等小学论说文范》。1915年，袁世凯倒行逆施，改更国体，复辟帝制，蔡东藩义愤填膺，决心写《清史通俗演义》。蔡氏的孙子说："这是祖父投身'演义救国'实践活动的直接原因，他写《清史》的宗旨是'至关于帝王专制之魔力，尤再三致意，悬为炯戒'。从此，他走上了写历史演义的道路。"②

蔡氏写《历朝通俗演义》并不是按历史的顺序，从头至尾，按部就班地写的，现按他每部书的序，排出他先后完成的次序：

    1916年7月   《清史通俗演义》   100回

    1920年1月   《元史通俗演义》   60回

    1920年9月   《明史通俗演义》   100回

---

① 蔡东藩：《中等新论说文范·自序》，上海会文堂书局1911年版，第1页。
② 蔡福源：《丹心照汗青——纪念祖父蔡东藩诞辰110周年》，政协萧山市委员会编《蔡东藩学术纪念文集》，1988年6月内部发行，第61页。

1921年1月	《民国通俗演义》	120回
1922年1月	《宋史通俗演义》	100回
1922年9月	《唐史通俗演义》	100回
1923年3月	《五代史通俗演义》	60回
1924年1月	《南北史通俗演义》	100回
1924年9月	《两晋通俗演义》	100回
1925年冬	《前汉通俗演义》	100回
1926年9月	《后汉通俗演义》	100回

在1916年7月定稿《清史通俗演义》之后到1920年1月定稿《元史通俗演义》，这一段时间内，蔡东藩完成了两件事，一件是写了一部《西太后演义》，40回，约20万字，自序写成于1918年11月，这是独立于《历朝通俗演义》之外的一个单行本。1919年，蔡东藩增订了吕安世所著的《二十四史通俗演义》。他觉得吕氏的著作"其突出的优点是'约而能赅，俗不伤雅，得失为之了然，妇孺亦能通晓'……'觉事依正史，语若新闻'，合他的心意"[①]。吕氏作品的这些优点更坚定了蔡东藩写《清史通俗演义》的创作路子。吕氏的书是从盘古开天地写起，到明末为止，蔡氏在增订时，用自己的科学观，叙述了太阳、地球、陆地和海洋的形成，又增写了清史，这样"二十四史"的书名就与内容不符了，故将其改名为《历朝史演义》。"在辛亥革命和'五四'的影响下，关心国家民族的安危，信科学，爱民主，赞共和，斥迷信，反专制，恨外侮。这些思想在他增订的《历朝史演义》中有所体现。"[②]嗣后，蔡东藩就专心致志地续写他自己的《历朝通俗演义》，在1921年《民国通俗演义》部分出版后，会文堂书局另外请许廑父执笔再

[①] 蔡福源：《祖父增订〈中华全史演义〉简述》，政协萧山市委员会编《蔡东藩学术纪念文集》，1988年6月内部发行，第82—85页。

[②] 蔡福源：《祖父增订〈中华全史演义〉简述》，政协萧山市委员会编《蔡东藩学术纪念文集》，1988年6月内部发行，第85页。

续了40回，这就是唯有民国史是两个作者的缘由。会文堂书局创办于1903年的上海，系石印旧式书局，在清末民初除出版教科书外，医卜星相均是他们出版的选题，因为出版《吴三桂演义》获利，故属意于历史演义的出版。蔡东藩的演义出版后销路很好，就约定按月付酬，请其续写下去，《历朝通俗演义》遂成为会文堂小说出版方面的主要特色。1926年原会文堂书局结束，另组会文堂新记书局，历代演义仍然是会文堂新记书局小说出版方面的重要内容。

蔡东藩写《历朝通俗演义》有若干创作原则。他在《唐史通俗演义·序》中说："以正史为经，务求确凿，以轶闻为纬，不尚虚诬。"说明他的演义中引用的史实，大体都是有根据的。著名史学家柴德赓指出："我们看《历朝通俗演义》，如前后汉、两晋、南北史绝大部分史料根据正史，唐五代以下诸演义，正史以外，杂史笔记，博采旁搜。但记述夸诞，事实乖牾的一概不录。其中有些事情，经戏剧、小说传播，几乎已经家喻户晓，众口一词的了，自是演义中绝好的趣味资料，可是蔡氏绝口不谈。"[1] 他的《民国通俗演义》是写当朝的历史，因此，他在序中则再次强调了他的写作原则："窃不自揣，谨据民国纪元以来的事实，依次演述，分回编纂，借说部之体裁，写当代之状况，语皆有本，不敢虚诬，笔愧如刀，但凭公理。"[2]

演义不可能仅依靠正史，稗官野史是演义离不开的创作源泉。蔡东藩的演义力求"合正、稗为一贯"。为了"合正、稗为一贯"，他创造性地使用"正文""批注""评述"等手段。他在《明史通俗演义·序》中说："若夫燕词郢说，不列正史，其有可旁证者，则概存之，其无可旁证而太涉荒唐者，则务从略，或下断语以辨明

---

[1] 柴德赓：《蔡东藩及其〈历朝通俗演义〉》，《文汇报》，1962年1月25日。
[2] 蔡东藩：《民国通俗演义·序》，会文堂新记书局1935年版，第1页。

之。文不尚虚，语惟从俗，盖犹是元清两演义之故例也。"柴德赓指出，"他在演义中引用历史资料非常认真。凡是史书上可靠的记载，当然没有什么犹疑。写入演义中。至于事情有出入的，他用三种方法处理：第一种，有些事情有不同说法的，他只介绍情况，不作肯定。……第二种，遇到史书上某些问题，他对于某些说法以为不可靠的，在演义中予以批驳。……第三种，有些事情并无史实可据，蔡氏亦有想当然的描写，但运用批注说明是自己的意见，态度是审慎的。……总之，蔡氏此书，对史料力求忠实，丝毫不苟，是一大优点"[1]。蔡氏为什么要将"正文""批注""评述"集中于己身，是有其深思熟虑的。有了"批注权"，有若干疑难问题就可以在批注中说明自己的意见。至于"评述权"则主要是为了贯彻"演义救国"的教育目的。也就是他在《两晋通俗演义·序》中所说的"即古证今，惩恶劝善"。或是在《前汉通俗演义·序》中所谓的"期为通俗教育之助耳"。当然，有的历史事实部分是他参考大量中外史乘，进行了认真研究之后的结晶与成果，蔡氏也会很得意地自评，如在《元史通俗演义》第18回自评中就说："是足以补中西史乘之阙，不得以小说目之。"历史学家吴泽在评论《元史通俗演义》时也赞扬道："一本历史演义书，能如此地重视史料与史料学，可见其史学修养有素，自非一般小说演义作家所能出此手笔的。"[2]

历史演义成功与否，要看历史与演义两者结合得如何。蔡东藩在《前汉通俗演义》第25回批语中说："夫正史尚直笔，小说尚曲笔，体裁原是不同，而世人之厌阅正史，乐观小说，亦即于此处分之。……文以载事，即以道情……是即历史小说之特长也。"他既然决心要向中国老百姓普及历史知识，就必须语不求深，而且还

---

[1] 柴德赓：《蔡东藩及其〈历朝通俗演义〉》，《文汇报》1962年1月25日。
[2] 吴泽：《蔡东藩〈元史演义〉的史料学研究》，《蔡东藩学术纪念文集》，政协萧山市委员会编，1988年6月内部发行，第17页。

要善于用文学笔法，以情动人。蔡东藩的大跨度、有系统的历史演义小说，基本上是成功的。因此，吴泽评价蔡氏"在历史知识传播上，起着二十四史等史书所不能起到的作用。这是他作为一位埋头苦干的历史学家与演义作家对祖国所做的惊人的贡献"[①]。中国是个历史悠久、幅员辽阔的大国，就其历史典籍而言，浩如烟海，3000多卷二十四史，257卷《新元史》，576卷《清史稿》，加上他写《民国通俗演义》搜集的史料，数量之惊人，令人望而却步。蔡氏居僻乡，举全力将浩瀚的高文典史细细消化与梳理，完成通俗化的工作。中国原有《三国演义》这样的演义小说的传统与创作经验，但蔡东藩很明确地不走《三国演义》这样的创作路径。他在《后汉通俗演义·序》中说："若罗氏所著之《三国志演义》，则脍炙人口，加以二三通人之评定，而价值益增。然与陈寿《三国志》相勘证，则粉饰者居五六。寿虽晋臣，于蜀魏事不无曲笔，但谓其穿凿失真，则必无此弊。罗氏每巧为烘染，悦人耳目，而不知以伪乱真，愈传愈讹，其误人亦不少也。"在《后汉通俗演义》的第一回，蔡东藩再次强调，罗贯中的《三国演义》，"若论他内容事迹，半涉子虚，一般社会，能有几个读过正史？甚至正稗不分，误把罗氏《三国演义》，当做《三国志》相看。"吴泽从历史和文学两个方面对蔡东藩的得失作了评论："在这个问题上，作为史学家的蔡东藩不无有所偏爱之处，就历史知识传播说，蔡者称得上一部演义体断代史的通俗读本；就文学艺术价值和社会影响说，受正史史料束缚过甚，不及《三国演义》《水浒》之大之广。"[②]确实，在当时，他的通俗化演义曾被当作通俗历史："当时江苏省立南京中学校长张海澄给会文堂书局写信说：'《历朝通俗演义》于中等学校学生文史知

[①][②] 吴泽：《蔡东藩与〈中国历代通俗演义〉》，《文汇报》1979年6月15日。

识,裨益匪浅,用特采作课外补充读物。'"①

蔡东藩对中国历史上曾做过贡献的人物,如对民族英雄,正直廉洁的官吏,是褒赞有加的,当写到蔡锷不幸早逝时,他感叹道:"麟凤死而狐鼠生,华夏其何日靖乎。"把当时争权夺利,抢占地盘的军阀们比诸狐鼠,爱憎分明;而对掩护蔡锷的小凤仙也赞扬备至,在《民国通俗演义》第51回总批中说"然如蔡锷之身处漩涡,不惜自污,以求有济,亦可谓苦心孤诣,而小凤仙之附名而显尤足为红粉生色。巾帼中有是人,已为难得,妓寮中有是人,尤觉罕闻。据事并书,所以愧都下士云"。

蔡东藩在很多问题上是有独到见地的,决不屈从于多数或人云亦云。他在清廷垮台后,非常冷静地全面考虑这一朝代的功过。他在《清史通俗演义》第1回就很有力排众议的气概:

> 后来武昌发难,各省响应。竟把那268年的清室推翻了。22省的江山光复了。自此以后,人人说清朝政治不良,百般辱骂;甚至说他是犬羊同种,豺虎心肠。又把那无中生有的事情附会上去,好像清朝的皇帝,无一非昏庸暴虐,清朝的臣子,无一非卑鄙龌龊,这也未免言过其实哩!……小子无事时,曾把清朝史事,约略考察,有坏处,也有好处,有淫暴处,也有仁德处。若照时人所说,连两三年的帝位都保不牢,如何能支撑到268年?

> 康熙六十一年守成之中,兼寓创业,自奉勤俭待民宽惠。满族中得此奇人,总算出乎其类,拔乎其萃了。(第30回)

蔡东藩的《历朝通俗演义》真是中国通俗史学和历史系列演义小说的一块丰碑!

---

① 柴德赓:《蔡东藩及其〈历朝通俗演义〉》,《文汇报》1962年1月25日。

杨尘因的《新华春梦记》

杨尘因（1889—1961），号雪门，烟生，安徽全椒人。早年留学日本，毕业于早稻田大学，曾加入同盟会。民国初年应史量才之邀，任《申报》副刊编辑。自1916年开始，他陆续写作并出版的长篇章回体小说有《新华春梦记》《燕云粤雨记》《绘图爱国英雄泪》（又名"朝鲜亡国演义"）、《英雄复仇记》《神州新泪痕》《绘图老残新游记》《民国春秋：天下第一英雄传》《龙韬虎略传》（又名"王阳明演义"）、《江湖二十四侠》等。1919年，杨尘因在五四运动中写下《上海民潮七日记》，记载了1919年6月5日到12日上海罢市的事，这是历史上唯一一部展现五四与普通民众关联的纪实性文学。杨尘因一生与戏剧界多有交集，曾主编《春雨梨花馆丛刊》，并撰写过大量剧评、剧本，在中国现代戏剧发展中，留下了自己的印记。

1915年12月12日中华民国总统袁世凯接受"推戴书",13日受"百官朝贺",宣布废除民国,恢复帝制,改国号为中华帝国,总统府改称新华宫,年号洪宪,史称"洪宪帝制"。此举遭到各方反对,引发护国运动。虽然因种种原因没能举行皇帝的登基大典,但袁世凯从1916年1月1日起以"中华帝国"皇帝身份和口吻采用"洪宪"年号,发表文告,当了事实上的皇帝。到1916年3月23日,在全国的一片反对声中,袁世凯被迫下令撤销帝制,恢复共和,他本人"复位"为大总统,以民国五年取代洪宪元年,洪宪朝宣告终结,袁世凯在新华宫中做皇帝,前后83天,此即所谓83天皇帝梦。1916年6月6日袁氏"龙驾升天",同年12月,杨尘因著的描写袁世凯复辟帝制始末的70万字长篇小说《新华春梦记》就由上海泰东图书局初版发行。该书甫出版,轰动一时,亦成为他的小说代表作。

　　《新华春梦记》是一部具有特殊性的长篇小说。习惯上,《新华春梦记》被称为历史小说,实则作者写作时,与其所叙述事件在时间上的距离不足一年,故所叙乃时事,是清末民初兴起的近事小说的典型代表——从时效性看,与新闻记者的社会政治事件的深度报道颇接近,从真实性角度看,事件和人物以及事件中的文献,基本都具有历史的真实性,可归入非虚构叙事;但是在叙事的观念和价值判断方面,叙事者完全具有超然凌驾于事件和人物之上的史家权威,赋予了作品不容置疑的历史叙事的品格。

　　张海沤叙述过这部长篇的创作经过:

　　　　予与尘因俱卖文海上,聊以自活,本不敢随文学士后,而既有为我辈储材料者,我辈亦遂得收罗其材料而因以用之,以明芳与臭之辨。共和复活，尘因一日持洪宪朝事目，就予商为《竹枝词》，登诸报章，告之国人。予曰：不若掇拾而编辑之，裒然成帙，与吾国人观览焉之为愈也。尘因然之，遂成是书。初欲名为《洪宪外史》，继定今名。是书告成，庶几附会少，确实多，未始不可供将来修洪宪史者采择焉。其果为新异瑰丽之文乎？然实足以纪奇特怪戾之事也。①

"附会少，确实多"，是这部书的特点之一。既然是小说，当然有虚构成分，但在当时，从袁世凯到袁克定、杨度、孙毓筠、严复、刘师培、李燮和、胡瑛，再到国务总理、司法总长……如此多的人皆被指名道姓，真名实姓，并且大多是政界权贵，甚至是军界、警界实力人物，令读者一望而知所指何人，作者自负其历史价值，"未始不可供将来修洪宪史者采择焉"，明确具有将这些人钉上历史耻辱柱的意图。杨尘因是同盟会员，为小说每回作回评的是南社社员张冥飞，泰东图书局也是革命党人的舆论机关，所以，《新华春梦记》是围绕共和与复辟政治斗争的纪实，纪实服务于民主政治，具有鲜明的民主革命的政治倾向。

这部长篇的另一个特点是纵览俯瞰式的全景描绘。它不是袁世凯的全传，而是从杨度等人为迎合袁世凯的"皇帝情结"而成立"筹安会"写起，也即以1915年8月14日为起点，以袁氏在1916年6月6日逝世为终结，以100回的篇幅，波澜壮阔地写出了以袁世凯的皇帝梦为中心，以他手下的所谓"六君子""十三太保"为爪牙，用改国体而强奸民意这一主题，去牵动上上下下、方方面面，国内国外，凡是关涉到而又有一定典型意义的各种势力，几乎被这部小说"一网打尽"。小说一开始就写杨度得了"极峰"

---

① 张海沤：《新华春梦记·叙四》，杨尘因：《新华春梦记》第1卷，泰东图书局1916年版，叙四第2页。

的主意,"六君子"们开会要"结个团体,抢一着先棋":

> 刘师培道:"但是这个团体,叫个什么名称呢?"大众便低着头,想了半晌。还是杨度说道:"现在中国人的心,只有一个安字,可以笼络得住,不如叫做筹安会吧。"大众同拍手道:"好极!好极!"严复道:"会名既然通过了,我们也该选几个发起人,撰一篇宣言,订几条简章,设一处事务所,才好进行。"①

筹安会在劝进皇帝方面先胜一筹,但是一帮书生行事,徒有空言,缺少实际行动,于是袁家想到梁士诒。为使梁士诒效命袁家,袁家先指使人弹劾其交通弊案,再由总统帮其解套,令梁士诒甘心供袁家驱使。财神爷梁士诒一旦投靠,立刻不甘居于筹安会后,另外成立"公民请愿团",后称"请愿联合会"。他们同一轨道,分成两派,为争夺"开国元勋"而斗智斗勇,各各希图为未来皇上建立功业,以便将来封爵位得高官。其实到第6回,胜负已定,袁世凯"也觉得筹安会尽是一群书呆子,不能乘风破浪",与梁士诒的善于运作相形见绌。但杨度亦不甘示弱,于是就到各省去成立筹安分会;梁士诒另外铺开一条战线,搞各界请愿团,造成各行各业向袁世凯请愿,请求他登基做皇帝的假象。作者详细描写的是花界请愿团、车夫请愿团和乞丐请愿团,这些请愿团于史有据,而描写极尽渲染调侃之能事,于是优伶娼妓、贩夫走卒,一起被收买出来请愿,以表示"薄海同钦",为历史闹剧的上演烘托乌烟瘴气的氛围。小说也写袁家收买名流名士,写走"曲线","曲线中的曲线",无所不用其极。为了要老名士王闿运一纸三四百字的"劝进文",小说足足用4回进行铺写。待到一切准备就绪,所谓各省国会代表集

---

① 杨尘因:《新华春梦记》第1卷,泰东图书局1916年版,第12页。

中到北京，1993个代表投了1993张赞成票，票一投毕，代表们被弃如敝屣，只好自嘲："真好像袁大总统的夜壶样儿，用得着时提过来灌一个饱。用不着时扔在床榻底下，也不管人家的骚臭，那里还值半文钱咧？"

小说中除了花费笔墨叙述袁世凯及其手下经营所谓"民意"之外，还描写了与复辟相关联的国际国内的许多大事。例如外交关系是使袁世凯最头痛、最忌惮的。外国使团时不时来一个"如若强迫恢复帝制，一旦失却民意，大总统可能担负保护地方治安，与外商侨民的财产不损失否"的警告，往往使袁世凯倒抽冷气，因此他的"强奸民意"的目的之一也可以说是做给外交使团看的。又例如与清廷的关系，他要清廷献玉玺，废帝号，让宫殿，交太庙，可谓费尽心机。又例如他与革命党之间的关系，他觉得如果没有革命党，事情就简单得多，皇位，直爬上去坐就是了，所以袁世凯老咕哝着："可真被孙文这个老头儿害煞了，不然，谁去敷衍什么民意呢？"最出乎他意外的是，他要做皇帝时，民间也冒出了强盗出身的草头王来，于是他关照爪牙们："如今我还惧怕这些小强盗么？不过皇帝风，万不可使他们胡乱播发的。倘若人人都要做皇帝，我又何必冒天下大不韪，来做这个罪魁咧！"从《新华春梦记》中看到，袁世凯为了一偿皇帝梦的心愿，不得不在一大堆乱麻般的矛盾中"披荆斩棘"。而一个更大的阴影罩在他的头上，那就是闯出他布下的樊笼，冲天一飞的蔡锷将军，使他日夜不得安宁。

小说不时从中央说到地方，再回复到北京；从御前会议说到各行各业，再回到小朝廷，文字的自由腾跃，使读者的视界愈来愈宽阔，得到一种全息摄像的效果，具有一种立体架构。

这部长篇的第三个特点是人物形象的栩栩如生。小说对几个主要人物的刻画达到了一定的水准。袁世凯及其妻妾子嗣,杨度与梁士诒等超级走狗,正面形象蔡锷,都使读者过目不忘。袁世凯在走狗面前,是神龙见首不见尾的,关键要靠那些"走"字号自己去揣摩,去迎合;在子嗣面前则是道貌岸然,俨然楷模;唯一窥探他心灵秘密的窗口就是在妻妾们面前一番推心置腹的袒露:

我老实对你们说了吧,我一辈子活了这57岁,国里国外,那一桩事儿,我办得受人家骗的?人家能不受我的骗,就算他是精明万分了。男子汉手段不辣,是不能做事的。主意不定,是不能做事的。我如今已打定主意,争这天子的龙位,谁不服从,我就治他于死地。……

你放心吧,将来吃菜,还要咱们花一个钱吗?天下土地皆是咱们的,自然有那些苦力小百姓拼命来进贡的哟!……还有那宫廷的事,瑾太妃已应允我迁让,我也派了乃宽克期给我修理起来。皇宫的名儿还是我自己想的,叫做"新华宫",你看可好不好?……我告诉你吧,做大总统这周身的精血,都是要消耗了,去替小百姓们做事。做皇帝呀,乃是把小百姓的精血吸到我的身上,教他们替我一个人做事,自然是做皇帝比做总统好得多了,……况且我现在做皇帝与古代不同,一切礼仪必须要带三分新气,所以那一件龙袍,我想不用古式的宽袍大袖,特别改良,变一双小袖儿……我想我几次梦见金龙都是红色……我想龙袍不用黄色,改用红色……[1]

作家设想袁世凯对妻妾说话,既体己,又通俗浅白。当然作家正是借此最通俗易懂的语言,解释了做皇帝与当总统的不同,解释

---

[1] 杨尘因:《新华春梦记》第3卷,泰东图书局1917年版,第127—134页。

了专制与共和的不同。袁世凯日有所思，夜有所梦，一旦实现，作家就说："看官试想，前清秀才望榜的滋味，就与袁世凯那时的心理大同小异……"因此当下人向他报喜时，杨尘因就如此揣摩袁世凯的内心世界，并加以外形的具象化：

> 他自得了这个喜报，便呆呆向那神仙榻上一躺，半晌不曾作声，吓得报喜的人倒吃了一惊，也不知主子犯的什么毛病。又静候片刻，见袁世凯仍是不发一言，吓得不敢作声，慢慢儿退出房去。就是寻常左右的侍官见他这般形状，乃平日未曾见过的，也都吓得裹足不前。当时袁世凯躺在那神仙榻上，瞪着眼珠儿呆想了许久，猛然一翻身站起来，把两只手背着摇来摆去，在房里打磨旋，自言自语笑道："咦得了！……咦得了！……"接连说了十多声，一直就向于夫人房里冲去。进了于夫人房门，也是这个样儿，吓得于夫人不知怎样才好。一时，各房姨太太都拥到袁世凯左右，谁也不敢插嘴去问他……袁世凯仍是背着两手，摇来摆去地冷笑道："咦得了！……咦得了！……"于夫人听得实在不耐烦，便仗着胆儿问道："主子，您什么事儿得了呢？"袁世凯仍是自言自语道："这乃是民意所归，你们总不能再反对了。"①

作家这里写袁世凯听了这个喜报的心理，显然借鉴了《儒林外史》中"范进中举"一回，不过袁世凯乃历经政治风云人物，他不应该像范进一样的痰迷心窍，所以作家写他的一连声的"得了"，写他内心与反对者示威般的对话：你们总不能再反对了吧？！然后作家再借于夫人点穿了他的心理：

> 白天也想登基，夜晚也想即位，没有一时一刻不在那龙

---

① 杨尘因：《新华春梦记》第 6 卷，泰东图书局 1917 年版，第 113—114 页。

袍龙帽上打主意。日常如此,恐怕您这条老命,还要送在皇帝两个字上咧!①

可以看出,作家这一段创造性的描写充满了喜剧意味。

被写得更不堪的是杨度与梁士诒。杨度在书中的表现恐怕是最淋漓尽致的了,在袁世凯面前,他是双料的马屁精,还要不时地与梁士诒争宠吃醋,以为开国元勋的"头功"非他莫属。以他为后台的上海《亚西亚报》,办得臭不可闻,不仅卖不出去,送人也不要。称给收废品的也说是"臭",不收。主编薛大可到北京向杨度"汇报":

> 薛大可道:"无奈送人家看,人家都不要的。我寻常走到大马路、四马路上闲逛,偶尔看见卖杂货摊上撕着包铜角儿,嘴里还骂道:'这是皇帝的臭报,包东西都嫌他龌龊。'你想这种闲气,还是人受的么?"杨度劝道:"子奇你也不必这样牢骚,既办这事,就要放开肚子准备去受纳那些闲气的。我教你个唯一的妙法,把两只眼睛一蒙,两只耳朵一闭,给他个不见不闻,实行笑骂由他笑骂,好官我自为之的政策,包管就太平了。……"②

杨度的人生哲学,自暴无遗。张冥飞原定是写回评的,至此按捺不住,跳出来"代替"张海沤写了一段眉批:"杨度一生,得力在此,所谓天下无难事,只怕老脸皮。"③而且还说他是"善变的老脸皮",用一个"变"字,为杨度定了终身。

写梁士诒是在"无耻"上落笔。他办事当然比杨度泼辣得多,他想出公民请愿团的妙棋,是搞得有声有色的。袁世凯说他能"乘风破浪"。但他劝自己的小妾卓氏加入请愿团,却另有一番思量:

---

① 杨尘因:《新华春梦记》第6卷,泰东图书局1917年版,第114页。
②③ 杨尘因:《新华春梦记》第3卷,泰东图书局1917年版,第15页。

"……早知如此，你何不列个名儿在请愿团里，也就可以躬逢其盛了。"卓氏道："有什么好处呢？"梁士诒道："入了请愿团，将来就可以被选入宫，等待新皇帝登基，你们就是女官，好比往日的太监一样。倘若荷蒙圣上隆宠，还不知要怎么抖神呢！"卓氏道："我若选进宫去，你岂不要……"说到这一句，不觉脸儿一红，益显得妖媚。梁士诒忙止住道："你莫要胡说，将来如咱们这仕宦之家，谁不想把姨太太送进宫去呀？若是你们得了宠，咱们还要靠着你照应。我恐怕官儿小的，若没有些儿脚力，想送还送不进去呢。"①

把自己的妾送入宫中，为的是将来能得宠，这即便是臣子，也是"无耻"。但是，这一切梁士诒都觉得理所当然。而在清末民初动荡的时代中，他的无耻便是放弃操守：

……但是我已从满清之后，就嫁民国，今又在民国之中，转嫁与新朝，一醮再醮，早是不节之妇。真到新朝失败了，只要他们不与我为难，我又何妨再嫁共和？不然我就嫁与外国人，或者是印度，或者是波兰，皆可以优游卒岁。我又何必做那不食周粟的书呆子呢？我既抱这个腰缠十万、到处扬州的观念，谁人能饿死我呀？你莫要听他胡说，他们那一张臭嘴，见着咱们总是不说好话的。②

杨度和梁士诒既是竞争的政敌，又是利益攸关的难兄难弟。到头来，两人却走到一起来了。在第97回中两个宿敌竟坐到一起来"密商"了。

梁士诒正在自己寓所里默想那脱身之计，忽见门丁进来禀道："杨大人拜会。"梁士诒还认是杨士琦来访他……不一刻

---

① 杨尘因：《新华春梦记》第4卷，泰东图书局1917年版，第27页。
② 杨尘因：《新华春梦记》第4卷，泰东图书局1917年版，第25页。

那从外进来的……乃是平日惯与他斗智的杨度。梁士诒一见是杨度来访他,也很觉诧异,忙延入座。杨度不待梁士诒开口问话,便叹一声气道:"嗐,我看这桩事儿闹得很不妙,咱们须打个退身的主意要紧。"梁士诒一听这番话,也将寻常斗心机的法术丢开,正色问道:"可又有什么变卦了?"杨度道:"最迷信帝制的冯国璋、张勋都严守中立,龙济光也被迫独立……你想若不早些打主意,当真想把这条命送掉么?"梁士诒道:"我何尝不晓得老袁是扶不起来的?就是将他扶起来,也是一个刘沛公。鸟尽弓藏之祸,咱们都不能免。……"杨度听了这一番议论,便展开眉头笑道:"我早知这桩事儿,必定要与你商量的。究竟这退身法儿怎么才好呢?"梁士诒见杨度问他的方法,暗睒了杨度两眼,见他确是出于至诚,也就吐出真意道:"这是咱俩说的话,不可使第三人晓得的。我看眼前只好实做一个冷字,看看风头,真到万不得下台之际,再实行那三十六着的第一着。"杨度道:"若照我看起来,现在走得最好。"梁士诒连连摇头道:"稍嫌早了些。"①

在袁世凯众叛亲离之时,写上这一段"对头星共商密室"的"折子戏",倒是与小说的开端首尾呼应的。开端是只有一个"安"字能维系民心,结尾是只有一个"走"字能显现这些走狗的灵魂。

至于写正面人物蔡锷,重在写他在"政治软禁"中也只好捺着性子,与复辟势力周旋一番。"他就大变其本来面目,朝朝暮暮,醉粉迷金,恋着云吉班里的小凤仙,颇有信陵君醇酒妇人之概。当时很有许多人,叹惜他是个少年英雄,陡然变成了个浊世公子。那里晓得他是含着一包眼泪儿开玩笑咧!"② 待到第38回,蔡锷在

---

① 杨尘因:《新华春梦记》第10卷,泰东图书局1917年版,第66—68页。
② 杨尘因:《新华春梦记》第3卷,泰东图书局1917年版,第23页。

小凤仙的掩护下冲出樊笼,自北京而天津,再从日本绕道香港,直航海防,经由法国铁路,暗自到了云南省城,义旗高举,给袁世凯霹雳一击。他完成了反袁大业后,于1916年11月8日在日本福冈医院因喉疾病逝。小凤仙送挽联云:"不幸周郎偏短命,早知李靖是英雄。"①

《新华春梦记》实际上是上承李伯元、吴趼人的社会谴责小说之遗风,而在艺术上又比《官场现形记》与《二十年目睹之怪现状》来得成熟。结构调度也得当有方。为了表示"实录",有时也抄录一些宣言、命令、呈文、信函、请愿书之类,在真人真事的基础上,适当予以想象、夸张。不过也有些地方失之过分,形成"恶谑"。例如写王闿运这一段,写周妈为了棺材本叫老名士写劝进表,未免轻薄。第58回的"得了!得了!"这一段之后,写袁世凯在七姨太房中对七姨太说:"实对你们说吧,你大胆骂我几声,我都受得住的,你若反对我做皇帝,就是亲生我的活妈,我也要与她誓不两立的。"②这种口吻,有失分寸。

《新华春梦记》的结尾也十分民间化:"可也奇怪,在袁世凯死的那一天,正是端阳佳节,谭叫天忽然高兴登台,在文明园里演了一出多年不演的《打鼓骂曹》。城市上一般戏迷,争先恐后地去过瘾,直到戏散之后,忽听说善演曹操戏的黄润甫死了,于是都说死了一个活曹操。就有一班慧心人,疑心是袁世凯死了,风风雨雨,布满京华。后来袁世凯的死信传出去,果然也是这一天,可见人心真可以得天心也。"③将若干巧合拉扯在一起,又将曹操比诸袁世凯,这在学者看来,并不妥帖,但就民间而论,倒是可以认同而拍手称快的。

---

① 转引自喻血轮:《绮情楼杂记》,眉睫整理,长安出版社2011年版,第364页。
② 杨尘因:《新华春梦记》第6卷,泰东图书局1917年版,第117—118页。
③ 杨尘因:《新华春梦记》第10卷,泰东图书局1917年版,第122页。

中国现代通俗小说史略 幽默滑稽小说
A Brief History of Modern Chinese Popular Fiction

徐卓呆的《万国货币改造大会》等短篇和汪仲贤的《歌场冶史》

徐卓呆和汪仲贤是两位从戏剧界取得成就后,再在小说创作中展现自己才能的作家。

徐卓呆(1881—1958),苏州人。原名傅霖,号筑岩,别号半梅,因"梅"的古体字为"楳","呆"就是半梅。他早年留学日本,专攻体操专业。"中国学生入本科(指体操学校本科。——引者注)的,我是第一人。"① 他与夫人汤剑我曾创办我国最早的体操学校。徐卓呆的业余爱好是戏剧。1917年,他曾和欧阳予倩到日本考察俳优教育。他创作过30多个剧本,都被郑正秋搬上了舞台。他还与汪仲贤创办过"开心"影片公司。1904年,他"做成一篇长篇章回体的小说,叫做《明日之瓜分》(题目应为"分割后之吾人"。——引者注),载在《江苏》杂志上,虽没有完结,也

---

① 卓呆:《灯味录(五)》,载《红玫瑰》第6卷第7期,第2页。

登了这么五六期罢（登载于第 8 期及第 9、10 期合刊上。——引者注）"①。在留学时期，他翻译过一部长篇小说《大除夕》，寄给徐念慈（东海觉我），由小说林书店刊行单行本。民国初年前后，即 1911 年 2 月《小说月报》第 2 年第 1 期上的《卖药童》和 1913 年 2 月《小说月报》第 3 卷第 11 期上的《微笑》等篇什，是民初比较优秀的短篇小说。《卖药童》中的阿祥是个孝子，为了多赚几个钱给母亲治病，遂逃税卖刀伤药。他被警察长抓住了，谎称是糖。警察长促狭地说"既是糖，你就吃吃看"。徐卓呆用"一箭三雕"的手法，写了如下的场景：

> 真是个残酷的命令。阿祥是个倔强的性情，哪里肯踌躇，解开包来，推入口内，虽有些粘着牙齿的，他竟一吞而下。警察长见了，也很惊异，冷冷的道："甜么？"阿祥答道："甜的。"这是势所不得不如此。警察长又道："糖既很甜，你把他通通吃了，方始饶你。"此时僧侣、妇女、婢女们，见了样子，大约也不知可怜。阿祥两只眼睛，恶狠狠的向众人看着，把第二包吃完了，于是三包、四包、五包、六包、七包、八包，到了九包，他眼睛发白，呻吟起来。然而无用……九包、十包、十五包、十六包、十七包，竟一齐吃下去，塞得声音也发不出来，好容易才说一声道："如此，好了么？"②

虽然未免夸张，但警察长的残酷，那旁观者的冷漠，那孩子的倔劲，都得到突出表现。这一场景放在"慈照寺"前发生，充满张力地显示的是"天下无慈"！

徐卓呆对短篇情有独钟："小说是描写人生断片为主，所以既不必有始有终，又无需装头装脚，能够写实，当然最好，最容易达

---

① 徐卓呆：《我的处女作》，载《半月》第 2 卷第 3 期，第 3 页，1922 年 10 月 5 日出版。
② 徐卓呆：《卖药童》，《小说月报》，1911 年第 2 卷第 1 期。

到目的，不消了自然是短篇小说。"①他从戏剧界正式转到小说界时，也许习惯于自己的喜剧风格，因此，特别是从向1923年创刊的《小说世界》投稿时起，便显示了他写滑稽小说的才能。他崇拜英国喜剧大师卓别林，他自谦地将"呆"字解为上海方言的"弗灵"，因此，他自称"卓弗灵"；而文坛上一般都称他为东方卓别林。由于个性与演剧风格的互相融汇，徐卓呆生活中的一言一行皆向滑稽化靠拢。

生活中滑稽的胚芽，由他施展"有技巧的夸张"，甚至推到"荒谬的巅峰"，于是呈现出生活中的畸形与怪象。《女性的玩物》②就是将这种胚芽放在放大镜下向读者展示。大才女邱素文登报征婚，收到1234封回信。她给每人回一封信，约定某日在某公园见面，请胸前戴一朵小红花为记。"见有御绿衣者，即妹也。"那天公园里出现了1234位戴小红花者，但没有绿衣女郎出现。第二天，每人又收到一封信，反怪大家，这么许多佩红花者："必为先生恶作剧，故意约多数友人，特来窘妹也。"于是又发一信给各人。某日某时，"请驾临银星影戏院一晤，妹仍穿绿衣。"她到电影院花60元包了一场电影，然后出售电影票给约会者，票款所得竟有480元……可休息灯亮时，并未见绿衣女郎。她再找借口对付这些"玩物们"。滑稽夸张的情节中亦可惊觉财色之令人颠倒。

《万国货币改造大会》就是建筑在奇想的推理之上的滑稽小说。这是一个关注社会问题的讽刺小说。一战以后，全球性经济萧条，物价飞涨、货币贬值、倒闭风潮、劳资矛盾等一系列恶性循环接踵而至。有一穷记者去采访"万国货币改造大会"，各国特派员各出妙招。法国说自己虽是战胜国，但至今只有勋章与妇女可以出

---

① 徐卓呆：《小说无题录》，载《小说世界》第1卷第7期，第1页，1923年2月16日出版。
② 徐卓呆：《女性的玩物》，《红玫瑰》，1929年第5卷第3期。

口，以便换取粮食回国以救饥饿。德、英、日也提出各种异想天开的办法。最后美国特派员说，要救穷人的妙策是将货币位置颠倒过来，从今起，一个铜元当作一百元，一角银币当作十元；现在的十元变成一角，而百元钞票便成了一个铜元，世界穷人不是成了富翁了吗？穷记者听了高兴得手舞足蹈。可是排字的手民唤醒他看校样："钱先生醒来，这么百物昂贵的时节，万一伤了风，那真更不得了咧。"① 记者惊觉是在办公室的藤椅上睡着了，南柯一梦！

徐卓呆希望他的小说"最好是情节很滑稽，又极自然，其中还含着一点儿深意"。② 他的《浴堂里的哲学家》③ 等一批小说就是饶有意味的作品。一般社会只重衣衫不重人，但在浴室里就比较难分清贫富贵贱。于是哲学家体会到"世上的衣服，实是包没了人的原形，专尚虚伪的万恶根源"。哲学家因着这个意思，便常把古语改了两个字对人家说道："万恶衣为首，百善裸为先。"他要求彻底的平等，就拿出钱来，叫浴室主人改造浴室，取消盆汤，一律改为大池。改造的结果，浴室主人告诉他，生意尚好，但过去洗盆汤的上等客人一个不来了。"哲学家想了一想，才道：'原来爱平等的，只有一班下等人。'"滑稽幽默的故事中包含了令人思索的内容。

此外，《校对先生》与《相见恨晚》等，对若干小人物的命运表示了深切的同情，可称"含泪的笑"的契诃夫式的作品。他在20世纪40年代所写的《爱情代理人》和系列小说《李阿毛外传》也更脍炙人口。

汪仲贤（1888—1937），学名效曾，别号优游，笔名陆明悔、U·U，安徽婺源（今属江西）人，从小在上海长大。他是富有戏

---

① 徐卓呆：《万国货币改造大会》，《红杂志》1923年第19期。
② 徐卓呆：《滑稽小说之要素》，《小说世界》第12卷第10期，第1—2页，1925年12月4日出版。
③ 徐卓呆：《浴堂里的哲学家》，《半月》1922年第1卷第18期。

剧天才的戏剧改革家,是"生、旦、老旦,正派反派,喜剧悲剧都能演,而且都演得好"①的全才,凡文明戏的编剧、导演、表演、策划,甚至戏剧理论,件件他都能拿得上手。汪仲贤曾于1921年3月发起并主持民众戏剧社,是五四后第一个新戏剧团体,参加者有茅盾、陈大悲、徐卓呆、熊佛西、张静庐、欧阳予倩、郑振铎等人,以建设中国新剧为己任。大概由于这层关系,汪仲贤成为文学研究会会员。这在通俗作家中恐怕是绝无仅有的。据赵景深证实:汪仲贤的会员号码是140号,1925年入会,当时是38岁,注明通晓英语。②他投入人力物力排演萧伯纳《华伦夫人的职业》惨败的演出结果,使他重新思考通俗问题:"真的新剧之所以有价值,因为他有改革思想和宣传文化的种种效能。"但是,"剧场不能与看客宣布独立,如无看客,即无剧场"。"我们借演戏剧的方法去实行通俗教育,本是要去开通那班'俗人'的啊,如果去演那种太高的戏,把'俗人'通统赶跑了,只留下几个'高人'在剧场里面拍巴掌'绷场面',这是何苦来!"他提出自己遵循的方针说:

> 我们演剧不能绝对的去迎合社会的理;也不能绝对的去求知识阶级看了适意。拿极浅近的新思想,混入极有趣味的情节里面,编成功教大家要看的剧本,……③

这就是汪仲贤的通俗观。他写过若干短篇,但他的两部长篇小说《歌场冶史》和《恼人春色》获得了更大的成功。他的小说情节生动,曲折有致,颇有戏剧性,可读性很强。特别是《歌场冶史》是戏剧家写戏剧艺人的生活,更显得细腻入微。全书30回,先在《社会日报》连载,后出单行本。叙姐弟两演员从北方到上海来演戏,一炮打响走红剧坛后,却陷入了恶社会设下的层层圈套而不

---

① 欧阳予倩:《谈文明戏》,《中国话剧运动50年史料集》,转引自《中国文学家大辞典·近代卷》,中华书局1997年版,第196页。
② 赵景深:《现代作家生平籍贯秘录——〈文学研究会会员录〉》,载《文坛忆旧》,北新书局1948年版,转引自陈子善编《新文学过眼录》,广西师范大学出版社2004年版,第229页。
③ 汪仲贤:《优游室剧谈》,《晨报》1920年11月1日。

能自拔,最后悲惨地死去的故事。演生角的弟弟杨小红很快被一群妓女与姨太太所包围,成为他们的猎物,后来被某姨太太的丈夫勾结租界巡捕房,诬为盗匪,瘐毙狱中。写得更有层次的是姐姐杨柳青,她原是处处用一种警惕的眼光看世界,可是为救被诬的弟弟出狱,原先"凛乎难犯"的她只好去做一个老丑的富商的六姨太。可是富商并不诚心救她弟弟,只是玩弄够了就将她赶出家门。以后那一连串的遭遇更离奇,情节更为复杂。她原是想做一朵出污泥的荷花,但看看自己已一身污泥浊水,她身不由己,也不免随波逐流,更何况有人以教师爷自居,在旁怂恿。在她每堕落一个层次时,作者都安排了一个"体贴"的姐妹来作辅导。真是写得精彩绝伦。鸨母兼妓女的马四姑娘给她上了一课,主题是不必死守夫妻之间的人伦之道。使一心还想做规矩人的杨柳青"大彻大悟"。马四姑娘是一位下层渣滓社会的天才哲学家,她能用非常通俗易懂的比喻,似是而非的道理,讲下层人渣社会夫妻相处的"准则":

> 什么事都要懂得诀窍,何况嫁丈夫是女子的终身大事。你把真心对待丈夫,就是不懂得做老婆的诀窍。因为男人娶老婆就像买一件新衣服一样,穿了几时就要厌的。就算是穷人,买了一件可以多穿几时。但是世界上没有冬暖夏凉的衣服,一年四季总有一个时期要被人干搁在一边的。何况你我都是人家的姨太太,更像时髦人的衣服一样,只有新做好的时候能近几天主人的身体,其余不是幽闭在箱子里,就是把你送到当铺里去。所以古人说的妻子如衣服,这句话是一点儿都不错的。……
>
> 男人当我们衣服,我们就把男子当作鞋子,就是踹在脚

底下的鞋子……衣服穿旧了好换的，鞋子穿旧了也可以换。鞋子比较衣服容易旧，换起来也更快，衣服穿旧了还能或卖或当，多少能值几个钱。鞋子穿破了送给人都不要，一个大钱也不值。……我们嫁丈夫就如同买鞋子穿一样，穿得合适的就多穿几天，穿在脚上如果觉得有一点点不舒服，立刻就可以不要他，宁可多花几个钱买一双新的来穿。因为不合脚的鞋子，穿了要生鸡眼的。我问你，还是眼前换一双鞋子容易呢还是将来除掉一个鸡眼容易？妹妹，你想一想吧！①

原本杨柳青因被弃而痛不欲生，但听到后来几乎要笑出来了。马四姑娘的理论"深奥"，比喻浅显，侃侃谈来，这从她生活中提炼出来的人生哲学简直是"超度"了杨柳青，直说得杨柳青觉得这个老妖精非常可爱。但从此，一个"贫贱不移"的杨柳青就将"情义"两个字看得半文不值。马四姑娘的哲学虽然富于"启发性"，可是只有原则性而缺乏方法论的指导。等到杨柳青从颠沛流离中回到上海，生活无着时，发现欲得她这位大美人的还大有人在。那位过去与杨柳青搭过班子的亦伶亦妓的花美倩赶紧为她"拉马"，而过去规步矩行、凛乎难犯的杨柳青，觉得要过这种堕落的生活"我还是初出茅庐第一遭"，这时花美倩就以师爷的身份，授予方法论的讲义：

你还是爱钞呢，还是爱俏？等你想定了主意，我再跟你定三收三放的方法……我看啊，主顾多一个好一个，把他们俩都抓在手里耍着玩儿，不过耍人儿也要有些手法，要得不得劲儿，会把两个都耍掉的。……

最要紧的是第一回跟他下水的时候，斧子要砍得重。这

---

① 汪仲贤：《歌场冶史》，春风文艺出版社1997年版。（以下所引小说原文均出自此版本，不再一一注明出处及页码。）

个机会若是错过了，你就拉倒了。就像开井一样，泉眼要打得深，水才来得涌，反正做这种事情，胆子要大，心要细，眼眶子要睁得高，迷汤要灌得厚，钱要看得轻，手段要辣，心肠要狠，嘴里要尽管仁义道德，肚子里不妨男盗女娼。妹妹，我把全部准纲准词的秘本子都传授给你了。

这精彩的成套唱腔，作者自己也觉得写得"得意扬扬"。马上自己加上了一段"评点"："杨柳青也是绝顶聪明的人，经马四姑娘与花美倩两个常识兼优，经验丰富的良导师前后两番学术演讲，自能豁然贯通，领悟大道了。"弟弟杨小红的堕落还在于他心志不坚，也显示了旧社会是一口漆黑的大染缸。可是写到杨柳青的堕落则是更深一个层次的戕贼了。在她还想走正道而又山穷水尽、痛不欲生时，先后遇到两位使她"绝处逢生"的师爷，一个在人生哲学上予以点化，一个在方法论上加以开导。她过去觉得路越走越窄，已经立到了人生的断崖上。如果说得"抽象"一点，也就是社会不容许一个正直的女艺人自强自立地生存，于是她从大红大紫跌落到勉强糊口的边缘。为了不答应一个军阀司令的霸占，戏院与房间被大兵砸得精光，雪夜逃生，只好混到一个小小的戏班中，还被同行看成是"白虎"与"丧门星"。但她受教于两位"名师"的门下，她就觉得路子越走越"宽"。她在上海举行了盛大的婚礼，她进豪华赌场输赢动辄万千，在赌场里她又姘上了绑匪柏湘九，最后被诬为绑匪判刑5年。出狱后，她沦为露天舞台的演员，吃白粉，吞红丸，直到乞讨度日。她在1931年1月11日，上海的一个特大的冷汛（这是在气象历史上有记载的特大冷汛）中，成为一个冻毙的女尸，倒在一个小小"燕子窠"（吸鸦片的营业点）边上的一条深巷里。

原来在一号门口的墙脚边,半横半竖地倒着一个褴褛的女子,面孔上横七竖八地挂着几条冷晶晶的冰片,头侧垂在一边,眼角与嘴角下面挂着几根细冰柱……再细细看她,眉头虽然紧蹙,鼻窝里两条纹路望左右掀开,却微微地露着几分笑意。

验尸所的几句判词:"验得无名女尸一口,年约30岁,委系冻饿而毙,并无别情。查无尸属,饬堂掩埋。""并无别情"冷峻而令读者思之不尽。

程瞻庐的《众醉独醒》和《茶寮小史》

程瞻庐（1879—1943），苏州人。名文棪，字观钦，号望云居士。求学于江苏省高等学堂，与叶小凤、王西神有同砚之雅。在校因品学兼优，选拔为该校中文学长。毕业后，执教鞭有年，尤以担任教会办的景海女师国文讲习为时最久，并担任该校中文教务长。程瞻庐性喜从事文学创作，但当时他兼任数校教职，疲于奔命，而"每周删改之中文课卷，叠案可尺许，君以为苦……立辞各校教务，专以著述自娱……自脱离教育生涯，君之著述乃日以富"[1]。

20世纪二三十年代是程瞻庐创作的黄金时期。《小说月报》《礼拜六》《半月》《申报》等多种报刊，皆连载他的中长篇小说。他一度被世界书局老板沈知方聘为特约撰写，成为该书局出版的《红》杂志和后来的《红玫瑰》的主要作家。《红》杂志曾在第22期上，公开刊登告白，宣称程瞻庐的"所有作品概在本杂志披露，

---

[1] 赵苕狂：《程瞻庐传》，《瞻庐小说集》，世界书局1926年版，第1页。

其他杂志一律谢绝投稿"。

程瞻庐的小说印成单行本的就有30多种,《茶寮小史》《众醉独醒》《新广陵潮》《黑暗天堂》《葫芦》《不可思议》《唐祝文周四杰传》等,受到阅读市场的欢迎。

1936年2月,程瞻庐任江苏省苏州图书馆总务主任之职,主编图书馆内部刊物《读书》。抗战爆发时,他协助苏州图书馆馆长蒋吟秋将馆藏之善本、孤本万余册,转移隐藏于洞庭东、西山深僻处,使这批珍贵书籍免遭损失。抗战中,程瞻庐避难于上海,和郑逸梅、范烟桥、程小青、顾明道等苏州籍作家同在上海国华中学任教。1942年,程瞻庐从上海回苏州。1943年3月,"君以胃疾遽尔逝于吴中,同文无不悼惜"。[1]

程瞻庐是位著作等身、佳作如林、风趣开朗、贴近生活的通俗幽默大师。周瘦鹃评价程瞻庐的作品风格说:"吾友程子瞻庐,今之淳于、东方也。其所为文,多突梯滑稽之作。虽极平凡事,而得君灵笔为之抒写,便觉诙谐入妙,读者每笑至于泪泚。"[2]

程瞻庐的《茶寮小史》是儒林讽刺小说。科举制度废除,读书人梦想科举连捷追求高官厚禄无望,于是有的人就进入了教育界,但心并不在教学,而是沽名窃利,蝇营狗苟。旧的则以"名士"自居,装出个为人师表的样子,新的则目空一切,好像什么都该打倒。他在小说中既讽刺娄师古,也调侃袁志新。作者"常啜茗于吴中饮马桥之锦帆榭",他就将这些学界败类放在茶寮这一公共场所中,让他们淋漓酣畅地尽情地自我展示。"小小一个茶寮,倒是人海的照妖镜,社会的写真箱"。作者感叹道:"连日在茶寮中所遇的人,不是盗名,便是盗利,……吾想别处茶寮中的人物,或者不至

---

[1] 郑逸梅:《说林涠谢录(一)》,《永安月刊》第50期,1943年7月1日。
[2] 周瘦鹃:《众醉独醒·序》,《众醉独醒》,自由杂志社1914年版,第1页。

于此,若处处都像了这里的茶客,是上流社会的道德,竟不及下流社会,人心世道何堪设想呢?"[①] 程瞻庐既反对冬烘头脑,也不赞成目空八表。他对那些复古派进行了刻骨的讽刺。他笔下的旧派人物为窃得"名士"的头衔,将自己的诗分为三等,自以为好的具上自己的名字。其他的诗他也不肯"浪费",就署上他夫人和儿子的名字,结果他夫人名下竟有《宿天宁寺与月印长老对弈》的诗作,讽刺入骨;而他儿的名下却有《闻都中拳变有感》的诗作,而其时,他公子还没有出世呢。袁志新那种新派人物在他笔下也暴露出浮嚣浅薄。

程瞻庐在《红玫瑰》上连载《葫芦》时,已不再用《茶寮小史》中惯用的尖刻的讽刺手法,而是从生活中"非常态"的事物中流露出原汁原味的幽默感,揭露现实中的丑陋现象与奸邪人物。《葫芦》中的炮制迷信邪说的斯文败类杨仁安与他的姘妇尼庵师太悟因相勾结,先掘一个大坑,放下大量黄豆,盖上一层土,然后埋下一个石观音。黄豆因受潮而膨胀,石观音就一天高似一天顶出了地面,直至金身全现。于是"菩萨显灵",引动各方善男信女,顶礼膜拜。他们"把石观音当做钓竿,大葫芦当做钓钩,葫芦里的仙丹当做钓钩上的香饵",香火大盛,骗得各方大量布施。作品中再结合善男信女中几个富户家庭间的钩心斗角,演出了为猫大出殡,为猪大做寿的滑稽剧,最后揭露出有几副假面(古板面孔、风雅面孔、忠厚面孔)的巨奸大憝的杨仁安竟是一个人首狼心的伪善者。这部长篇从内容到形式,从结构到文采,都达到了相当完美的地步。

程瞻庐的长篇《众醉独醒》在更广阔的画面上,刻画了一个

---

① 程瞻庐:《茶寮小史》,《小说月报》,1919 年第 10 卷。

资本家家族的三代血腥发家史。作家在深刻揭露中自然流淌出一种"致命"的幽默感。这个家族的第二代传人刘邦平,从小就有经济头脑,对"钱"有一种特殊的感情,他问大人:"婆婆,铜钱可吃得么?"当知道又冷又硬的铜钱吃不得时,他像雏鸟般翻嘴弄舌:"可惜铜钱吃不得,铜钱吃得,宝宝便要吃铜钱。铜钱吃在肚里,婆婆抢不得,爹爹妈妈偷不得。鱼儿肉儿都不好吃,只有铜钱好吃。"这个为钱可以"六亲不认"的孩子被家族看成天才接班人,说他是"财神菩萨的信徒,招财童子的化身"。刘邦平成长后,谨守刘氏三代的祖传格言:"不杀贫人,不成富翁"。因此,人家为刘邦平取个诨名——刘剥皮。可是也有人知道他们的血腥发家史,在大庭广众的茶馆里揭发他们,那段言词也形象生动,惟妙惟肖,符合人物的身份,且富有幽默感:

> 列位的良心便是天秤,牙齿便是界石。……瓶口塞得住,人口塞不住。你便是把我的肚皮撞做一个窟窿,我这满肚皮的话,也会从窟窿里泻将出来。①

刘邦平一生最大的遗憾是大儿子刘琪。刘琪好学考上北京大学后就表示放弃遗产,而且反对父亲酷虐剥削工人的行为,经常从北京写信回来劝父亲改恶从善。刘邦平万分憎恨,大发牢骚:

> 这些洋学堂,分明是个酒铺子,进去时清清醒醒,出来时糊糊涂涂。许多教员,都是强人喝酒的佣保,许多教科书,都是迷人本性的狂药。我的小孩子,一辈子不进酒铺子,请一位旧法先生,宛如一味醒酒汤。

程瞻庐的意思是像具有刘邦平这种世俗观的人才是醉人,像刘琪这种人虽是少数,却是醒者。小说中写湖北试验开办的平民工

---

① 程瞻庐:《众醉独醒》,自由杂志社1924年版。(以下所引小说原文均出自此版本,不再一一注明出处及页码。)

厂，写无锡华帼雄的实验新村，都寄托着作家的理想。

程瞻庐作品的幽默也是"犀利"的，上述所引的《众醉独醒》中人物的语言，便是刘邦平童年时的"惊人警句"，也是他日后行为的一种根据，也是一个人物的自我暴露过程。他用"钱本位"去衡量一个人的醉与醒，在读者看来也是一种"自我嘲讽"。这部长篇中还写了一位女校的校长安子虚。此人俗不可耐，却自认清高。她看到学生中有钱有势人家的子弟，就百般讨好；而对品学兼优的贫家子弟，却处处鄙视刁难。她竟会支持自己的女学生去"抱牌位成亲"，目的就是为了窃据大笔家产。安子虚的父亲择婿条件太苛，耽误了她的终身，她只好宣称自己是不嫁主义者，愿终生献身于教育事业。

> 因此把子虚女士的芳龄，一年一年地蹉跎过去。后来她老子业已去世，自己也过了花信年纪，平日又喜吃肥鱼大肉，胖鸭壮鸡，不知不觉地换去了全副秀骨，长就了一身痴肉，同那及笄时代的模样，竟是天差地远。从前的模样，亭亭倩影，三分是精神，七分是风韵；现在的模样，团团肥面，三分是糟粕，七分是脂肪。

这样为人物画像，也就将人物"毁"在他的手中。程瞻庐的笔是一支犀利的"刀笔"，也是他自己所期望的，"著作握着一支笔，彰善瘅恶，凭着身心上的驱遣"[①]。

---

① 程瞻庐：《新广陵潮》第5集，世界书局1929年版，第23页。

耿小的的《云山雾沼》

耿小的（1907—1994），原名文濂，号郁溪，1948年后改名直，满族正黄旗，北京人。"小的"系笔名，取自于《水浒传》中小人物的自称，与"大人""老爷""员外"相对。在文学界以笔名行。1925年耿小的考入国立北京师范大学，后因家庭经济拮据，于1927年退学。1931年，耿小的赴陕西三原县，在陕西省立第二中学任教；1932年，转赴察哈尔第一中学任教；1933年又赴湖北襄阳师范学校任教，同年返京。1934年耿小的应《小小日报》①社长宋心灯之邀，担任该报主编，从此投身报刊界。1938年入职伪《新民报》②。1948年秋，考入华北大学，一年后分配到河南

---

① 1925年（民国十四年）1月，宋心灯在北京创办《小小》日报（后改《小小日报》），自任社长、主笔。"我进入《小小日报》作编辑，是在1933年后了。那时《小小日报》已改为四开小报，社址由北城迁到宣外棉花头条二号。一进大门，前院一排南屋是编辑部和营业部。中院北房和东西厢房是宋心灯和他家属的住房，后院一排房则是报社的印刷厂了。……编辑只我一个人……还有一位校对，姓索，他也写稿子，署名'二索'……《小小日报》初出版的时候，是一张八开的小报纸，真是名副其实。大概是1934年前后，我不愿再到外省去教书，经宋心灯之邀，我担任了《小小日报》的主编……"耿小的：《我与〈小小日报〉》，北京燕山出版社编《古都艺海撷英》，北京燕山出版社1996年版，第380—382页。1935年初因开罪市长，《小小日报》被勒令停刊。据戴式增：《北平〈小小日报〉与耿小的》，北京市体育文史工作委员会编《北京体育文史》第1辑，1984年内部印刷本，第170页。
② 《新民报》1938年1月1日创刊于北平，是抗战期间汉奸组织新民会的机关报，由日本华北派遣军报导部直接掌握。1944年4月30日停刊。白寿彝总主编，王桧林、郭大钧、鲁振祥主编：《中国通史·第12卷·近代后编（1919—1949）》，上海人民出版社2013年版，第22页。

新乡工作，先后在职工业余学校、工农中学、新乡地区师范专科学校等处任教。1976年返京养病，1980年退休。

耿小的对于自己的文学修养有过非常清晰的回顾。他第一本无意识读到的书是《笑林广记》的残页，然后得到家人给的小说《济公传》。

  这一下便看上了瘾了，看完了《济公传》，自己搬了凳子爬到柜上拿，结果选了一部《小五义》。……

  以后就一部一部的取下来看，什么《粉妆楼》《铁花仙史》《三侠剑》《五剑十三侠》《蜜蜂针》《绿野仙踪》《镜花缘》《薛仁贵征东》《彭公案》，……不分好坏，不管厚薄，取下就看。一直把柜里所有的小说，完全看了，大约有三四十种的样子。……

  ……到小学毕业的时候，大概中国的旧小说，差不多全看了吧。在这些小说里，我看得次数最多的要属《水浒传》，大概是金圣叹批的影响，入了中学校已（疑为"以"。——引者）后，还翻来覆去的看。像《济公传》《小五义》《今古奇观》等书，也看了不少遍。……

  入了中学，不看旧小说了。尽看些海派杂志，如《红玫瑰》《红杂志》《紫罗兰》《小说杂志》等等，鸳鸯蝴蝶派的小说，吸收了不少。二年级末，英文课堂上读到小人国、大人国的游记，而买来林琴南译的《海外轩渠录》来看，于是又起始读林译的书。凡是他所译的，莫不买来看。一来欣赏他的桐城派文章好，二来是看看外国小说。……

  五四以后，我开始读新文艺作品，北大和清华所出的刊物，每天必到图书馆去看，尤其注意报纸上的文艺剧（"剧"当为"副"。——引者）刊。到现在仍不辍。由此可见，我之以写小说为生，也是"由来渐矣"了。①

可见，青少年时代，外国文学、五四新文学都曾给耿小的影响，但是他文学鉴赏的趣味、阅读取向，受到中国旧派小说，包括中国古代白话小说和鸳鸯蝴蝶派小说的深刻影响。

在1941年所作长篇散文《我怎样写成的这廿部小说》中，耿小的列出了已经出版的单行本长篇小说20部，最早的出版年代是1936年的《箱尸奇案》。②此外，《滑稽侠客》《摩登济公》《云山雾沼》等都是他重要的代表性作品。

长篇小说出版单行本意味着读者市场对耿小的的认可。出版的年代并不是他开始创作的年代。耿小的的小说都是先在报刊上连载，然后才出版。他在报纸上连载小说，最早应在20世纪30年代初：

在我未写这廿部小说之前，我也曾写了几篇，《没来由》《没耐何》《五里雾》《汉家烟尘》《凤世冤家》等，不过都是试作，那都是短篇小说型的长篇，全不过十万字……③

我的长篇小说，……最长的要算《白日鬼》。这篇小说，也可以说是我的处女篇，因为这时才拿小说来换钱了。④

《白日鬼》是在《新北平报》⑤上连续登载的，登载的日期是在民国十三四年间（据《新北平报》创刊时间，此处，应

---

① 小的：《我怎样写成的这廿部小说》，《三六九画报》1941年第12卷第3期。
② 《箱尸奇案》(民国二十五年八月)、《六君子》(民国二十六年七月)、《凤火人家》(民国二十八年四月)、《烟雨芙蓉》(民国二十八年九月)、《半夜潮》(民国二十八年十月)、《凤求凰》(民国二十八年十月)、《流莺舞蝶》(民国二十八年十月)、《天花乱坠》(民国二十八年十一月)、《一锅面》(民国二十九年一月)、《白日鬼》(民国二十九年四月)、《落山凤》(民国二十九年四月)、《磊落》(民国二十九年四月)、《水中缘》(民国二十九年七月)、《解铃记》(民国二十九年十月)、《爱染情丝》(民国二十九年十一月)、《意可香》(民国三十年五月)、《意蕊情葩》(民国三十年九月)、《世路风波》(民国三十年九月)、《古燕风月》(民国三十年十月)、《三只蛇》(民国三十年十一月)。以上各书，全系初版年月，分在各书店出版，尚有再版之版甚多。均不录。小的：《我怎样写成的这廿部小说》，《三六九画报》1941年第12卷第3期。耿小的文中所记出版年月均为民国纪年。
③④ 小的：《我怎样写成的这廿部小说》，《三六九画报》1941年第12卷第4期。
⑤ 《新北平报》创刊于民国二十年十月十日，社址宣武门外，民国二十七年六月一日改名"新北京报"。管翼贤纂辑：《新闻学集成·第6辑》，中华新闻学院1943年版，第332页。此处据《民国丛书》第四编46册，上海书店1989年影印版。

是"民国二十三四年间"之误,即1934年至1935年间。再,在民国,1928年北伐成功,迁都后北京改称"北平",故不可能有民国十三四年的"新北平报"。——引者注),登了三百多天,一年多的样子。①

此前他写作的作品,写作和发表的时间,大概在1930年代前后。② 这些作品发表于北京各小报。小报搜寻不易,最早发表的作品名目、报刊以及发表的具体时间都有待进一步发掘。③

耿小的写作小说颇多,所涉及主题和题材也很广泛。

从题材方面看,耿小的小说内容的一个大的方面是社会小说。耿小的长期投身小报界(这与大报记者往往聚集于政治和重大事件有所不同,后来1938年耿小的进入伪《新民报》,更回避政治),并且主要编发的是小报的副刊,接触大量的社会新闻。小报的社会新闻建构迎合了普通市民的社会聚焦点、兴奋点、社会视野,以此类社会新闻作为小说题材,很好地切合了市民社会的期待视野。深谙于此的小报作者往往以社会新闻作为小说题材。晚清以来,报人作家多遵循此传统。不同之处在于,晚清报人作家,相当部分是热衷于社会改革的政治人物,故作品中颇多写入重大社会新闻事件——亦与清末民初大报小报尚未分流有关,民国时代,报界分流,大报小报泾渭分明。分流后的小报自我定位亦清晰:重趣味,小视野。这方面典型的案例是《箱尸奇案》的写作。北平发生"一个轰动社会的箱尸案子",《新北平报》社长就约他根据这个案子写

---

① 小的:《我怎样写成的这廿部小说》,《三六九画报》1941年第12卷第4期。
② "我在1930年以前,就作几个小报的特约撰述,给《小小日报》投稿,似乎还略早一些。"耿小的:《我与〈小小日报〉》,北京燕山出版社编《古都艺海撷英》,北京燕山出版社1996年版,第380—382页。
③ 据耿小的自己讲,在《小小日报》写过许多短小的杂文。"当时我的短文集有'没羽箭'和'没遮拦',每篇短文约四五百字不等。'没羽箭'是用《水浒》张清的诨号而起的,言我的短文虽不是致人于死的武器,但是打在敌人的脓疮上,也能叫他疼老大半天。'没遮拦'是用《西厢记》里的句子:'小孩儿口没遮拦'。即我有什么说什么,毫无顾忌。这两集短文约写了百数十篇。我曾剪报粘存,想出单行本,但出版商不敢要,一直留在手里。解放前夕,王泰来主编一本杂志,把它拿了去,后来也没音讯,散失无踪了,想起来很觉可惜!"耿小的:《我与〈小小日报〉》,北京燕山出版社编《古都艺海撷英》,北京燕山出版社1996年版,第380—382页。

小说,"凌社长便以《箱尸奇案》命题,并且同着我到看守所和案中主要角色谈了谈。我便写起来"①。耿小的认为社会新闻和小说在两个方面有必然联系:一方面,是小报的推销手段:

> 报馆以新闻来招揽读者,然后用小说来引他看下去,这原是推广销路的好法子。遇到一件好新闻,能够多印数千报,跟着便拿小说来引读者连续看,这几千报便算站住了。②

另一方面,社会新闻事件是当下社会市民人生活生生的真切反映,与通俗小说所要表现的市民人生在根本上相通并且相辅相成:

> 小说就是人生,新闻正是小说的好材料,比理想假造都有价值。小说一样得虚构故事,为什么不能拿新闻作材料呢?③

以人工煤窑惨况为背景的《磊落》的材料,就得自他的访问。他和报社的同行们一起去大峪参观煤窑,看到了人工煤窑的惨况,而据说他们参观的还是头等煤窑,同时他也听到煤窑塌陷的事故。从煤窑回家后,他就开始写作以煤窑为题材的长篇小说《磊落》。作为新闻从业者,他对于北平的白面房子也是早就如骨鲠在喉,许多社会罪恶都与此相关。他颇想以耳闻目睹的白面房子为题材写小说,又怕开罪某些社会势力,不敢贸然直接写白面房子,终于还是写了以"土药店"为题材的《烟雨芙蓉》。

通俗作家的社会小说必须有趣。耿小的的趣味常常从人物的固化特征中生发,从不同特征的人物组合中生发。《烟雨芙蓉》的架构借用了传统的"八仙"组合:

> 小说的主角,拟好了八个,七个男的,一个女的,仿佛八仙似的,个性完全不同,职业也全不同。他们的名字,以西湖八景的词句节取下来。一个叫胡秋月(平湖秋月),因为

---

①②③ 小的:《我怎样写成的这廿部小说》,《三六九画报》1941年第12卷第4期。

胡字的方便，又叫他胡度仁，个性当然是一个糊涂的。一个叫南晚钟（南屏晚钟），是一个理发匠。一个是近视眼，叫他作相面的职业，姓花，叫观鱼轩主，简称就是花观鱼（花港观鱼），以观字扣近视。一个叫乔残雪（断桥残雪），是个大夫。一个是雷照峰（雷峰夕照），有点财大气粗的样子，所以姓雷。一个叫曲风荷（曲院风荷），是个唱青衣的票友。一个叫谭印月（三潭印月），是个跳墙和尚。名字和他们的职业性情都差不多。还有一个女的，就是胡大娘子。

人物个性都拟好了，就一天一天地写下来，故事临时现编，有时把当天的新闻抓起来写在小说里。[1]

社会新闻加上借用传统人物组合框架，再加上耿氏幽默滑稽的语言才能，为一般市民提供了工余饭后的娱乐。

耿小的在写作过程中，慢慢发现了他的读者群的特征：

社会的材料是很丰富，可是这时我听到许多人说，我的小说，看的人，以青年们为最多，于是我把社会目标移到学校里去。然而这还不能离开趣味，我便写起《一锅面》。[2]

《一锅面》的两个主角"是两个大学生，一个是急性的人，一个是慢性子的人。他们的名字，也代表着他们的性情。譬如性急的，叫他姓雷，名字叫做揠苗，取揠苗助长的意思，慢性的姓徐，名字叫契丹，用契丹（两处'丹'应为'舟'之误。——引者）求剑的典故"[3]。因此，耿小的小说的另一大关目是青年。作者当时正是青年，最熟悉的也是自己同辈人的生活，因此，他的趣味、他的生活经验与青年相通，是自然之事。他的许多社会小说，其中的主角，往往都是青年。比如，《白日鬼》就他自己而言是一篇"社

---

[1] 小的：《我怎样写成的这廿部小说》，《三六九画报》1941年第12卷第8期。
[2][3] 小的：《我怎样写成的这廿部小说》，《三六九画报》1941年第12卷第5期。

会小说":

> 没有什么结构，里面多是一些当时社会上所发生的趣事，连在一块儿。并且就以当时生活状况作背景，据实的描写下来，以故事和生活状况来暴露当时社会的弱点，——自然，直接写社会弱点是有很多顾虑的——最低的限度，能使将来的社会学家看到这本书，他多少可以知道北京社会上的当时情形。①

但是实际上他写的都是青年男女。中心是五四以后大革命时代引人注目的"时代女性"。《白日鬼》全篇以五个男生和一个女人做主角。五个男人象征着潘、驴、邓、小、闲。《水浒传》中王婆对西门庆说："大官人，你听我说：但凡挨光的，两个字最难，要五件事俱全，方才行得。第一件，潘安的貌；第二件，驴儿大的行货；第三件，要似邓通有钱；第四件，小就要绵里针忍耐；第五件，要闲工夫：此五件，唤作'潘、驴、邓、小、闲'。五件俱全，此事便获着。"②耿小的自幼熟读《水浒传》，自是信手拈来，将五件生发为五个人：小白脸潘文玉便是潘，体育家马成虎便是驴，阔少邓文通便是邓，诗人孙小亭便是小，好睡的吴世祚便是闲。五种男性同时向女人进攻，潘最先成功，邓是最后胜利，孙和吴全失败了。作者在小说中表达了那个时代一般保守市民大众对于所谓"时代女性"的戏谑幻想。③一般市民叙事中的"时代女性"与革命作家笔下的"时代女性"，正好构成一个鲜明的对照。

《滑稽侠客》的主角也是青年。两个学生华慕侠、赵邦杰是"武侠小说迷"，将武侠小说当真实，醉心于入山求仙问道，以期练成剑仙，将来行走江湖，行侠仗义。小说写二人离家出走，在北京通往河南的路上满脑子幻想，误打误闯，一路不断上演荒唐滑稽

---

① 《浏览志余》："宋时临安，奸黠繁盛，有以伪易真名者……谓之白日鬼"用作小说题名，只是说"糊涂人生"而已。小的：《我怎样写成的这廿部小说》，《三六九画报》1941年第12卷第4期。
② 《水浒传》第二十三回《王婆贪贿说风情　郓哥不忿闹茶肆》，《金圣叹批评本水浒传》（上），岳麓书社2006年版，第274页。
③ 小的：《我怎样写成的这廿部小说》，《三六九画报》1941年第12卷第4期。

戏,最后因穷困潦倒偷包子被抓,被遣送回北京。华慕侠平时想象自己是天下无敌,分不清想象与现实。路上遇见卖艺的练摊,不自量力去打擂,美其名曰切磋武艺,结果被痛打一顿,连衣服都丢了。回到旅馆,华慕侠还向伙计吹嘘:"他一死儿的给我跪下,拜我为师,我没收留他,我看他怪可怜的,就把棉衣给了他了。"伙计当场拆穿:"您真是好心眼。刚才我听说那卖艺的揍了两个人,揍得望影而逃。不知道您二位看见没有?"[①] 华慕侠与赵邦杰两人坐船前往襄阳,途中误以为船家要谋财害命,不舍得拿出身上的钱财来保命,只是下跪哀求。等到发现原来只是误会一场,安全下船之际,立刻变脸不认人,克扣船家路费。"他一得了势,马上就不顾恩怨,他还要作侠客,这真给侠客泄气了,好在船夫也不争竞。"[②] 侠客当不了,却免不了想纵欲。小说写二人嫖娼时与两个士兵嫖客争风吃醋,大打出手:

> 另一个见他们打起来,便照着华慕侠的脸就是一个嘴巴。华慕侠满想来个海底藏身,一俯腰,把拳让过去,然后来个扫堂腿,理想着那个人纵身跳起来,然后单拳盖顶,打下来,他一偏身,让过那拳,跟着自己来个鹞子翻身,一拳打在那人的肋下,这一下就把那人打倒了。这可是华慕侠这样想着,他想得很快,可是动作却没有那么利落,叫人一个嘴巴子,打在脸上,直打得两眼冒金星。心想着要还手,可是也不知怎么一回事,竟自站立不住,倒了下来。……向日葵急得也直叫唤,又搭着心疼东西。这时她忽然看见华慕侠躺在地上不起来了,口吐白沫,吓得嚷道:"好呀,你们打死人了!你们可跑不了呀,你们打死人了!"那两个人一听死了一口子,心想这

---

① 耿小的:《滑稽侠客》,百花文艺出版社1993年版,第16页。
② 耿小的:《滑稽侠客》,百花文艺出版社1993年版,第77页。

人命官司可打不起。这个叫那个道:"老张,走吧,出了乱子了。"说着,这两个人也不打了,往外就跑。赵邦杰见他们跑了,自己已经累得了不得,不愿再追,救华慕侠要紧,他急过来扶他。他想,假如华慕侠死在这里,那才糟透了呢。他过来便把华慕侠扶起来。向日葵也害怕,怕他真死在这里,自己也连累打官司。她问道:"怎么样?"赵邦杰道:"不要紧,还有气儿。"向日葵道:"给灌点儿水喝。刚才就不能叫那两个跑了,这要是有好歹,怎么办呢?"赵邦杰道:"不要紧,可以救活,倒是带着气儿呢,拿点水来灌。"卜地锦道:"我见那人打他一个嘴巴,他就倒了,成这样儿。他可太不结实了,这么乏人!"正说着,忽然华慕侠低声道:"他们跑了没有?"他们一听他说了话,立刻放了心。说道:"早跑了。"华慕侠睁开眼睛道:"你们不必怕,我没有死,我在运气呢,运好了气,他们一百人也不是对手。谁叫他们没等我运好气就跑了呢!"他还吹大话。卜地锦说实话,她道:"得啦吧,你是装死人,把人吓跑了,省得挨打。"华慕侠道:"有力使力,无力使智,他们差得远。"赵邦杰道:"你这一手儿真吓坏了我,我真以为你叫他们打坏了呢。"华慕侠道:"我若叫他们动着一点儿,就不算我有能耐。你们把我扶到炕上去。"[1]

华慕侠想象中的武功和武侠世界与现实的巨大反差,为小说提供了源源不断的喜剧。

为了青年读者,耿小的写了不少言情小说。小说《风火家人》写得比较经心。小说中"有三个主角,描写模脱儿都实有其人,故事也多半是真实的"[2]。耿小的对于小说中的黎如云的描写尚有遗

---

[1] 耿小的:《滑稽侠客》,百花文艺出版社1993年版,第105—106页。
[2] 小的:《我怎样写成的这廿部小说》,《三六九画报》1941年第12卷第7期。

憾，因为他取作模特儿的原型对于文学修养很深。"我在小说里没有写出来，这是一件憾事。"[1]

为《实报》写作的《意可香》也是一个爱情故事。为了趣味，除主角外，"另外用两个滑稽角色来点缀兴味，因为报纸上的小说，非得每天给读者一点趣味，不足以叫他嗜读。这是我写小说以来，一贯的'政策'"[2]。"'范统'和'杨胜仁'便是我理想出来的两个滑稽角色。他们是用美国的劳瑞、哈代[3]与中国的韩兰根、刘继群[4]作模脱，是很明显的。因为他们不是小说里重要角色，而且因为增读者趣味，不得不过火写一写。"[5]

耿小的有过几年当教员的经历，"感到教化人格，学校教育的力量，不在社会教育的力量以下。而那时的教育，又办得那么糟"，他"曾亲眼看见那几个学校办得简直不成样子，同时又听到几个学校的趣事"。后来友人在天津主办新小报，约耿小的写一篇小说，以逗笑为主并给定了一个题目，叫作"六君子"。他忽然想到教育，就写一篇讽刺小说，"令六个有缺陷的人来办学校"。[6]小说以高始觉的私塾起端，因为耿小的觉得这种私塾"许多躲在北京城的各角落里，它们仍然有很大的潜势力。它们就是现代教育的一种阻碍，虽然北京的所谓现代教育，也仍然是一团糟。教员对待学生的面孔，也仍然和私塾差不多"[7]。写完了《六君子》，他又写了一篇反映教育的小说《襄阳乐》，是写县城里的教育和一切落伍状况。[8]后来《蒙疆新报》约耿小的写一篇小说，他将没写完的《襄阳乐》材料重新整理，又写下去，改名"江上秋风"。只是小报都不易持久，连载作品也随着小报的停刊而成残篇。[9]《六君子》后来在天津出版了，意犹未尽，于是作者又在《新北平报》上写了一

---

[1] 小的：《我怎样写成的这廿部小说》，《三六九画报》1941年第12卷第7期。
[2][5] 小的：《写小说难：关于意可香》，《三六九画报》1940年第5卷第13期。
[3] 美国早期电影中的喜剧演员。
[4] 韩兰根和刘继群当年被誉为"东方劳莱（即劳瑞）哈代"，曾出演《如此英雄》，他们一胖一瘦，滑稽幽默。
[6][7][8][9] 小的：《我怎样写成的这廿部小说》，《三六九画报》1941年第12卷第5期。

篇《落山风》,"故事虽然不同,可是意思却仿佛和《六君子》成了姊妹篇,倘若再写成一篇,则可以叫作'三部曲'了"①。

20世纪40年代耿小的影响较大的小说是《云山雾沼》,称"游戏小说",在《立言画刊》连载(从1941年第150期第1章开始,至1942年第195期第11章结束),各章标题依次为"行者八戒沙僧再降世""八戒大闹游泳池""孙行者活捉绑票匪""沙和尚花样溜冰翻新""孙行者大战金刚与人猿泰山""三圣又折回东土""孙行者遍游七十二地狱""八戒吓走扶乩人""逛天桥大圣批八字""寻沙僧行者入火星""回故土三圣得团圆"。《云山雾沼》故事开始之前,作者有一段话:"一向在写实主义下,写着长短不等的小说,毁誉我都不管,我是我行我素。近几年来,我的读者渐渐多了,因为思想的不齐,对我的小说的批评,也就极端的不一致。为了各方面不同的需要,我也就渐渐放弃我那一贯的主张,如'杂样包子',什么样的都来上一两篇了。好在既能延持生命的存在,又不妨碍节操的失亡,乐得的无事瞎聊,又不得罪人,又可以进稿费。这篇《云山雾沼》,便是胡聊凑热闹,投脾胃的,您就上眼,不喜欢看的,那就请您看别的,别为这事打架。"②言语之中不乏自嘲。多少反映了作者的某种人生无奈。

且说公历1941年,地球上的人类,大起争端,杀声不但震地,而且撼动天庭。玉皇大帝前,已经有好多神仙上了奏本。第一个是土地爷,他说地上人间,越来越凶,都跑到地里过生活去了,渐渐的把地都挖了窟窿,一百多尺深,挖成地道,在地底下跑车,山更不用说了,都凿成洞,甚至整好一座山,弄成两半,通起大河来,这土地爷简直管不了。现在连妖

---

① 小的:《我怎样写成的这廿部小说》,《三六九画报》1941年第12卷第5期。
② 小的:《云山雾沼·第一章 行者八戒沙僧再降世》,《立言画刊》1941年第150期。

精都跑得没地方躲了，人类简直闹得不像话。土地爷奏完了，龙王爷也上奏折。说近来的人类可不得了，把妖怪至灵，全都赶跑，这还不提，现在简直弄到神仙头上来了，我龙王招着谁了，他们竟找到我头上来，弄个大铁船，竟沉到海底。把我的龙宫都压塌了，水兵水族，四散奔逃，我们先还以为是齐天大圣那猴子作怪，后来一看，敢则是人类，他们在我的龙宫左右放了大铁爆竹，兵族碰了，立刻炸起来，震得我摇晃半天，三天不省人事。这我不能待了。龙王爷奏完了，太白金星也奏折本，说有一天忽听脚底下轰轰轰的，不知是什么，低头一看，原来是人类，坐着铁鸟，在天上乱飞。有一次，还差一点儿冲进南天门，可了不得，再要不弹压他们，他们就要跑到天上来了。太白金星奏完，各神仙都来奏禀，一共有一千五百位神仙，都说人类猖獗，没法可管了。玉皇大帝一听，紧皱龙眉，说道："从前孙行者大闹天宫一次，现在归了正修，地上又是谁来作怪？派谁去弹压去好？"大家默默相观，谁也不言语。这时跳出一位神仙来，跪在阶前，说道："臣老孙愿往。"大家一听这不伦不类的口气，就知道是孙行者。玉皇大帝道："你去不得，你好杀生，动起脾气来，把我臣民全都杀了，那不成。"孙行者道："已成正果，绝不杀生，凭我老孙本事，把他们都弄服了。"众神也说："只有他去得，地上九州，他都走遍，去着合适。"玉皇大帝道："那么还得有人同你去。"孙行者道："还叫我那二位师弟，八戒和沙僧同我去吧。"八戒在旁摇头道："师哥啊，我不去。"行者道："你为什么不去？"猪八戒道："他们好厉害，俺曾偷着下过一回尘世，他们把俺捆起来，放在铁槛里，把俺叫作佛化猪，天天拿手绢擦我的眼睛，擦得我到现在还不好受。"行者道："好呀，你私下尘世，该当何罪？趁早同我去，不然非治你罪不可。"八戒连忙跪倒，说道："俺去俺去。"沙僧自然也无问题，众神见他们三个下去人间，自然喜欢，如此天上还可以清净一时。①

《云山雾沼》最后一章，地球与水星爆发战争，孙悟空带领天庭的所有神仙齐心协力、各显神通，最终击退了侵略者。"火星世界"则是一个科技发达、社会文明的乌托邦。火星世界"完全仗着科学的方法来完成一切"，"已经两千多年不懂得什么叫战争了，火星上的人类，永远是和平的"，火星上的人也从来不动气，"气根本就无从生起"。"火星世界"之所以比地球先进，火星人做了这样的解释："因为我们用科学的方法，来整理人类的组织，合理的享受，一切都不会引起纷争来，科学的理智，把感情进化了，再也没有那野蛮的情绪了。"这些隐约表达着沦陷区普通市民的善良愿望。

耿小的曾在《三六九画报》文艺页的发刊词中说：

> 我们这页"文艺"，是写现实社会上的生活事情，讽刺也罢，批评也罢，总之态度是不要脸红脖粗，赤筋努露的过于严肃，也不要光会挑剔，而把自己置诸世外地说风凉话，须知自己也是社会里的人物啊！我们宁要那丑的文学，也比那美而无灵魂的东西强。②

这也可以概括耿小的自己的写作。

---

① 小的：《云山雾沼·第一章　行者八戒沙僧再降世》，《立言画刊》1941年第150期。
② 小的：《我们的态度》，《三六九画报》1941年第10卷第5期。

中国现代通俗小说史略
A Brief History of Modern Chinese Popular Fiction
侦探小说

1896年至1897年《时务报》发表了张坤德翻译的福尔摩斯侦探案。

　　中国人读出了侦探小说的"人权"和"科学"意义。林纾说："俾朝之司刑谳者，知变计而用律师包探，且广立学堂以毓律师包探之材，……下民既免讼师及隶役之患，或重睹明清之天日，则小说之功宁不伟哉！"① 翻译了许多侦探小说的著名译家周桂笙则说："泰西各国，最尊人权，涉讼者例得请人为辩护，故苟非证据确凿，不能妄入人罪。此侦探学之作用所由广也。"② 在周桂笙的眼中，侦探小说意味着西方讲"人权"与"科学"的"侦探学"。

　　吴趼人曾"调查"读者对于侦探小说的反应："访诸一般读侦探案者，则曰：侦探手段之敏捷也，思想之神奇也，科学之精进也，吾国之昏官、聩官、糊涂官所梦想不到者也……，译此者正以输入文明。"③ 中国读者首先关注的是社会的公平与正义。

---

① 林纾：《神枢鬼藏录·序》，转引自阿英编《晚清文学丛钞·小说戏曲研究卷》，中华书局1960年版，第237—238页。
② 周桂笙：《歇洛克复生侦探案·弁言》，《新民丛报》第55号第85页。
③ 中国老少年（吴趼人）：《〈中国侦探案〉弁言》，上海广智书局1906年版，转引自《20世纪中国小说理论资料·第1卷》，北大出版社1989年版，第194页。

程小青的《霍桑探案》

1916年，中华书局出版了程小青等人翻译的《福尔摩斯侦探案全集》。刘半农为其写跋时，强调了它的启智作用，说侦探小说"则唯有以脑力为先锋，以经验为后盾，神而明之，贯而彻之，始能奏厥肤功。彼柯南道尔启发民智之宏愿，欲使侦探界上大放光明。……即言凡此种种知识，无一非为侦探者所可或缺也……一案既出，侦探其事者，第一步工夫即是一个'索'字，第二步工夫是一个'剔'字，第三步工夫即是一个'结'字。……以文学言，此书亦不失为20世纪纪事文中唯一之杰构。"[①]

程小青（1893—1976）出生于上海淘沙场（今南市）一个小职员家庭。16岁即入上海亨达利钟表店当学徒。业余在补习夜校学习英语。1914年秋，上海《新闻报》副刊《快活林》举办征文竞赛，程小青的《灯光人影》被选中。程小青为其中的侦探取名

---

① 刘半农：《福尔摩斯侦探案全集·跋》，转引自《20世纪中国小说理论资料·第1卷》，北大出版社1989年版，第519—522页。

"霍森"，但出版时却变成了"霍桑"。程小青后即以"霍桑"为侦探名，陆续写起"霍桑探案"的系列小说。

1915年，程小青担任苏州天赐庄东吴大学附属中学临时教员，和教英语的美籍教员许安之互教互学（程向许学英语，许向程学吴语），英语程度大进，并开始练习翻译文学作品。1916年，程小青和周瘦鹃等用浅近的文言翻译《福尔摩斯侦探案全集》，共12集，其中第6、7、10、12等集中均有程小青的译作。同年他被聘为苏州景海女子师范学校语文教员。1917年，他经人介绍加入基督教监理会（后改为中华基督教卫理公会）。1922年，主编《侦探世界》月刊（由上海世界书局发行），前后共出刊36期。1923年，他因创作日丰，名声日进，被重学历的东吴大学附中破格聘为语文教员，讲授写作课。同年，在苏州天赐庄附近的寿星桥畔购地营造房屋十多间，自题"茧庐"。1924年，被无锡《锡报》聘为副刊编辑。同时，通过函授在美国大学进修"犯罪心理学""侦探学"等课程。1930年，应邀再次为世界书局用白话文重新编译《福尔摩斯探案大全集》。1931年，由文华美术图书公司出版《霍桑探案汇刊》1、2集，标志着"霍桑"这一形象被读者认可接受。程小青还先后为上海友联影片公司、明星影片公司、国华影片公司等改编过多种电影剧本。1938年，和徐碧波合编《橄榄》杂志。1946年，《霍桑探案全集袖珍本丛刊》陆续由世界书局出版，共计出版30种。1949年后，程小青任教于苏州市第一中学。

程小青的《霍桑探案》对中国侦探小说读者颇具吸引力。他曾说："我所接到的读者们的函件，不但可以说'积纸盈寸'，简直是'盈尺'而有余……他们显然是霍桑的知己——霍迷。"[1] 程小青在

---

[1] 程小青：《霍桑探案袖珍丛刊之七·舞后之归宿》，世界书局1947年版，第1页。

写作中比较严格地遵循福尔摩斯—华生模式。之所以如此，是因为程小青"曾译过一部《世界名家侦探小说》集，便可略略窥见侦探小说的作风与体裁的演进的史迹。内中要算柯南道尔的努力最大，成绩最伟"[①]。他也体悟到福尔摩斯—华生的模式在侦探小说中不可否认的经典结构意义，因此在"霍桑探案"中，程小青模仿福尔摩斯—华生的模式，设计了霍桑—包朗的评价关系。程小青说：

譬如写一件复杂的案子，要布置四条线索，内中只有一条可以达到抉发真相的鹄的，其余三条都是引向歧途的假线，那就必须劳包先生的神了，因为侦探小说的结构方面的艺术，真像是布一个迷阵。作者的笔尖，必须带着吸引的力量，把读者引进了迷阵的垓心，回旋曲折一时找不到出路，等到最后结束，突然把迷阵的秘门打开，使读者豁然彻悟，那才能算尽了能事。为着要布置这个迷阵，自然不能不需要几条似通非通的线路，这种线路，就须要探案中的辅助人物，如包朗、警官、侦探长等等提示出来。他提出的线路，当然也同样合于逻辑的，不过在某种限度上，总有些阻碍不通，他的见解，差不多代表了一个有健全理智而富好奇心的忠厚的读者，在理论上自然不能有什么违反逻辑之处的。

因此之故，有不少聪明的读者，便抱定了成见，以为华生或包朗的见解，总是不切事实和引入歧途的废话，对于他的见解议论特别戒严，定意不受他的诱惑。假如真有这样聪明的读者，那我很愿意剖诚地向他们进一句忠告，这成见和态度是错误的！因为包朗的见解，不一定是错误的，却往往"谈言微中"。案中的真相，他也会得一言道破，他的智力与眼光，并

---

① 程小青：《侦探小说的多方面》，芮和师等编《鸳鸯蝴蝶派文学资料（上）》，福建人民出版社1984年版，第69页。

不一定在霍桑之下，有时竟也有独到之处！因我既不愿把霍桑看做是一个万能的超人，自然他也有失着，有时他也不妨不及包朗。譬如那《两个弹孔》等案，便是显著的例证。读者们如果抱定了前述的成见，读到这样的案子，难免要怨作者的故作狡狯。那我也不得不辩白一句，须知虚虚实实，原是侦探小说的结构艺术啊。①

范烟桥曾评价程小青，他"模仿柯南道尔的做法，塑造了'中国福尔摩斯'——霍桑"，这个霍桑却是"纯粹的'国产'侦探"。②

程小青是一位认真、严肃、正派的侦探小说家，他既反对描写超人式的英雄，又不渲染色情与暴力。他从自己的正义感出发将霍桑塑造成近乎智慧的化身。他在作品中提出的种种疑窦面前，运用科学的方法，与读者一起去观察、探究、集证、演绎、归纳、判断，在严格的逻辑轨道上，"通过调查求证、综合分析、剥蕉抽茧、千回百转的途径，细致地、踏实地、实事求是地、一步步拨开翳障，走向正鹄，终于找出答案，解决问题"③。程小青的《霍桑探案》总是采取多线索、多嫌犯的错综复杂的矛盾结构。总是在嫌疑与排除、矛盾与解脱、偶然与必然、肯定与否定、可能与不能、正常与反常的对立之中展开和深化情节，几经周转与反复，最后落实到似乎最不可能、最意外的焦点之上，令读者瞠目结舌。此时作者却为此做出无懈可击的逻辑推理，使读者口服心服。

霍桑并不是万能的超人。书中人曾当面恭维他是"万能的大侦探"，但霍桑的回答是："什么话！——万能？人谁是万能？"程小青塑造的霍桑，是一位有胆有识的私家侦探，是程小青理想中的英雄。程小青曾为霍桑立传，写过《霍桑的童年》一类的文章。在

---

① 程小青：《侦探小说的多方面》，芮和师等编《鸳鸯蝴蝶派文学资料（上）》，福建人民出版社1984年版，第72页。
② 范烟桥：《民国旧派小说史略》，魏绍昌编《鸳鸯蝴蝶派研究资料》，上海文艺出版社1962年版，第240—241页。
③ 程小青：《从侦探小说说起》，《文汇报》1957年5月21日。

《江南燕》等探案中,也着重介绍过他的身世。程小青将霍桑原籍设计为安徽,与程小青的祖籍相同。设计包朗与霍桑在中学、大学同窗6年。后来包朗执教于吴中(这也与程小青任教于东吴附中暗合)。霍桑因父母先后谢世,"孑然一身,乃售其皖省故乡薄产,亦移寓吴门,遂与余同居"。并褒赞他学生时代具有科学头脑,对"实验心理、变态心理等尤有独到",而且介绍他"喜墨子之兼爱主义,因墨家行侠仗义之熏陶,遂养成其疾恶如仇,扶困抑强之习性"[1]。这种设计人物的早年习性与其成为大侦探后蔑视权贵强暴、同情中下阶层的正义感,具有承袭关系。

程小青设计的霍桑形象具有充分的现代性。敏锐的明察秋毫的观察力,执着而孜孜不倦的作风,搜集一切足以证明案件实情的材料,进行精密细致的求证。只有具备科学头脑的人,才有"慧悟"的本领,有"察微知著"的"悟性"和智慧,才是侦探最主要的素质。霍桑从不指白为黑,更不冤屈无辜。恐吓的方法与他无缘,没有足够的证据,决不下武断的结论。他说:"我觉得当侦探的头脑,应得像白纸一张,决不能受任何成见所支配。我们只能就事论事,凭着冷静的理智,科学的方式,依凭实际的事理,推究一切疑问。因此,凡一件案子发生,无论何人,凡是在事实上有嫌疑可能的人,都不能囿于成见,就把那人置之例外。"[2] 这些形象设计完全具有现代科学民主精神、法制精神,与传统中国的公案小说画出清晰界限。

包朗这一"助手形象"是霍桑探案中功能性叙事的需要。当作品中布置假线以便将读者引入迷宫时,在大多数情况下,包朗是将读者引入迷宫的"向导"。而使读者豁然开朗的则是"主脑"霍桑。在作品中,这位助手还有一个作用,就是成了霍桑制造悬念的"工

---

[1] 程小青:《霍桑探案袖珍丛刊之十九·江南燕》,世界书局1947年版,第1—2页。
[2] 程小青:《霍桑探案外集·窗》第3集第6编,上海大众书局1931年版,第74页。

具"，即往往由他从旁提出疑点，而霍桑又不愿当即坦率地作出回答，有时霍桑说自己尚无把握；或者说，再等半小时，真相可以大白，于是构成了悬念。一旦霍桑引领读者走出了迷宫，往往又需要包朗从旁为读者做"注释"。

程小青尽量将社会问题与探案有机地结合起来，使鞭挞的寓意与惊险的情节相融合。此类较为成功的作品有《案中案》《活尸》《狐裘女》和《白纱巾》等。在《白纱巾》中，霍桑与包朗对当时的法律也有自己的评价："在正义的范围之下，我们并不受呆板的法律的拘束。有时遇到那些因公义而犯罪的人，我们往往自由处置。因为在这渐渐趋向物质为重心的社会之中，法治精神既然还未能普遍实施，细弱平民受冤蒙屈，往往得不到法律的保障。故而我们不得不本着良心权宜行事。"[①] 他有自己的进步意识，较清醒地站在正义的立场上处理社会不义与法律倾斜诸问题。

霍桑与包朗作为私家侦探，他们与官方警探的关系也存在着竞争关系，而借他们的嘴批评官方侦探，也顺理成章。包朗说："现在警探们和司法人员的修养实在太落后了，对于这种常识大半幼稚得可怜，若说利用科学方法侦查罪案，自然差得更远。他们处理疑案，还是利用着民众们没有教育，没有知识，不知道保障固有的人权和自由，随便弄到一种证据，便威吓刑逼地胡乱做去。这种传统的黑暗情形，想起来真令人发指。"[②]

程小青在侦探理论上也有一定的造诣。他在这方面的建树可用12个字加以描述："叙历史，谈技法，争位置，说功能。"程小青对国外侦探小说的历史有较多的了解，他在译介多位侦探小说作家的作品时，对他们的创作历程及发展流变进行了一定的研究，呈现了这类

---

① 程小青：《霍桑探案袖珍丛刊之十五·白纱巾》，大众书局1936年版，第83页。
② 程小青：《霍桑探案袖珍丛刊之二十九·血手印》，世界书局1946年版，第3—4页。

小说的历史进程；在侦探小说多种技法的运用上，他比较了侦探小说的"他叙体"与"自叙体"不同的表达法。他也谈过侦探小说命名与取材的技巧，怎样设计开端与结尾的技法，直至如何在生活触发中获取灵感，如何进行构思，以及侦探小说的严谨细致的结构技法等等。

程小青想在文学领域为侦探小说争一席之地。他在《侦探小说在文学上之位置》一文中指出："其在文学上之地位众说纷纭，出主入奴，迄无定衡。"不少人还"屏侦探小说于文学疆域之外，甚者目侦探小说为'左道旁门'而非小说之正轨"①。他从想象、情感和技巧三方面来论证侦探小说的文学血缘。他认为任何文学体裁都需要想象，而侦探小说却更少不了想象这一元素。他对有些人说侦探小说不能"诉诸情感"，感到愤愤不平。他指出侦探小说能令读者的感情进入惊涛骇浪般的境界："忽而喘息，忽而骇呼，忽而怒眦欲裂，忽而鼓掌称快……"②在技巧上，程小青指出："侦探小说写惊险疑怖等等境界以外，而布局之技巧，组织之严密，尤须别具匠心，非其他小说所能比拟。"③"侦探小说在文艺园地中的领域可说是别辟畦町的"。④程小青的所谓"别辟畦町"是指侦探小说不仅有一般小说的"移情"作用，而且有它特有的"启智"功能："我们若使承认艺术的功利主义，那末，侦探小说又多一重价值。因为其他小说大抵只含情的质素，侦探小说除了'情'的原素以外，还含着'智'的意味。换一句说，侦探小说的质料是侧重于科学化的，它可以扩展人们的理智，培养人们的论理头脑，加强人们的观察力、想象力、分析力、思考力，又可增进人们辨别是非真伪的社会经验。所以若把'功利'二字加在侦探小说身上，它似乎还担当得起。"⑤

---

①③ 程小青：《侦探小说在文学上之位置》，《紫罗兰》第3卷第24号，1929年3月11日。
② 程小青：《谈侦探小说（上）》，芮和师等编《鸳鸯蝴蝶派文学资料（上）》，福建人民出版社1984年版，第63页。
④ 程小青：《霍桑探案袖珍丛刊·著者自序》，世界书局1946—1947年版，第1页。在多本袖珍丛刊中均有这篇《著者自序》。
⑤ 程小青：《论侦探小说》，《新侦探》1946年第1期。

孙了红的《蓝色响尾蛇》

孙了红祖籍浙江（一说浙江慈溪，一说浙江宁波鄞州区）。光绪年间，其祖即在上海开设孙广兴钟表店。父孙友三，倾心丹青，尤善画松。孙了红生于1897年，兄弟三人。了红居长，乳名双喜，学名咏雪；二弟吟雪；三弟啸雪。

孙了红成名之后，凡是与他有深交的编辑在介绍他时都异口同声谈到他的"病弱"和他脾气的"古怪"。他飘然不定，来去无踪。抗战期间，孙了红的《新济公传》长篇连载轰动上海滩，但时常脱期，急得曾任《万象》《春秋》主编的陈蝶衣找上门去，而孙竟常常一别数月，要找到他也真不容易。熟悉孙了红的人都知道他才思横溢，拆开一个香烟壳子，他也能写下几段悬念。他笔下的鲁平系红领带，叼黑色烟斗，左耳有一点红痣，很多读者想象孙了红一定西装革履，一派绅士风度。其实不然。他略有驼背，衣衫不整，落拓不羁,用他自己的话来说,像个"老屈死"。

中华人民共和国成立以后,孙了红又迁重庆南路华安坊,贫病交加。在20世纪50年代末期,他曾受聘为上海天鹅越剧团编剧,改编过《搜书院》,由丁赛君、筱月英主演。孙了红取笔名狄弥。取"籴米"的谐音,为了籴米买柴养家糊口之意。1958年,孙了红因结核病复发病故。

孙了红是中国著名的反侦探小说作家。如果说,程小青成名于20世纪二三十年代,那么孙了红创作的高峰要比程氏略迟些,应该说,他的黄金时期是在20世纪40年代。虽然他在20年代初也有作品发表。例如在1923年释云编的《小报》杂志上就有孙了红的短篇小说《新封神榜》。其中有一段是《姜了牙兵进美人关》,讲守将万人迷用媚眼中的神光——无线电征服了哪吒,用情丝万丈法宝捉住杨戬。姜子牙正无法时,来了猪头山洋盘真人,用"美元"光征服万人迷。"正是:英雄难过美人关,美人也怕袁世凯。"[①]这里的"袁世凯"指银圆。在写这篇小说之前,他在1922年的《半月》中还用文言写过短篇。到1923年,他写作超短篇小说,当时被称为"5分钟小说"。

孙了红的早期创作与后来的反侦探小说可谓判若两人。他的神速进步与他受法国作家毛列司·勒勃朗(今译作莫里斯·卢布朗)的影响是分不开的,特别是他应大东书局之邀,成为《亚森罗苹案全集》(今译作《亚森·罗宾探案集》)的译者之一,这为他研究反侦探小说提供了大好的契机。

孙了红的小说往往以罗苹的谐音鲁平为主人公,每作还以"东方亚森罗苹近案"为副题。1925年9月,在《红玫瑰》第2卷第

---

① 孙了红、悲秋:《新封神榜》,《小报》杂志,1923年第2期。

11期上发表《恐怖而有兴味的一夜》成了他的一个新起点。这篇小说中出现了一个蒙面的黑衣人;他来找孙了红,自称鲁平,向孙了红严肃"发令":"我将来造成了一件案子,你笔述起来标题只许写鲁平奇案或鲁平轶事,却不许写东方亚森罗苹案字样,因为我不用这种拾人唾余的名字。"这是孙了红宣告了他要走自己的路——创新之路。

孙了红在文中也自白了写侠盗小说的"用意":"因为我感觉到现代的社会实在太卑劣太龌龊,许多弱者忍受着社会的种种压迫,竟有不能立足之势,我想在这种不平的情形之下,倘然能跳出几个盗而侠的人物来,时时用出奇的手段去儆戒那些不良的社会组织者,那末社会上或者倒能放些新的色彩也未可知咧。"自此,在20世纪20年代下半期,孙了红迎来了他创作反侦探小说的迸发期,写出了《燕尾须》《虎诡》《雀语》等等。

孙了红是以叛逆者的形象出现的。郑逸梅曾介绍:"孙了红的名片有趣极了,是仿宋字印的:中为孙了红,旁有别署野猫4字;反面画着一黑狸奴,耸体竖尾,圆睁怪眼,大有搏击奋跃的样子。……"[1](孙多才多艺。据陈蝶衣回忆:"抗战时期,我曾与他合作鬻扇,他的花卉画,我的不入流的字。"[2])可见孙了红有着一个野猫式的鲁平的灵魂,但他的肉体却是弱不禁风的老肺病患者。

代表孙了红最高水平的作品是20世纪40年代发表在《万象》《春秋》和《大侦探》上的系列侠盗鲁平奇案。这第二个创作高潮也是他的艺术巅峰期。《鬼手》《窃齿记》《血纸人》《33号屋》《木偶的戏剧》《窃心记》《蜂媒》《鸦鸣声》《蓝色响尾蛇》等皆是这一时

---

[1] 郑逸梅:《说林珍闻·名刺谈》,《半月》1924年第3卷第18号。
[2] 陈蝶衣:《侠盗鲁平的塑造者——孙了红》,《万象》(香港)1975年第3期。

期的杰作。他精益求精，在出版单行本时，往往还修改作品，特别在题目上颇费了一番心机，如将《劫心记》改为《紫色游泳衣》，将《航空邮件》改为《鸦鸣声》。其中《紫色游泳衣》《蓝色响尾蛇》和《鸦鸣声》可以视为他的代表作。这也说明在孙了红创作的后期，他已经跳出亚森罗苹案的影响，有了自己的特色。

毛列司·勒勃朗喜欢调侃福尔摩斯。在巨盗亚森罗苹与侦探福尔摩斯的斗法中，亚氏被写得生龙活虎，而福氏则"笨如蠢豕"。但孙了红否定了毛列司·勒勃朗的基调。在他的笔下，霍桑也是智慧的化身，但鲁平的手腕更神出鬼没，令人防不胜防。鲁平"盗亦有道"，他为了战胜"盗中之魔"，有时冒霍桑之名，有时则比侦探先发制人，捷足先登，去占有社会上的吸血鬼们的不义之财；侦探与警局皆奈何他不得。这是孙了红的基本思路。所谓胸中满储冰块的孙了红，在内心深处蕴藏着对人间的同情。鲁平严冷地惩罚那些吸血的臭虫们，严冷不过是赤热的一种变奏。

在早期，鲁平奇案往往是"独脚盗"的精彩表演，属于一种巧构小说。到后期，鲁平已成为一个"首领"，下面有了一帮配角。

《紫色游泳衣》《蓝色响尾蛇》和《鸦鸣声》，都是孙了红在抗战之后发表的。那时，《大侦探》杂志的主编是孙了红，其实他病弱的身体是无法肩担此"重任"的，但只要他肯挂名，这个杂志就能靠他的"无形资产"，吸引广大的读者，更何况他的新作大多发表在这个刊物上。从这些作品，可以看出孙了红对当时从后方飞来的接收大员的憎恶，如"他忽然又想：为什么世上有许多人，老想做官，而不想做贼？一般的说来，做官，做贼，同样只想偷偷摸摸，同样只想在黑暗中伸手。目的，手段，几乎完全相同。不同的是做贼所伸的手，只使一人皱眉，一家皱眉，而做官者所伸的手，那就要使一路皱眉，一方皱眉，甚至会使一国的人都大大皱眉！基于上述的理论，可知贼与官比，为害的程度，毕竟轻得多！这个世界上，在老百姓们看来，只要为害较轻，实已感觉不胜其可爱！那末，想做官的人又何乐而不挑选取这一种比较可爱的贼的职业呢？"[1]这是对当时的"劫收大员"的刻骨的讽刺，而语气又是极为"温和"的调侃。

在抗战胜利后的孙了红的作品中，能看出当年大量涌进好莱坞的电影对他的影响特深，鲁平，有一点"硬汉派小生"的雏形。特别在《蓝色响尾蛇》和《航空邮件》中，鲁平的外表打扮得很像"花花公子"，引得一些美女对他的欣赏。如果仔细分辨，这些小说已经是一个个很时髦的分镜头剧本。这与当时引进的美国生活方式很为契合，因此也更能赢得一般新市民读者的青睐。在《航空邮件》的开端，大新公司地下室饮食部里的几位漂亮的女售货员，悄悄争论的是鲁平像劳勃脱扬，还是像贝锡赖斯朋，这些大概都是当年美国好莱坞电影中的著名小生，之后几位小姐又争论起鲁平究竟是28岁还是46岁。她们频频向鲁平飞媚眼，以至于鲁平也向她们飞了一个吻，作为回报。当然在外表上鲁平像个玩世不恭的"浪荡子"，但轮到他做贼时，他还是动真格的。《蓝色响尾蛇》是写抗战刚胜利时，两帮日寇的走狗都想摇身一变而成为"新宠"，而且还想相互敲诈。陈妙根向"蓝色响尾蛇"黎小姐开价竟达80万美金之巨。于是这位被敲诈的"蓝色响尾蛇"黎小姐就先动手杀人灭口。她杀了陈妙根，并顺手劫财。而鲁平却来迟了一步，他想到手的陈妙根的"财"——一两千万的黄金美钞已被"蓝色响尾蛇"黎

---

[1] 孙了红：《蓝色响尾蛇》(又名《1947的侠盗鲁平》)，《大侦探》1947年第9期。

小姐顺手牵羊牵走了。鲁平破译了黎小姐的电话,到她府上谈判。这位美女一会儿与鲁平亲密得像是谈恋爱的对象,一会儿又杀机腾腾。他们两人在黎小姐豪华的别墅里就像合演了一出绝妙的折子戏。黎小姐钦佩鲁平将她杀人劫财的一步步动作"还原"得那样准确,像摊牌一样,一张有一张的分量;而老辣的鲁平也在黎小姐的"攻势"下,有时被她逗弄着,"像幼稚园中的女教师,教训着一个吃乳饼的孩子",以致只好呻吟似的说:"我的美丽的小毒蛇,我佩服你的镇静,机警!"这应该看成是势均力敌。但到他们正式谈价钱时,鲁平叫黎小姐将她从陈妙根处所劫的钱财交出时,这条响尾蛇交出了她的首饰盒,同时以迅雷不及掩耳之势拔出了手枪。她可以立即扣动扳机。"只要指尖一钩,撞针一有效,一缕蓝烟,一摊红的水,好吧,陈妙根第二!"在"21. 蓝色死神"一节中,作者一再强调那黎亚男的"蓝色线条"与小手枪的"蓝钢管子",好像可以让鲁平做鬼也风流。鲁平是惶急的,"他急得默默地乱念咒语:念的大约就是 20 年后又是一条好汉"。可是她并没有开枪,直到被鲁平故弄玄虚将枪"缴"在自己手里。鲁平总算越过了这"一条爱与死的分界线",他毫不客气地没收了她的首饰盒中的全部首饰,当他持枪离去,回首最后一瞥时,只见"这女子疲乏地倒在沙发里,她在嫣然微笑,笑得很得意"。鲁平胜利回去后,第二天仔细"回味"了这嫣然得意的笑容,他又发觉了自己的失败。他所拿到的不过是区区 1000 万法币的首饰,而陈妙根向她敲诈的却是大大的 80 万美金。美人爱他这位鼎鼎大名的英雄,所以不想开枪;然后却用小小的"布施"便轻轻地将他打发走了,这岂非对英雄的侮蔑,无怪她会嫣然微笑地作胜利状。鲁平跳起身来又赶到别墅去。

———

可是迟了，人去楼空。佣人给了他一封信和一只黎亚男手上的钻戒。信中写道：

……

昨夜里的某一瞬间，我好像曾经失掉过情感上的控制，由于心理冲突，我曾给予你一种机会。或许你是明白的，或许你还不明白，假使你还不明白，等一等，你会明白的。

……

昨夜，你忘却劫收我的钻石指环了，为什么？你好像很看重这个指环，让我满足你的贪婪吧，请你收下，作一个纪念。愿你永远生长在我的心坎里。

世界是辽阔的，而也是狭隘的，愿我们能获得再见的机会，不论是在天之涯，是在海之角！

祝你的红领带永远鲜明！①

当鲁平悻悻离去时，有人向他射了三枪，他那顶 KNOX 牌子的帽子也被打落在地。他看见一个西装青年骑车疾驰而去转眼成一小黑点不知所终。他知道这是化装了的黎小姐。帽子上是整齐的一排三个洞，只要有一颗子弹略微压低一点，他就去"见上帝"了。多么精准的枪法。"在这一霎时间，他的情感，突起了一种无可控制的浪涛。他感觉到世间的任何东西，不会再比那个女子更可爱！……他喘息地奔向他的小奥斯汀。他在起誓，送掉十条命也要把这女子追回来，无论追到天涯海角。但是，当他喘息低头开那车门时，突然，一个衰老的面影，映出在那车门的玻璃上，这像一大桶雪水，突然浇上了他的头，霎时，使他的勇气，整个丧失无余。"②鲁平已经四十大几，他在车窗上照出了他自己的"惭愧"，

---

①② 孙了红：《蓝色响尾蛇》(又名《1947年的侠盗鲁平》)，《大侦探》1947年第15期。

他能面对这么一个美丽而年轻的"蓝色线条"吗？他觉得不配。自信而无往不胜的鲁平竟然也有失败与惭愧的时候。

孙了红的小说很有好莱坞电影的况味。它既有惊险狡诈的斗智，也有半真半假的调情；既有旁敲侧击的谈判，也有朦胧暧昧的爱意；既有剑拔弩张的较量，也有缠绵悱恻的留恋……场面或是浪漫刺激的舞厅一角，或是孤零零的别墅中的会客厅，既时尚又豪华，能投合当年新市民的"元素"应有尽有。程小青与他相比，是老派侦探小说，孙了红一只脚已跨进了新派的门槛，已有硬汉派侦探小说的英武与灵动，有了一点现代时尚的味道。孙了红的小说情节高度紧张，但作品中荡漾的是风流倜傥的飘逸之气。孙了红的《蓝色响尾蛇》显示，他如果能继续创作，风格还会有更大的发展，不过时代与他的体质都不肯让他有这份荣幸！他的作品在20世纪40年代，算是中国侦探小说的绝唱。

中国现代通俗小说史略　科学幻想小说

A Brief History of Modern Chinese Popular Fiction

徐念慈的《新法螺先生谭》

　　科学幻想小说作为小说类型的名称出现于清末民初。1900年"科学小说"的概念已经在中文报刊上出现。1900年《绍兴白话报》第91期载有《科学小说雨花台》；1900年第7期《游戏世界（杭州）》"小说闲评"栏载有广智书局出版周桂笙、广智的《科学小说　地心旅行》的介绍；1900年第2期《竞化》载有鞠隐创作的《科学小说　阴兵火》。1902年《新小说》从第1号起连载翻译小说《海底旅行》，标识为"泰西最新科学小说"。《新小说》是具有重要影响的新文学期刊，标志着"科学小说"在中国文学界的登场。1914年时各报刊已经普遍将幻想小说作为小说分类名称。《赛青凤》①《异梦记》②《可怕之大行星》③《升天入地观战记》④《梦游桃源记》⑤《天上飞来》⑥《予为皇帝》⑦这些短篇小说在发表时均标称"幻想小说"。在这些标称幻想小说的作品中，《可怕之

---

① 南山人：《幻想小说　赛青凤》，《香艳杂志》，1914年第2期。
② 怀瑾：《幻想小说　异梦记》，《香艳杂志》1914年第3期。
③ 峡猿：《幻想小说　可怕之大行星》，《礼拜六》1914年第24期。
④ 徽宇：《幻想小说　升天入地观战记》，《欧洲风云》1914年第6期。
⑤ 品丹、漱石：《幻想小说　梦游桃源记》，《七天（上海1914）》1914年第4期。
⑥ 卢祥麟：《幻想小说　天上飞来》，《兵事杂志》1914年第7期。
⑦ 天白：《幻想小说　予为皇帝》，《礼拜六》1914年第12期。

大行星》《升天入地观战记》《天上飞来》若标称"科学小说"并无不妥,而当年许多标称"科学小说"的也完全可以标称幻想小说。在清末民初,科学小说、幻想小说常常并无严格区分。

作为类型的科学幻想小说其意义、特征的讨论随着梁启超等人倡导的"小说界革命"而起。在晚清,"科幻小说"被赋予了传播普及科学知识、思想启蒙的功用。包天笑指出:"科学小说者,文明世界之先导也。""其输入文明思想,最为敏捷。"[1]鲁迅则说"故苟欲弥今日译界之缺点,导中国人群以进行,必自科学小说始"[2]。定一说明了科学小说与哲理小说的关系,"吾意以为哲理小说实与科学小说相转移,互有关系:科学明,哲理必明"[3];饮冰(梁启超)在《〈世界末日记〉译后语》中指其为"以科学上最精确之学理,与哲学上最高尚之思想,组织以成文"[4];《中国唯一之文学报〈新小说〉》在介绍《新小说》杂志上准备登载的小说类型时,专门列出一类"哲理科学小说",指出这是"专借小说以发明哲学及格致学,其取材皆出于译本"[5];成之则说"科学小说,此为近年之新产物,借小说以输进科学智识"[6];《新纪元》中则说,"专就未来的世界着想,撰一部理想小说,因为未来世界中一定要发达到极点的,乃是科学,所以就借这科学,做了这部小说的材料……就表面上看去,是个科学小说"[7]。这些论述对于后来的科学幻想小说理论和创作产生了重要的影响。

---

[1] 包天笑:《〈铁世界〉译余赘言》,迦尔威尼思著:《科学小说 铁世界》,文明书局1903年版,第1页,包天笑据森田思轩本转译。
[2] 鲁迅:《〈月界旅行〉辨言》,《月界旅行》,日本东京进化社1903年版,陈平原、夏晓虹编《二十世纪中国小说理论资料》第1卷,北京大学出版社1997年版,第68页。
[3] 定一:《小说丛话》,《新小说》第15号,1905年,陈平原、夏晓虹《二十世纪中国小说理论资料》第1卷,北京大学出版社1997年版,第99页。
[4] 《新小说》第1号,1902年,陈平原、夏晓虹编《二十世纪中国小说理论资料》第1卷,北京大学出版社1997年版,第57页。
[5] 新小说报社:《中国唯一之文学报〈新小说〉》,《新民丛报》14号,1902年,陈平原、夏晓虹编《二十世纪中国小说理论资料》第1卷,北京大学出版社1997年版,第62页。
[6] 成之:《小说丛话》,陈平原、夏晓虹编《二十世纪中国小说理论资料》第1卷,北京大学出版社1997年版,第62页。
[7] 《新纪元》第1回,上海小说林社1908年版,第1页。

梁启超创作的《新中国未来记》①，虽然标为"政治小说"，却具有幻想小说的特点。小说的叙述重点落在回顾大中国的发展历程中，以孔觉民博士"中国近六十年史"的演讲作叙事框架，把强国之路分为预备、分治、统一、殖产、外竞、雄飞六段，小说叙事者通过未来回顾的方式探讨中国的发展道路。

《新中国未来记》虽然甚少科学小说特有的"科学"元素，但是，它典型地揭示了20世纪初驱动中国人幻想的深刻的现实动力：近代屡屡受挫受辱的民族创伤，强烈的统一、独立、富强、复兴的梦想。《新中国未来记》同时开启了所谓"未来完成式"的叙事，把传统超越历史时间的神鬼仙魔的幻想叙事引向线性时间，从此，小说中的时间总是与进化、进步、指向的未来深刻关联，赋予了幻想叙事鲜明的现代性。幻想的文化资源、时间观念、叙述话语，由此迥异于传统，构成一个陌生新鲜的现代幻想文学世界。

具备"科学"，同时具有"幻想"特质的创作小说，是东海觉我徐念慈的《新法螺先生谭》。

东海觉我，徐念慈（1875—1908），近代小说家、翻译家。原名烝义，字念慈，以字行；后又改字彦士，别号觉我、东海觉我，江苏常熟人。1895年中秀才。1897年与张鸿、丁祖荫在常熟创办中西学社，至1903年，在中西学社任教并编辑历史、地理、算术讲义。1903年起开始文学生涯，译英国马斯他孟立特（Frederick Marryat 1792—1848）的冒险小说《海外天》（*Masterman Ready, or The Wreck of the Pacific*）②，1904年与曾朴、丁祖荫在上海创办小说林社，任编辑主任。后又任《小说林》杂志译述编辑。他热衷于介绍西方先进的科学文化，不仅翻译了科幻小说《黑行星》，

---

① 梁启超：《新中国未来记》，《新小说》第1、2、3、7号，1902—1903年。
② "日本樱井鸥村君由英文译为日文，名曰《绝岛奇谭》，此编又由日本文重译者也。"昭文徐念慈译《冒险小说海外天》，海虞图书馆光绪二十九年（1903）版，第6—7页。

并创作科学幻想小说《新法螺先生谭》等。

小说林社1905年出版的徐念慈创作的《新法螺先生谭》[①]标称"科学小说"。

东海觉我的写作动因是戏拟包天笑译自日本岩谷小波所译小说《法螺先生谭》和《法螺先生续谭》。岩谷小波的译作，原著是德国故事"敏豪森公爵历险记"。这部戏拟之作沿用了原著的漫游结构和主人公的名字，却加入了新的内容，尤其是科学名词和概念，使这部小说成为当时颇富有科幻意味的狂想之作。

和《法螺先生谭》一样，《新法螺先生》也采用了第一人称"余"叙述策略。"余"只介绍了自己的信仰宗旨和游历中的所见、所闻、所感，并没具体化地描述自己的样子、家庭身世等"模仿性特征"，"余"只是一个方便自由的叙述装置。"余"在小说中作为第一人称叙事者，既是叙述者、评论者，并且时见说书人的语调，如"为诸君告""再报告诸君前"之类的习语；另一方面，"余"又是故事中的主人公，小说的故事情节就是"余"的故事情节。

文中另一个姓名是"黄种"，其子孙是四万万国人。此人的一切特征都明显影射着古老中国。这种"影射"叙事在晚清小说中蔚然成风。读者和作者在特定的文化语境中达成默契，确保了阅读文本时的有效互动。作者在叙事时意有所指，看似写一个人物，实则指向特定的内容，并且设计了读者解开其密码的钥匙——"黄种"是"黄种人"的简称，读者在阅读文本时往往不难明白作者的用意，寻得作者的所指，获得成就感和游戏快感。这种叙事技法用在人物姓名中，表明小说作家对于人物形象的塑造并没有特别兴趣。作家的兴趣在于所指的社会问题。这造成小说中人物描写简单化、

[①] 东海觉我（徐念慈）：《新法螺先生谭》，小说林社1905年版。

漫画化、概念化特征。

异度空间是科学幻想小说的重要内容。

异度空间的问题包括如何出入异度空间和建构异度空间的知识体系。晚清多数小说仍然采用了中国古代小说中"昏睡""梦幻"的出入异度空间的方式。《卢梭魂》假托卢梭阴魂来到东方，与黄宗羲、展雄、陈涉碰到一起结为同志，预备推翻阴间的君主专制，为阎王所擒，逃到人间，演绎这段故事的叙述者怀仁，一跤跌醒，"却是一场大梦"，手里正拿着一卷书《卢梭魂》。蔡元培的《新年梦》也是以"梦"为结构的故事。小说主人公"中国一民"16岁离家打工，通晓英、法、德三国文字，游历过美、德、法、英、俄、意、瑞等国，他在除夕之夜做了一个梦，梦见在一个很大的会场，在演讲，在公举议员，在规划中国国民的教育、土地、河流、建筑等，在商讨恢复东三省，消灭各国势力范围，撤除租界。他一路行来，看到一片欣欣向荣的繁荣景象，预定的事情都称心如意地办好了。中国独立自主，各国没有战争了，世界文字统一了，交通便利，实现了大同社会，还要到星球上殖民。小说最后是"忽然又听得很大的钟声，竟把他惊醒了"[①]。整个乌托邦就是一个梦的描述。陆士谔的《六路财神》开篇也是叙事者听了朋友对于时事的议论，心有所触，"喝了几杯酒，忽地醉了，就在席上伏着，朦胧睡去"，最后声明："这些事情便都是士谔梦里那本小册子上瞧见的，看官们瞧了，就当作梦话亦无不可。"[②]诸如此类的结构随处可见。

《新法螺先生谭》[③]中的主人公"余"进入异度空间的方式颇有特别之处。"余"幼时原是相信宗教关于天堂、地狱等说法的，但是科学家的研究让他陷入怀疑，"愈思愈疑，愈疑愈思"，"悠悠

[①] 蔡元培：《新年梦》，原载《俄事警闻》第65—68、72、73号，1904年2月17—20日、24、25日，见高叔平编《蔡元培全集》第1卷，中华书局1984年版，第242页。
[②] 陆士谔：《六路财神》，章培恒等编《中国近代小说大系》(胡雪岩外传卷)，百花洲文艺出版社1993年版，第449、524页。
[③] 小说中的原文均引自东海觉我：《新新新法螺天话》(现通行题目为《新法螺先生谭》)，《广益丛报》1907年，第132—134期。

忽忽"两年多,"自怨自艾,脑筋紊乱"。终于有一天发足狂奔,"登一高山之巅",此山高于海平面 36 万尺,在这个神奇的山之巅,发生了奇异之事:

> 忽然大风一阵,自余顶上,数万万尺处,以一秒钟百万尺之速度,自上而下者,复自下而上;又而东、而南、而西、而北。余细察知非寻常空气之流动,实自诸星球所出之各吸力;若大、若小、若纵、若横,交射而成。余所至之山巅,即此无量吸力之中心点,而余以孑然之身当其冲,余又何能自持?盖甫驻足,砉然一声,或竖蜻蜓,或豁虎跳,飞驶驰骤,捷于流星,如入漩涡,如转纺车,意乱心瞀,殆难言状,遂不觉昏然晕绝。

被狂风卷袭而"昏然晕绝",这里似可看到传统叙事进入异度空间的昏睡入梦的痕迹,但是,宇宙引力中心点的想象,却是借助自然科学知识。所以风已经不是风,而是引力流。神奇的是"余"在引力流中的裂变与重组:

> 余身中之诸元质,因此动力,或浑而化合,或驱而化分,一时破坏者、建设者、排除者,一秒时速至一百次,所以余身自入吸力中,仅晕绝二十四小时,而余之神识遂清,顿觉余之精气神,虚空之一部分,别成一团体,余无以名之,即以宗教中普通名辞命之曰"灵魂";真实之一部分,别成一团体,余无以名之,亦以宗教中普通名辞命之曰"躯壳"。

人经过引力交互作用,分为灵魂和躯壳二体。重组后"余"的灵魂和躯壳同时落在喜马拉雅山哀泼来斯之最高峰上。在此山峰,研究了"灵魂"发光的作用。此光照向欧美,激起当地人民和科学家的研究讨论，而照向"余祖国十八省，大好河山最早文明之国民，以为得余为之导火，必有能醒其迷梦，拂拭睡眼奋起直追，别构成一真文明世界，以之愧欧美人，而使黄种执其牛耳"，却不料：

> 无一不嘘气如云，鼾声如雷。长夜漫漫，梦魂颠倒。盖午后十二点钟，群动俱息，即有一小部分，未睡之国民，亦在销金帐中，抱其金莲尖瘦、玉体横陈之夫人，切切私语，而置刺眼之光明于不顾。余于是大怒，拟欲以余身为烈火，爆成无量数火球，将此东半球之东半，一举而焚之，使为干净土，复成一未辟之大洲，而畀之将来之哥仑巴。

小说在想象的叙事中，以"光"作启蒙的隐喻，而启蒙不得的愤激，溢于言表。这愤激导致情节的进一步发展：

> 无如余光之缺点，正因无热力，嗒焉若丧，两腕无力，竟以余灵魂之身，失手而掷于地上。

这一落地产生的弹跳，致使"余"之灵魂一分为二，有四分之三弹射向太空，于是展开太空旅行；四分之一被"余"躯壳拾取，纳入躯壳，此"余"立于哀泼来斯峰顶，适逢火山再次喷发，随沙石飞向空中又复坠入火山口，直至地下世界，由此展开一段地心游记。飞上太空的力量则是作用力和反作用力，坠入地下借助的又是地球重力和运动的加速度。所以"余"进入宇宙、地心所借助的是现代科学知识。天上遨游的情节，不再是传统小说想象的天宫的辉煌和众仙的神力之类，"余"所到之处变成了水星、金星、太阳等具体的宇宙星球，所见到的是造人术、探险日记等，虽然充满了神奇的不可思议之现象，但是以当时的科学知识、科学原理为基础的宏阔想象。

―――――――

入地心之"余"随着重力加速坠下,"余身乃坠于一家之炕上,炕上被褥厚尺许,卧一白发之老翁,正入梦乡,余坠其侧"。此翁已有九千岁,"余""竟得与三百世以上之始祖抵掌高谈"。这一异度空间颇似传统的"巧遇仙人"。但是通过谈话和参观地心展现的却是国人之病。老翁痛苦的是:"余老矣,发音不亮,惜无人代余唤醒之耳。"这位黄种祖先已经失去了传统小说中神仙的优越感和超能力,反而开始表达一种无奈的悲观色彩。这似乎喻示古老的传统对于当前局面的无可奈何。

小说插入了"前五年余游北极下时(笔者注:原文如此)被气球载去之日记簿"中记载的一段探险经历。在北极,他遭遇白熊。气球落在熊身上,熊抓住了他,但是他拼命逃脱了。趁熊睡着时,他升起气球,还挂住了一只白熊,成了他旅途中的伴侣。失去气球后,白熊又成了他的坐骑。这段经历的叙述,增大了小说的想象空间,不仅有天上、地下的故事,还有在地球无人地带的探险。此种富有征服欲望的叙事模式应该是受域外冒险小说的启发,对无人地带的兴趣也是外国小说所特有的。由此可见《新法螺先生谭》叙事中的想象资源来源的多元化。

在《新法螺先生谭》中叙事者使用了大量数字,掺杂在文学性叙事中,使小说呈现出一种精确的科学化面貌。比如"一秒时速至一百次,所以余身自入吸力中,仅晕绝二十四小时",通过数字显示高速旋转中离心力作用下灵肉分离情节的合理性。再如"余"下落时,"按第一秒十四尺二三,第二秒四十二尺六六,第三秒七十一尺一,坠物渐加速率之公例,如炮弹之脱口,直往下落"。这里用的是"加速度"的原理,用数字演化出一种快速感。

小说将光、声、医、热、电以及催眠术等这些近代科技元素在叙事中大肆渲染，表达了对科学力量崇拜的同时，主要是以此来进行国民改造，借科学之力来救国救民。"余""炼成一种不可思议之发光原动力"，可以"使全世界大放光明"，他希望的是以此强光普照九州大地。坠入地心，听黄种祖说国人中毒而昏睡，愈加认定"唤醒国民，其余之责"，"将以求我灵魂之身，而炼成一不可思议之发声器"；在水星上，观"造人术"，想回上海创一改良脑汁之公司，"即我国深染恶习之老顽固，亦将代为洗髓伐毛，一新其面目也"；在金星上看到进化之过程，而感慨"金星球然，即地球何莫不然"，将进化论引入叙事中；在感受到太阳的热力后，"余忽发奇思，因太阳光热……则至日球上"成为交通动力；回到地球则发明"脑电"，代替了其他能量。显然，叙事者借由光、声、热、医、进化论、电等来充当"醒民"的力量手段。

支明的《生生袋》

1906年2月28日《申报（上海版）》编辑在《志谢绣像小说》中写了一段话：

> 昨承商务印书馆赠《绣像小说》第四十九期至五十二期共四册。读《文明小史》可以针砭近日之学界；读《活地狱》可以警告近日之官场；读《扫迷帚》可以祛除社会上之迷信；读《生生袋》可以发明生理学之功用。盖小说也，而改良政教，整齐风尚，亦寓于其中矣。①

这可能是关于《绣像小说》上所发表的这四部小说最早的公开评论。《文明小史》《活地狱》《扫迷帚》几部小说早已被关注，《生生袋》却被一般研究者粗心地看作生理常识的通俗宣传小品而忽略。《生生袋》发表时标称"科学小说"，作者支明，评点者韫梅。这二人具体姓名、生平不详。《生生袋》② 在《绣像小说》第49期

---

① 颛：《志谢绣像小说》，《申报（上海版）》1906年2月28日第四版。
② 支明著，韫梅评：《生生袋》，《绣像小说》1905年第49—52期。（以下所引小说原文均出自此版本。）

至52期连载，全文包含了略具联络的14节，共23000多字。作者在《叙言》中交代，他是因为感到人的身体"张皇幽渺，气象万千，光怪陆离，不可言状"，所以要"描其现象"。而他的描写，与传统的"鄞都不经语"不同，力求"为生理学绘一副真相"。

《生生袋》确实传播了许多当时中国人闻所未闻的现代生理知识，具有大量的硬科学知识，但是，它并不就是科普读物，而是小说，包含了生理科学知识支撑下的关于中国人现代身体的浪漫幻想。

《生生袋》所标称的"科学小说"的"小说"概念，既不是《汉书·艺文志》里的小说概念，也不是宋代以来的传奇、话本、演义，更不是欧美近代文学的虚构叙事，颇似梁启超在《新中国未来记》中的大胆文体创造。《新中国未来记》中演讲是重头戏，黄克强和李去病44个回合的政治论辩，共16000多字，孔觉民在会议上的长篇大论也都是宣讲政治见解的。这类演说论辩进入小说，成为小说的重要元素，从外来源头讲，是英国的政治小说影响下日本小说中的演说体给了梁启超启发；从现实需要讲，维新改良的启蒙需要是这类文体的直接驱动力；而从传统讲，中国先秦诸子中的论辩问难及寓言是其生发的文化根源。《生生袋》作为小说，其构成要素是故事加论说，不着意人物形象的塑造，也不在意故事情节的编排，甚至社会生活细节之类也可有可无，重点关注的是对于现代道理的论说，是现代声音的宣示。人物、情节、细节均服务于某个启蒙道理、启蒙声音的宣示。研究者用教科书的小说概念观察此类创作，觉得其非驴非马，轻率地将其从文学、从小说中排除。事实上，对于清末民初的启蒙知识阶层而言，寻找到适当的启蒙文学形式，比按照文学成规写一部小说更为重要。

小说第一节"山林之殊遇"故事背景是"蕞尔岛"内的一个山村，在赤日炎炎的夏天，一位老学究挥汗如雨，村儿则裸体赤足，这时一位"不速之客""冠高冠，衣重衣，履声橐橐"。老学究遂与不速客互相指对方"惫甚"。老学究指不速客"惫甚"的理由是，大热天还穿衣戴帽，可见体弱。而不速客首先说明热的辐射反射原理，衣服的隔热作用。"人只知衣可阻体温之发散，不知亦可阻外热之射传；且热能反射，色能返照，热射于衣，因减其度。"老学究在客的现代理性面前，"心怏怏，低首不语"。代表着传统学术的老学究在现代面前的"失语"。

在老学究与客对话论辩之际，村里的群犬环绕"喔喔不已"，而村里的顽童也纷纷围观，"或指或笑，嘈咋不堪"。这里非常鲜明地呈现了这一小说的文体特征：声音的戏剧。小说自始至终贯穿了几种声音的交互辩驳，而犬吠之声、儿童嬉戏之声作为某种背景音贯彻始终。众声喧哗中启蒙理性的声音傲然凌驾于其他声音之上，显示了科学理性的尊崇地位。小说也包括了通常的故事，但是故事与故事之间并没有内在的统一性，赋予这部小说内在统一性的是声音的对立、对比、交错，一方代表了科学和理性，是现代启蒙的宏大声音，另一方则代表了传统的风俗和习惯，这两种声音的戏剧性冲突和冲突的解决，是理想中晚清启蒙的乌托邦戏剧。

对话辩难体在中国源远流长。《生生袋》在形式上可以追溯到先秦的传统。第二节开头，当老学究被客所窘，"村儿"出场：

> 嘲客曰："客此来欲效淳于髡之辩，以难我先生乎？客博学，窃有一事相质。"客曰："何事？"村儿曰："请问老人可

返为壮者乎?"客曰:"是恶乎能!"村儿曰:"然则客之学尚未博也。仙家有返老为童之丹,医家有脱白变乌之方,客乌得言无?"

村儿的出场,一方面直接与《列子·汤问》中的《两小儿辩日》形成互文,另一方面,村儿提到的淳于髡,明确指向先秦时代好辩的传统。不同的是,先秦的辩难传统往往是辩难者对圣人的问难,往往显示传统权威的某种悖论,《生生袋》中对于客的问难,每每是问难者的无知、愚昧,是问难者被驳、受教的契机,是启蒙宏大声音宣示的凭借。对话辩难体,是晚清文人为达成启蒙目的对于传统的复魅。而评点者韫梅的声音,频繁穿插于其中。评点是中国文学传统体制中一种特殊的文本外声音,它高于文本,是一种超文本,具有不证自明的权威性。韫梅的声音既是对客的声音作权威支持或补充,同时又指点小说的章法、技艺,这些评点和传统评点不同,它们与小说文本一起发表,构成文本的有机部分,是中国评点传统的创造性发展。

第二节题为"老叟之变形"。此节客为回应村儿的问难,对老学究做了神奇的治疗:"举左手挽老学究之颈,右手托其腰,委之地,而猛曳之骨,格格作爆裂声,复以手摩其心胸及腹腔,疾如风雨,不稍息……"然后,掖之起,神奇的结果于是出现:"向之佝偻而侏儒者,今则轩昂而修伟矣;向之枯瘠而黧黑者,今则丰满而白皙矣"。这个治疗的"科学"原理是什么?客人"为先生细判其病源":

人之脊柱,为二十四节骨环,其间接以脆骨。终日任劳,脆骨疲乏,因而略缩。故人至晚较晨稍短。然脆骨富有弹跃力，故晨即复原。若昼夜劳苦，不能复原，则跃性全失，遂成伛形。先生之伛偻，殆昼夕劳苦之无节乎？人之吸气，无时可间。世人往往畏寒如虎，紧闭门窗，因之肺经则乏气而饥饿，脑经则气竭而昏晕，历年如是，体日以瘦。先生之枯瘁殆日处书斋而少吸新净之空气乎！某知先生受病之由，故助力以伸脆骨之弹力，使先生易伛偻为修长，运气以充先生之肺脑，使先生改枯瘁为丰润⋯⋯

客解释这道理后，老学究"大彻悟"，表示"今后予当执弟子礼"！这是一个颇富象征意义的叙述：饱读中国诗书的老学究不仅体质病弱，并且学问也低客一等，在被治疗后，心悦诚服地要当这位科学道理先生的弟子。传统在西学面前无可争辩地失去了地位和话语权。客治疗"老学究"的方法和他治疗的道理，典型地体现了科学而且想象的特点。脊柱的知识、氧气的知识，具有十足的科学性，是那个时代的硬科学，是典型的西学，"助力以伸脆骨之弹力，使先生易伛偻为修长，运气以充先生之肺脑，使先生改枯瘁为丰润"，是典型的启蒙时代的管理身体的现代幻想。科学幻想在晚清，重要的一个方面是对于"东亚病夫"的疗救。评者韫梅感慨：老学究这样的人并不是个别的，"此乃华人通病。安得尽人而治之"。

第三节"哭笑之并呈"涉及面部神经和面瘫知识。第四节"移血之奇观"以牛、羊、狗血灌治癫狂患者。此段描写"移血"，暴露了作者生理解剖知识的粗疏。

客于是扶大汉坐竹椅，命众健儿按之毋使动。袋中出利刃，光芒射目。向大汉之胸而猛刺之，众大惊失色。客复出皮

> 带一，长数尺，插入所刺之穴，命健儿持其带，曰毋动。遂右手擎牛之颈，左手以刃刺牛腹，灌其血于皮带，流入大汉之胸。大汉奋欲逃，被众按，不得脱。未几，去牛而易以羊，以犬。其灌之之法如初。灌既毕，出皮带，以线缝其裂处，涂以药。谓众健儿曰：愈矣。

从胸口直接刺洞灌血进去以治疯病，这个疯狂的想象粗疏而惊人。韬梅也许是觉得治法过于耸人听闻，所以特地评点曰："移血之法，十七世纪时广行此事。太西名医多用之。"这个评点，援引太西名医为其支持，不容读者置疑。关于这个故事的意义，韬梅指出："疯病不关邪魔，解得世人多少疑障。"疯魔是生理之病，也应该以生理方法治疗，并不是所谓的"邪魔"，当然不能用传统的驱邪捉鬼的办法。不过，刺洞灌血疗法不仅惊人，而且也无法复制，只是提供了一个想象的科学解决方式而已。第五节"口津之辨贼"揭示唾液分泌的知识，客展示了根据唾液分辨盗贼、科学探案的本领。第六节"脑盖之特效"承接上节，那位被客揭穿身份的贼以枪击客来报复，子弹虽然击中客的头盖骨，客却丝毫无伤。据客的解说，子弹为脑盖骨所阻，夸张地显示头盖骨结构的力学原理。第七节"嗅官之识人"写在庆祝客之大难不死的宴会上，客根据各宾客皮肤分泌物的气味识辨人，说明人之汗腺分泌的道理。第八节"无骨之妖人"针对江湖杂技常有柔软似无骨小孩的表演，揭露江湖卖技者的残忍。第九节"分身之异事"以左右大脑之说，解释双重人格症和裂脑人。第十节"脑髓之反射"则完全是大汉口述的法国侦探梦中破案的故事。侦探梦中破案，勉强算是直觉的作用。小说据以解释方法是列举许多司空见惯现象：梦中作诗，闻巨雷掩耳，见闪电而闭目,遇人击而亟避等等,证明有"脑髓之反射"的原理。第十一节"呵欠之传染"说明呵欠与大脑缺氧有关,呵欠引得旁人呵欠,则是脑电气相感应之说。虽然"脑电气"一词现在令人感到奇怪,在民初却是一般新学之士笃信的硬科学。第十二节"女尸之易相"中,客被请去判定女孩彩鸾死后是否成妖,借此客演说人之三大要经(心经肺经脑经,即现在所说三大系统:心血管系统、呼吸系统、神经系统)破除人死后成妖、成僵尸之说。第十三节"血轮之巨战",客引导老学究观察血液中红细胞、白细胞及病菌病毒的关系,而客是通过一个既可以透视又可以放大显微的镜子给老学究看自己的手掌,在此神奇镜下,手掌直如一血洲,细胞运动历历在目。第十四节"世界之文明",观察手掌之后的老学究,已经掌握生理学原理。客遂授一囊于老学究,"此名'生生袋'。归而将此授诸徒,世界之生理昌明矣"。于是,老学究回到村中,以"生生袋"教授诸村儿。"村儿聆妙谛,如登慈航,心体而身行。于是生理之学,大兴于蕞尔岛之全部。"

生理学在晚清既是实在的科学,又是一种精神化的科学。精神物质生理化、生理物质精神化的典型代表,是《新法螺先生谭》中,法螺先生入地心后随黄种祖参观的一段。思想品质生理化,某种人格思想特质,可以提炼出物质性的元素,既可定量,又可定性,将基于生理科学的想象推至极致。现实中定性定量分析后,需要的就是改造,如何改造?

> 余时坐椅上,闻翁之言,默思余灵魂之身,向者曾为发光体,普照世界。既能为光之源者岂不能为声之源乎?唤醒国民,其余之责;虽然,我灵魂仅存四分之一,虽欲发声,则声

浪必微,吾同胞国民,既散处在八千万方里面积之亚洲上,又乌能一一振聩觉聋,而醒其痴梦耶?余于是辞翁行,将以求我灵魂之身,而炼成一不可思议之发声器。[①]

既能发光又能发声,这是对于启蒙者的要求。这些以生理科学为基础的现代小说,就是这类兼具声光的启蒙文学。

[①] 东海觉我:《新新新法螺天话》,《广益丛报》,1907年,第134期。

吴趼人的《新石头记》

吴趼人本名沃尧(1866—1910),广东佛山人,故又名我佛山人。16岁父亲病故后,他便离开家乡,18岁时到上海谋生。他经受了家庭的败落、经历了叔父侵吞他父亲的遗产等无义之行,目睹了周围魑魅魍魉的伎俩,对晚清社会有强烈的批判否定倾向。在戊戌维新时代,他深受维新改良思想的影响,响应梁启超小说界革命,在1903年至1910年的7年多时间里创作了大量作品,被视为当时小说创作的代表作家之一。

《新石头记》最初发表于上海的《南方报》,从1905年9月19日第28号开始在《南方报》附张"小说栏"连载,每回约分三次刊完,署"老少年撰"。1908年10月上海改良小说社印行初版,40回,4卷8册,每回有插图,称"绘图新石头记"。此书初版未署著作者。从吴趼人在《月月小说》的一则声明,可以确定其为作者。

>启者仆自前岁六月由汉返沪后，久已不预闻报界之事。虽《南方报》前载《新石头记》小说为仆手笔，而于小说栏外，从未着一字，未预一言，且除《新石头记》外，虽小说亦未登过日报。……①

就是说，《新石头记》报纸上连载时所署"老少年撰"之"老少年"是吴趼人的笔名之一。报癖在同一期《月月小说》的《说小说》中亦说：

>南海吴趼人先生，近世小说界之泰斗也。灵心独具，异想天开，撰成《新石头记》，刊诸沪上《南方报》，其目的之正大，文笔之离奇，眼光之深宏，理想之高尚，殆绝无而仅有。全书凡四十回，以宝玉、焙茗、薛蟠三人为主脑，未涉及一薄命儿。且先生亦现身说法，为是书之主人翁（书中之老少年，即先生之化身也）……②

报癖不仅证实《新石头记》的作者为吴趼人，并且说明至少在1907年春天报癖已经看到了完成的小说40回，结合吴趼人声明的口吻，《新石头记》很可能在《南方报》连载完了。③

报癖在文章中称《新石头记》"系科学小说，亦教育小说"④。吴趼人自己在《近十年之怪现状·自叙》中说：《新石头记》是一部"兼理想、科学、社会、政治而有之者"⑤。其实就小说类型讲，《新石头记》比作家自述的还要复杂。

所谓"新石头记"即自认承曹雪芹的《石头记》(《红楼梦》)而来，乃是续书。作者在第一回对此有清醒认识：

>……一部《西厢》，到了《惊梦》为止，后人续了四出，

---

① 吴趼人：《本刊撰述员附告》，《月月小说》1907年第1卷第6号。
②④ 报癖：《说小说》，《月月小说》1907年第1卷第6期。
③ 可见现存的《南方报》止于1906年1月20日，《新石头记》共连载至13回，目前无法查证《南方报》的终刊时间，但1908年《东方杂志》尚转载《南方报》的报道和论说。
⑤ 吴趼人：《〈近十年之怪现状〉自叙·最近社会龌龊史》，海风主编《吴趼人全集》第3卷，北方文艺出版社1998年版。

便被金圣叹骂了个不亦乐乎。……如此看来，何苦狗尾续貂，贻人笑话呢？此时我又凭空撰出这部《新石头记》，不又成了画蛇添足么？……然而据我想来，一个人提笔作文，总先有了一番意思，下笔的时候，他本来不是一定要人家赞赏的，不过自己随意所如，写写自家的怀抱罢了。至于后人的褒贬，本来与我无干，所以我也存了这个念头，就不避嫌疑，撰起这部《新石头记》来。[1]

清末民初续书多，而且都不免粗制滥造，吴趼人明知续书易受批评家指责，却仍然执意以续书的形式写作，说明他具有自觉的创新意识。"自己随意所如，写写自家的怀抱"，宣布了《新石头记》的创作，有感而发，具有鲜明的主体意识。

弃痴男怨女故事，转而聚集中国社会现实的问题和未来，是吴趼人《新石头记》的第一个特点。"续撰《红楼梦》的人，每每托言林黛玉复生，写不尽的儿女私情。"《新石头记》却只讲"贾宝玉不死，干了一番正经事业"。《红楼梦》原书中的情爱关系，《新石头记》丝毫没有涉及，原作中的痴男怨女、薄命儿也都没有在《新石头记》中登场，跳出了一般续《红楼梦》紧扣情爱故事的窠臼。《新石头记》以宝玉、焙茗、薛蟠三人为主脑，但是主要线索是让他们游历当下中国社会并进入乌托邦，直似一部反红楼梦。小说始于在山中苦修的贾宝玉的再入世：

> ……不知过了几世，历了几劫，总是心如槁木死灰，视千百年如一日。也是合当有事。这一天，贾宝玉忽然想起当日女娲氏，炼出五色石头，本是备作补天之用。那三万六千五百块都用了，单单遗下我未用，后来虽然通了灵，却只和那些

---

[1] 吴趼人：《新石头记》，我佛山人著，王杏根、卢正言校点：《新石头记 白话西厢记》，花城出版社1987年版，第1页。此版本校点者依据初版本参校《南方报》，是最好的版本。（以下所引小说原文均出自此版本，不再一一注明出处和页码。）

女孩子鬼混了几年，未曾酬我这补天之愿。怎能够完了这个志向，我就化灰化烟，也无怨的了。如此凡心一动，不觉心血来潮，慢慢的就热念如焚起来，把那前因后果都忘了，只想回家走一趟，以了此心愿。

宝玉和焙茗从世外归来，正是大清光绪二十六年，公元1901年。小说从1905年开始连载，这说明作者要借宝玉们的游历，大规模地描写20世纪初年中国社会，尤其是义和团事变以降的社会现状，揭示其危机和可能的生机。

艺术结构新颖完整，是吴趼人《新石头记》的重要成就。小说前4回写贾宝玉入世，完成情节的形式合法性叙事。从第5回起至第20回宝玉先后在上海、武汉、北京游历，通过宝玉的眼睛，呈现中国当下的社会现状，也即中国当下社会危机的叙事。

上海、武汉、北京三个空间的选择具有典型意义。

上海是当时中国号称最文明的地方，它不仅器物文明深受西洋影响，并且制度文化、精神文化也深受西洋影响，然而小说不仅呈现了火柴一类的器物文明，也呈现了留声机、打簧表一类的奢侈品的泛滥。制造业落后于人和商业贸易不平衡，表现得淋漓尽致。"我在街上走了一趟，看见十家铺子当中，倒有九家卖洋货的！我们中国生意，竟是没有了。""我想，外国人尽着拿东西卖给中国人，一年一年的，不把中国的钱都换到外国去了么？""通商互市，古来就有的，不是此刻才有。但是通商一层，是以我所有，易我所无，才叫做交易。请问有了这许多洋货铺子，可有什么土货铺子，做外国人买卖的么？"而且，在上海畸形的商业环境中，盛行的是柏耀廉这类数典忘祖之人。柏耀廉"是简直的不会写，并且除了眼前常见的几个字,还不认得呢""他的洋话洋字倒很好""上海单是这一等不识字的人,单会发财呢!细崽咧、马夫咧,发财的多着呢。"小说写了一场柏耀廉和贾宝玉的交锋:

> 耀廉插口道:"非但担不起,并且中国人的事情,都是靠不住的。"宝玉道:"何以就见得中国的事情靠不住呢?"耀廉道:"中国的人先没有一个靠得住的!"宝玉不等说完,先冷笑道:"今日合席都是中国人,大约咱们都是靠不住的了?说我靠不住也罢了,难道连你自己都骂在里头!"耀廉道:"我虽是中国人,却有点外国脾气。"宝玉大怒道:"外国人的屁也是香的,只可惜我们没福气,不曾做了外国狗,吃它不着!"回头对薛蟠道:"我本说不来不来,你偏拉我来,听这种腌臜话。你明天预备水,我洗耳朵!"

贾宝玉看《时务报》《知新报》"翻开来看,觉得十分合意,并有一层奇处,看了它的议论就像这些话,我也想这么说的,只是不曾说得出来,不知怎样却叫它说了去"。看《清议报》"觉得精华又较《时务报》胜些",而贾宝玉在上海的考察游历中,时时发表他的见解,这些正是吴趼人的思想。比如对于男女平权,他以为不应陈义过高,应该同时从男子入手,循序渐进。贾宝玉参观制造局时兴趣奇高,并且对于制造局的工人不乏敬意:

> 里面做工的人,都是蓬首垢面的,脸上铺着一层黄尘。……薛蟠道:"你是怕脏的,怎么见了这些脏劲儿,倒看出神了?"宝玉道:"看怎么脏法,这个是不得已之脏。他们为了做活,闹成这个样儿,他们又肯这个样儿去自食其力。我见了他们,既觉得可怜,又觉得可敬呢!"

从第 12 回至第 16 回是北京叙事，通过薛蟠、王威儿的故事以及宝玉的见闻正面呈现了义和团事变。上海面对外来冲击采取的是被动的受支配和失去自主性的反应方式，北京义和团则代表了底层中国与上层中国的完全排拒的反应方式，而他们的排拒只是妄图依靠传统文化甚至民间信仰的神奇力量。小说中有一段薛蟠和王威儿关于义和团的对话：

"那些洋鬼子，咱们不当他是人，单叫他毛子。咱们中国人，倘附了毛子的党，就叫二毛子，那随和着二毛子的，就是三毛子。"……

"此刻天兵天将还没有调齐。天兵天将一齐了就要动手。此刻多少王爷中堂也在那里预备呢。——声齐全了，上头便发下号令来，咱们就动手。"……

"外国人的枪炮厉害得很呢，有什么法子去抵挡它？"……

"要怕了他的枪炮，咱们也不干了！只要到坛上拜过了祖师，拜过了师傅，凭他什么枪炮，只打咱们不动！"

这段对话充分表明，义和团同样是传统中国落后挨打的反应，是底层中国对于侵入者的乌托邦方案。而义和团关于鸦片的说法尤其奇特：

福寿膏就同鸦片烟一般，不过鸦片烟是毛子带来的，吃不得。福寿膏是咱们自己做的，吃了可以添福添寿……

拜过师傅就枪炮不入，靠的是传统的神灵和咒语，鸦片改名即可以延年益寿，而义和团宣传的抗击故事，也都是语言的奇观：

忽然一天，喧传说红灯照在大沽口外，用神法烧沉了几十号毛子兵船。王威儿好不兴头，便带了薛蟠奔到坛上去，只见密密层层的，早已挤满一坛的大师兄，人声嘈杂。那师傅正在那里发号施令呢，叫这个烧教堂，叫那个攻使馆。一眼瞥见了薛蟠，便叫他同王咸儿两个去烧铁路。二人领命，便带了一群人，跑到车站上去放火，房子便烧了两间，只是那铁路怎生烧得他着？二人商量，要想个什么法子才好呢。薛蟠踌躇半晌道："有了！"便带了众人抢入洋广货铺子里去，只说焚烧洋货，却暗暗分付众人见了洋油，抬了就跑。一连抢了几十箱洋油，都抬到铁路上。薛蟠喝叫逐箱打开了，都泼在铁路上。安排停当，才放上一把火，登时烈烈轰轰，那铁路的枕木一齐都着了。众人拍手欢呼，于是这一群人当堂就造起谣言来，都道："到底薛大师兄法力高强，只念了几句咒语，那铁路便自己发出火来烧了。"薛蟠听了，也自扬扬得意。

吴趼人并不是一般反对义和团。和上海一样，显示的是危机中国应对西洋文明的错舛的方式。

第 17 回宝玉再次回到上海。这次上海叙事的重点是张园演说，与下文的武汉演说构成对话。此前的上海叙事和北京叙事，重点关注呈现的是市井市民和底层大众，而这次从上海展开至武汉的，是中国新时代的精英阶层。在最开通的上海和当年最开明的武汉，作者以充满反讽的笔致予以反映，表达了作者对于精英阶层的失望。张园议事一段故事的背景是中俄密约，作者的笔墨却落在志士的演说上，作者不动声色地记叙演说的纷乱无序，而这般人士也不过演说、捐款、打电报。其后宝玉随吴伯惠到武昌，结识一学堂学生，遂去听学堂监督演说，过后因为宝玉指出了监督演说中的错误，因此便被指为拳匪余党入狱，几乎被用米袋压死。宝玉被营救后想起自己在大荒山青埂峰下,洁净了若干年,因为一时心血来潮,要偿补天志愿。

> 却不道走到京里,遭了拳匪,走到这里,遇了这件事,怪不得说是"野蛮之国",又怪不得说是"黑暗世界",想我这个志愿,只怕始终难酬的了。

就在宝玉走投无路之际,薛蟠从自由村来信,邀其往游,于是开启宝玉文明社会之旅。第21回至第40回宝玉从"野蛮社会"进入"文明境界"。第20回之前其实呈现的是当时中国现实中正在由不同阶层建构乌托邦的努力,这类建构,并没有带来文明,而是更野蛮,更加危机重重。第21回后则是作者构建的乌托邦,两类乌托邦形成对比对照的关系,小说结构严谨而具有独创性。

对于现实的批判是想象出一个"文明境界"的动力。在呈现这个乌托邦世界的时候,通过"老少年"这个导游不时地叙述其政治理念和思路,描绘出作者心目中的理想国家模式。小说中,作为文明境界的区域字符是:礼、乐、文、章、仁、义、礼、智、刚、强、勇、毅、忠、孝、廉、节、友、慈、恭、信,全部都是中国传统文化的内容,其缔造者东方文明的子孙们的名字也都是英、德、法、美、威、猛、勇、锐、大同、自立、华抚夷、华务本之类,概括出其立国之本乃是以中国传统文化为主体,兼学西方先进文化,使中国走向富强独立,进而实现世界大同。作者借老少年论述"酒德"表达了对中国传统文化的自信:

> 中国开化得极早,从三皇五帝时已经开了文化,到了文、武时,礼乐已经大备,独可惜他守成不化,所以进化极迟。近今自称文明国的,却是开化的极迟,而又进化的极快。中国开

化早，所以中国人从未曾出胎的先天时，先就有了知规矩守礼法的神经。进化虽迟，他本来自有的性质是不消灭的，所以醉后不乱。内中或者有一两个乱的，然而同醉的人总有不乱的去扶持他，所以就不至于乱了。那开化迟的人，他满身的性质还是野蛮底子，虽然进化的快，不过是硬把道德两个字范围着他。他勉强服从了这个范围，已是通身不得舒服。一旦吃醉了，焉有不露出本来性质之理呢？所以他们是一人醉一人乱，百人醉百人乱，有一天他们全国都醉了，还要全国乱呢！（第32回）

在宝玉参观文明境界的过程中，老少年向他阐述了中式专制政体胜于西方民主制度的长处，宣明儒家礼教的文明教化作用，讲解上古三代创造之风，再三强调文明境界之内，实行的都是孔子之道，试图重塑传统中华文明的光辉形象。

除了对国家政体的关注之外，作者还讲述了文明境界中各种令人眼花缭乱的科技发明，如再造天、验骨镜、助聪筒、司时器、飞车、潜水艇种种想象中的高科技产品，并且通过宝玉与老少年的对话，处处强调这些科技发明都出自中国传统，而中国传统文明所产生的科技创新，远胜于西方。如写飞车之发明，系出于古人腾云驾雾之想象，顺带于此处批评西人的热气球"又累赘又危险"，不及飞车稳当得意（第25回）；后来又发明了更快的飞车，老少年便建议命名为"夸父车"，取"夸父与日逐走"之意（第35回）。并且为中国古代"科学"成就正名，一再强调中医的灵验，反复申明"不知西医的呆笨，还不及中国古医"，要舍短取长，自成一家（第24回）。写宝玉和老少年乘潜水艇周游海底世界，证明了《山海经》的记载属实，老少年便评说："我最恨的一班自命通达时务的人，动不动说什么五洲万国，说的天文地理无所不知，却没有一点是亲身经历的。不过从两部译本书上看了下来，却偏要把自己祖国古籍记载一概抹煞，只说是荒诞不经之谈。"（第30回）由此可见，无论多么新鲜奇怪的东西，似乎都与传统有着不可割舍的联系，但同时又不同于旧的事物，是传统借助外来文明之后形成的。这就是作者所要表达的文明理念。

《新石头记》最后写贾宝玉的一场大梦，梦到他重返上海时形势大变。梦境里的中国已经摆脱了帝国主义的侵略，与各国平等友好相处，国家领土完整，经济繁荣。这表现了作者对于改革中国社会现实，富强中华民族的热情。

中国现代通俗小说史略
A Brief History of Modern Chinese Popular Fiction

雅俗融汇的新市民小说

张爱玲的《传奇》

张爱玲善于将古、今、中、外，雅、俗的文学味汁调汇在她的作品中，形成她小说独一无二的情韵，独树一帜。

除了喜爱优秀的新文学作品之外，张爱玲对张恨水、朱瘦菊、毕倚虹等通俗作家的作品也是极为赞赏的。她对小报也欣赏，"我一直从小就是小报的忠实读者，它有非常浓厚的生活情趣，可以代表我们这里的都市文明。……而小报的作者绝对不是一些孤僻的、做梦的人，却是最普遍的上海市民，所以我看小报的同时也是觉得有研究的价值。我那里每天可以看到两份小报，同时我们公寓里的开电梯的每天也要买一份，我们总是交换来看"。①

张爱玲笔下的小说大多写中国人的俗世人生与俗世故事。

张爱玲的本领与技巧在于"俗事雅写"。她融汇了弗洛伊德的学说和西洋小说的技巧，去充实故事的内涵。1944 年，迅雨（傅

---

① 《纳凉会记》，《杂志》1945 年第 15 卷第 5 期。

雷）在《论张爱玲的小说》中就指出了她熟谙西洋小说的技法：

> 特别值得一提的，还有下列几点：第一是作者的心理分析，并不采用冗长的独白或枯索烦琐的解剖，她利用暗示，把动作、言语、心理三者打成一片。七巧、季泽、长安、童世舫、芝寿，都没有专门写他们内心的篇幅；但他们每一个举动，每一缕思维，每一段对话，都反映出心理的进展。两次叔嫂调情的场面，不光是那种造型美显得动人，却还综合着含蓄、细腻、朴素、强烈、抑止、大胆，这许多似乎相反的优点。每句说话都是动作，每个动作都是说话，即在没有动作没有言语的场合，情绪的波动也不曾减弱分毫。……新旧文字的糅合，新旧意境的交错，在本篇里正是恰到好处。仿佛这利落痛快的文字是天造地设的一般，老早摆在那里，预备来叙述这幕悲剧的。①

用张爱玲自己的话来说就是："我的作品，旧派的人看了觉得还轻松，可是嫌它不够舒服。新派的人看了觉得还有些意思，可是嫌它不够严肃。"②

张爱玲生长在上海，又曾到香港读书，后来又写"红"于上海。她作品中的地域特色就是"沪港洋场"，她自己是，她的读者也是有别于中国老儿女的"新市民"：

> 我为上海人写了一本香港传奇……写它的时候，无时无刻不想到上海人，因为我是试着用上海人的观点来察看香港的。只有上海人能够懂得我的文不达意的地方。我喜欢上海人，我希望上海人喜欢我的书。③

张爱玲的成名作《沉香屑·第一炉香》就写了一位在香港的

---

① 迅雨：《论张爱玲的小说》，子通、亦清编《张爱玲评说60年》，中国华侨出版社2001年版，第60—62页。
② 张爱玲：《自己的文章》，《张爱玲文集》第4卷，安徽文艺出版社1992年版，第175页。
③ 张爱玲：《到底是上海人》，《张爱玲文集》第4卷，安徽文艺出版社1992年版，第20页。

上海小姐葛薇龙,而香港也是上海小姐眼中的香港。她笔下最活跃的是上海的世俗市民,除了葛薇龙、梁太太,还有白流苏等等。她的《传奇》初版问世,4天就脱销了。张爱玲的小说"谁都可以读得懂,但懂的深度不同。'雅'的糖块溶解在不透明的'俗'的咖啡中,这里已经分不清是谁征服了谁,可以说是雅文学的胜利,也可以说是俗文学的再生。新文学小说和通俗小说发展到各自的成熟期,二者在艺术上的结合,产生一批超越性的杰作,是一种自然的趋势"。①

  雅、俗的趋合,在秦瘦鸥那里已经有所显示,《秋海棠》的写法上已经充分显示了新文学的特征,但在故事、戏剧冲突乃至主题方面,具有更多俗文学的面相。张爱玲则如水中盐,盐之于水,难以分开了。

---

① 范伯群等:《20世纪中国现代通俗文学史》,高等教育出版社2006年版,第249页。

徐訏的《风萧萧》和无名氏的《北极风情画》

浓郁的异域情调，将外国通俗文学洋为中用，形成自己特色，赢得了中国新市民青睐的，是徐訏。

1927年徐訏毕业于北大哲学系，又进心理学系修业两年。1933年加盟林语堂主编的《论语》《人间世》等杂志任编辑。同年他赴法国留学，继续研究哲学，在法国写下了使他名噪一时的《鬼恋》等小说，被誉为小说界的"鬼才"。

《鬼恋》写一个美丽绝伦的"女鬼"与一位翩翩少年的恋情，行文扑朔迷离，神鬼境界与现实人生缠绵纠结。当然不能说没有《聊斋》的影响，但更貌似外国的哥特言情小说。在上海近郊的一个村落里，那位美若天仙的女主人公自称是鬼魂，那村落里她所住的古老的宅子透出几分神秘，于是展演了一场"悬疑与爱情交织"的故事，最后她终于吐露了她作为革命者的隐秘身世，却又飘然远行，不知所终，是一首"感伤型哥特式小说"的哀歌。

徐訏的小说常常融汇着两种因素，一方面他是一位对人生有哲理思考的作家，因此，他的作品有深邃的一面；但另一方面，他的作品又是极为通俗的，他常用自己编织的奇情与奇恋的故事叩击读者的心扉。

徐訏的 40 多万字的长篇《风萧萧》一直被公认为是他的代表作。这部作品动笔于 1943 年 3 月，完成于 1944 年 3 月。1944 年 10 月由成都东方书店出版发行，在不到两年内就连印了 5 版。在大后方被列为"畅销书之首"。

《风萧萧》用一种不是恋爱形式的奇恋铺叙手法。书中那位潇洒倜傥的男主人公自始至终只知道名为"徐"。小说开端就是写"徐"这位独身主义者周旋在三位美丽的女性之间，他掉进了脂粉旋涡，却过着一种"爱而不恋"的生活。这是三位极有品位的各有个性和独特魅力的未婚少女。一位是百乐门的红舞女，既懂日语又会英语的白苹，小说表现她让人总觉得有一种"银色的空气沁入了我的心包"，白苹微笑时总令人感到这是"百合初放"；一位母亲是美国人、父亲是生活在日本的华侨的梅瀛子，当时已是"上海国际间的小姐，成为英美法日青年们追逐的对象了"，可是她好像还不满足，她要征服所有的男性青年似的，"徐"每次将她比作红色的玫瑰，永远像太阳一样光亮；富有音乐天才的海伦则是一片能"融化独身主义的灯光"，在这雅致宜人的灯光中可以看见自己的影子。小说中充满既抽象而又形象、机智而又令人心领神会的对话。在长篇的第 1 至 18 节，作家就是写"徐"这位研究哲学的学者与这三位女性的"爱而不恋"的近距离生活。

―――――

徐訏相信两性问题的暴露与描写要有一定的限度才是艺术可以允许的。他不管是写爱情还是写婚姻，都与"肉欲"无涉，甚至连性心理也不描写。

"徐"虽然几乎付出了生命的代价，可是这血的代价终于使梅瀛子与白苹摸清了她们是同一条战线上的不同组织里的地下工作者。她们从假想的"敌人"变成了真正的"战友"。"徐"也从受梅瀛子领导到他们三人联手开展重要的情报工作。他们争抢着要站到最危险的岗位上去，最后还得靠抓阄来解决相持不下的局面。结果由于东京新来的日本女特务官间美子的介入而情势突变，白苹为此壮烈牺牲，而梅瀛子也只能退居秘密状态。

在战时和战后，与徐訏齐名的，是无名氏（卜乃夫）。无名氏的成名作是《北极风情画》和《塔里的女人》。

1943年11月9日至29日，无名氏以每天7千字的速度赶写出10万多字的情感罗曼史《北极风情画》（当时题名为"北极艳遇"），并在《华北新闻》上连载，至1944年1月载完。《北极风情画》起首写怪客登临白雪皑皑的华山山巅，夜半高歌。接着从自述"错吻"开始，深情回顾，一下子就将读者锁定在它的情节链条上。林上校与奥雷利亚巧遇，从他们的友谊到热恋一直到他们被迫分手，情节可谓是一气呵成。在这过程中，并没有多少事件作为情节的酵母，最多就是奥雷利亚的好友叶林娜一度的小小干扰，其余就是靠无名氏的技巧发挥，抒写他们"爱的步伐"的迅捷与"恋的炽情"的猛升。徐訏的小说是"与肉欲无涉"的蜜糖言情，无名氏却对新婚之夜的性爱做了"绝对美学的化身"的描写。

作者还通过林的枕边私语对"忌讳"和禁区进行一番讥评：

———————

"在人类历史上，人们曾有过万万千千次'真夜'，却极少有人敢公开的坦白的谈它们。好像这种午夜，越封闭越好，这种诗情，埋藏得越深越好。而且，离任何文字语言，愈远愈好。其实，在那些'真夜'中，疯狂的男人和女人们，谁没有疯狂的谈过呢！那是所有语言中最人性的、最不撒谎的。在未来的回忆中，这些时刻将像香料一样，给所有记忆的形象增添无穷蛊魅。没有这些香料，任何爱情只是一幅素描，缺少一份巨大的完整的魔祟。"[1] 无名氏用"新的媚俗手法"迎合了新的市民读者的趣味。

---

[1] 无名氏：《北极风情画》，上海文艺出版社2001年版，第127页。